刘绍棠 著

蒲柳人家

刘绍棠小说精选

北京出版集团
北京十月文艺出版社

目 录

青枝绿叶　　　　　　　1

田野落霞　　　　　　　23

蒲柳人家　　　　　　　59

蛾　眉　　　　　　　　163

瓜棚柳巷　　　　　　　183

鱼菱风景　　　　　　　248

柳　伞　　　　　　　　315

黄花闺女池塘　　　　　383

青枝绿叶

1

一九五一年阴历六月,是毒热毒热的天气。

从地里收工回来,互助组组长春果的浅花褂子,被湿得裹在身上,一双油黑的小辫子,也热得盘在脑后。副组长宝贵跟在她身旁,嘴里含着一片谷叶子,慢慢地往回走,说:"你回去劝劝永春嫂,别让她再下地,五个月的重身子,提防累出好歹来;这是你们妇女的福利问题。"春果点着头:"是咧。"又回头嘱咐宝贵:"你多跟永春讨论讨论,今晚那技术学习充充实实的;紧跟着就开展比武夺魁,省着再费一道手续——又开个动员会。"宝贵说:"好吧!我到河边玩一会儿就麻利回来。"说完,就学着布谷叫:"赶快布谷!"奔河边去了。

李满囤老婆挺着大肚子,靠着篱笆泡烟水,满脑袋汗珠子，雨点似的落在桶里。她看清春果，笑着说："宝贵喊你哩！"春果回头看看，宝贵早不见了，只是接连着布谷叫，满囤嫂哈哈笑起来："你听！宝贵一劲朝你喊：'光棍好苦！光棍好苦！'"春果也笑了，指着她脸说："你这贫嘴老婆！"

宝贵跟春果都刚十九岁，一根蔓上两个瓜，他俩真是脸对脸长大的。前年春天，一块入了团；起初联络几家帮工搭套，辗转组织起互助组。今年三月间，春果头个成了候补党员，宝贵也填写了申请表。春果到专署参加过互助组长座谈会，宝贵在农场学习了四十天；从那时起，组里政治技术学习才有个制度。

下晚，大月亮下，村西头河高崖上，互助组技术学习完了，比武夺魁挑战正欢热。永春嫂一旁咬着薄嘴片，眨着眼睛不言语；等大家静下来，她说："你们是家雀抬杠乱嚷嚷，春果！咱俩劈合同。"

听她这一挑战，宝贵直皱眉头，他看着春果，春果脸上一点不挂急；心里上下翻滚的，却是永春。老婆怀着五个月的孩子，还一股劲地争强，他想提出来，碍着自己是技术员，在组里大小算个头目，不好张嘴；又怕老婆顶撞他，老婆那两片薄嘴，他是服在口上，怕在心里。

永春正在为难，春果说了话：

"永春嫂,前晌不是跟你说啦,不许你再下地,留在家里干些零星活;你怎么不听话?"

永春嫂那薄片嘴抢过来:

"哟!我又不是千金之体,怎那么娇嫩!人家满囤嫂快生养啦,不是照旧下地治蚜虫!"

"你是明白人说糊涂话。"春果说,"满囤嫂从地里回来,哪回不是龇牙咧嘴!只是家里没人手,不硬强下地,地里就得乱营。单干户跟互助组,这点就瞧出不一样。"

宝贵说:"就是呗!咱组眼下正耪四遍,大家稍微加点油,就能把你替换下来,你就该安生生地留在家里。身子骨儿是本钱,这工夫你跟它过不去,早晚它也跟你过不去。"

春果跟宝贵这一番话,说得永春嫂闭口无言;她暗里却用手拧永春。永春装出没关系的样子,说:

"她自己愿意,就依她吧!"

一个俏皮小伙子嚷起来:"永春嫂!你白机灵,我瞧得清清楚楚,永春大腿快让你拧肿啦!永春,亏你五尺男子汉,也真受得下去。"说得他们夫妻俩,脸涨得红布似的。

大多数组员都说:"留在家里吧!""人家春果跟宝

贵那话正确。"永春嫂还想争辩，春果笑着拦她："没有你发言权啦！这是大家的决议。"宝贵说："咱组该立下这个章程。"他瞧了一下那些不发言的年轻媳妇，"省着日后再费口舌。"

夜深人静，大家回家去了。

宝贵夜晚睡在河崖上，仰着脸，瞧着天空，拉长调子，学着布谷叫："赶快布谷！"春果刚要睡着，听见一声接连一声的"光棍好苦！光棍好苦！"在静静的夜里，声音非常清响。她爬起炕，到河边找着宝贵："睡吧！别叫啦。"宝贵说："叫几声怕什么！多好听。"春果一双水汪汪的眼睛，盯问他："你心里想什么？"宝贵背过脸去，说："想咱组哩！一个个心气这么旺盛，秋收一定超过爱国丰产计划。"春果说："咱俩更要加油，按照区委的指示，往合作社的路上引。"宝贵抢过说："不只哩！还要朝集体农庄引；到那时节，屋里有电灯，黑夜能演电影，耕种收割有拖拉机，闲在时，坐上农庄的汽车，到北京参观参观。"春果一串铃似的笑个不住声，她推推宝贵："你想得真是一步登天，这得慢慢来，互助组这个地基砸结实，才能盖上高楼大厦呀！"宝贵笑着说："有毛主席指引，有苏联的榜样，还不快当。"春果说："互助组搞得满堂红，往上升到合作社，再到集体农庄；咱们离北京这么近便,毛主席也许抽空来看看,我想那时咱俩也不过三十上下。"宝贵说:"再过十年,你早嫁出去咧!还能老留在家里做闺女。"

春果脸红红,不言语,一个蝈蝈在邻近叫起来。

宝贵回过头:"不早啦!你回去吧。"春果站起来说:"你也睡吧!别再'光棍好苦!光棍好苦!'地叫,叫得人心里不踏实;不到二十岁,就担心起这些没影的事来,谁还会眼瞧着你打光棍。"说着,就顺着小道跑走了。

过了半天,宝贵想起春果那话,故意长长地叫了一声:"光棍好苦!"可是春果早睡着了。

2

花开两朵,各折一枝。

永春夫妻散会回家,永春嫂奔村南小道走,永春说:"糊涂啦!这条道绕远。"

"你明白!啰唆什么,走吧!"

永春听出老婆正在生气,便不再搭腔,低头跟在后面。夜晚,这条道最清静,只有他俩脚步"嚓嚓"的声音。永春嫂瞧着四下没人,于是雹子雨似的,数落永春:

"你是座泥胎?在一旁就不帮我说话。"永春笑嘻嘻地说:"你呀!三十岁的人啦,还是小孩性情,就不知道心疼自己。"永春嫂气哼哼地一甩袖子:"甭跟我嬉皮笑脸的!"就撇开永春,自己走了。永春在后面笑着说:"嘿!好一个三十岁的娃娃!"

永春躺在炕上,心里暗暗想道:"春果跟宝贵他俩,照顾得真周到呀!咱平日干活没拿出十分劲,总觉自己是技术员,多干不上算,真他娘的自私脑袋!都像我这种脑袋,这辈子也走不到社会主义。"他推推永春嫂,说:"喂!你说状元红旗谁头个抢上?"永春嫂已经睡着,迷迷糊糊地回答:"不是宝贵就是春果。"永春说:"好!你等着瞧。"

第二天清早,永春修理一下锄杠,听宝贵哨子一响,就集合下地了。这块地坐落在运河旁边,四十亩满种棒子,眼下已是暑伏时节,花红线一缕缕地绣出来,黑绿黑绿的豆秧里,开着绛紫色的小扁花;从地里冒出闷闷的热气。地头,立着一个高大的木牌,牌上写着黑真真的字,那是这块地的爱国丰产计划。

春果一声令下,一群燕似的,大家扑向地里,起始就像一字长蛇阵,并排着向前;后来,宝贵领在头里,春果赶紧追上,永春透过叶子一看,照着手心唾口吐沫,握紧锄杠，跟了上去。

歇息时，宝贵跟永春平，宝贵让了，状元红旗插在永春地头。在遍地碧绿上面，一片艳红轻轻飘浮。

傍响收工，永春回到家，坐在葫芦架下吃瓜，永春嫂一边放桌子，一边问："状元红旗谁拿上啦？"永春装得不起劲，说："你猜呢？"永春嫂说："跑不出宝贵。"永春说："他抢着一回。"

"那两回呢？"

"那两回呀！嘿嘿！"永春绷不住脸，拍着胸脯，"咱的。"

"你？说瞎话。"永春嫂不相信。

永春急啦："你这个人，我什么年月骗过你！"

永春嫂知是真的，也按不住高兴："你这可是太阳从西出来，别乐得驾起云，认不清东南西北，有本事天天保住！"

今天永春嫂特别喜欢，格外给永春炒了五个鸡蛋。

3

天麻麻亮，睡在房檐下的李满囤，早就醒过来。他伸起胳膊，敲着窗棂，吆喝他老婆："起！"满囤嫂披上褂子,揉着眼睛,嘟念着:"谁像咱家,脸不洗饭不吃,披星戴月就下地,人家春果他们……"满囤说:"你就会说泄气话,这时劳累劳累,看秋天咱那庄稼!春果他们眼下是挺欢热,鸡多不下蛋,不定搞出什么名堂!"满囤嫂还想说两句,满囤说,"走吧!亲娘总是疼亲儿,自己耕种顶牢靠。"说着,就直奔河边那五亩棉花地。

水灵灵的棉花,自从上了蚜虫,就像秋霜打过;枝上叶上,一层层地爬满蚜虫。满囤一看,登时青筋暴起,眼睛瞪得滴溜圆,提起一桶烟梗水,生牛似的奔向一垄。满囤嫂累得站在地头,扶着扁担,大口喘气。

太阳露头,地里冒白气,春果互助组也下地来了。宝贵喊叫着:"满囤哥!你们两口子真卖命啊!挑灯夜战!"满囤抬起头,笑笑没言语。春果说:"大嫂快坐月子啦!应该多歇歇。"满囤嫂用袄袖擦把汗,刚要说:"从鸡叫……"满囤瞪她一眼,就憋了回去。

互助组歇头歇,满囤地里还不声不响治蚜虫。春果对宝贵说:"满囤嫂实在够累啦!叫她过来歇歇吧!"宝贵说:"满囤哥怕不高兴。"春果说:"咱俩去。"

他俩刚直起腰,那边突然吵得热窑似的。满囤蹦跳着,骂他老婆:"懒骨头,我说瞧不见你,原来坐在垄里偷懒!"

满囤嫂坐在地上，嚷叫着："谁偷懒呀！打鸡叫干到现在，歇会儿都不让，你是成心把我折磨死。"

满囤还是直劲吆喝："起来！"满囤嫂说："我就不起！"满囤说："不起也得起！"说着动手就扯，满囤嫂也打起千斤坠。

春果跟宝贵赶来了，宝贵把满囤推推搡搡拦在一边。春果说："满囤哥！你就是老煤油桶——点火就着的脾气。累得慌就歇歇，两口子还能动不动就粗脖子红脸！"

满囤说："春果大妹子，你看：棉花让蚜虫缠得打蔫，不紧着治就要完蛋；她一死要歇着，歇！秋后你他妈拿筷子支起上膛，坐在房脊上喝西北风！"

春果说："蛤蟆跳三跳，还要歇一歇。大嫂没几天就要坐月子，真累出好歹，你的急处更大。"

满囤嫂鼻头一酸，眼圈儿一红，朝着春果诉起苦情：

"春果大妹子！人家永春媳妇多福气，刚五个月就不下地，我好苦呀！"眼泪"啪嗒啪嗒"落在衣襟上。

满囤蹲在一边，闷着头，一锅一锅地吸起旱烟。在浸入烟水的棉杈上，蚜虫又露出来了。……

吃晌饭时，满囤嫂端上香喷喷的菜汤，黄灿灿的饼子，摆在满囤面前；满囤叼着烟袋："吧嗒！吧嗒！"其实烟叶儿已经烧成灰末末了。满囤嫂说："吃饭吧！"满囤说:"你说,咱的棉花怎办呀?"满囤嫂说:"大热天,别急出毛病来;过晌我还跟你下地。"满囤摇摇头:"甭啦!你也该歇几天了。我想跟王富家借把喷壶,使唤这个物件,快当得多。"满囤嫂说:"那个小气鬼,你还去找他!春果他们有三把呢!不是张手就借来。"满囤说:"王富小气也要分跟谁,跟咱不会。"吃过饭,他便去借,半晌光景,空手回来了。

满囤嫂说:"我说他不借,你还偏去碰钉子。"满囤说:"这家伙日子越过越旺,却变得不懂情面,咱家的东西,永远不许借他!"

晚上,满囤翻过来掉过去睡不着,棉花上的蚜虫,像是钻进他的心窝里。坐起来,想去找宝贵,几次三番又躺下:"春天劝咱参加互助组,咱一死不肯,说是单挑鞭满顶;人家表面不露,心里可记下哩,眼下出了难题,再去找人家帮忙,咱脸往哪搁呀!"

蚜虫在他心口窝爬呀爬,躺不是,坐不是。屋里满囤嫂说:"把被子盖严实,留心房檐风。"满囤说:"你怎么也没睡呀?"满囤嫂笑着说:"我都睡醒一觉哩!"满囤抬头一看,启明星已经有些偏西,村里叫驴"吼吼"地叫,已经是半夜了。

满囤硬着头皮,来到河崖,宝贵睡得正香甜;满囤把他叫醒，宝贵说："你还没睡！"满囤叹口气说："火烧眉毛尖，还会安心睡觉！棉花眼看要完蛋啦！你给想个法子。"宝贵说："俺家存着鱼藤粉，你再找点煤油，咱俩起个五更，赶紧配药。"满囤笑咧开嘴："好咧！你安心睡，傍亮时分我来喊你。"宝贵说："你要忙碌不过来，俺组给你拨俩工。"满囤笑着说："你真把我看扁啦！五亩棉花再整治不了，那真对不起每天三顿饱啦；兄弟！不是大哥吹牛皮，论力气你还得赶个三年五载的。"满囤那股愁闷，好像雨过天晴，他乐颠颠地回到房檐下，脊梁骨贴墙，不大一会儿就睡着了。

4

六月六，看谷秀。

满囤家河边的棉花，好像一丛丛树棵子，四外伸满枝桠，一朵朵淡粉色的花，夜里开得遍地全是。

满囤坐在地边，眼睛眯成一条线，烟袋不离嘴，眼睛不离棉花。赶着胶皮轱辘车的宝贵，路过这里，在半空打了个响鞭，满囤"机灵"清醒过来。宝贵说："我看你都着迷啦！棉花长得不错，大嫂瓜熟落地，真是人财两旺。"满囤从嘴里拔出烟袋，笑着说："棉花是比往年强些,心里多少凉快点。你配的药真灵验,立秋那天请你吃饺子。"宝贵说:"等大嫂养个胖娃娃,满月喝喜酒吧!"满囤说:"好咧!你套车上哪?"宝贵抓紧缰绳,把牲口拦住:"眼下挂锄啦,河西修工厂,拌三合土用白沙,我这是出车拉沙子。"满囤咂着嘴:"出一个月车,干落也是笔大钱。那些人呢?"宝贵说:"盖场房哪!秋后组里家具多啦,又摊些公份,得有个妥帖地间存放;再说三九天,组里开个会,学习政治技术,都要占屋子。三五天就上梁,过后到工厂包上半月临时工。"

傍晌,漫天黑云下来了,小风清凉清凉地吹着,庄稼叶子唰啦唰啦地响,满囤赶忙往回走,嘴里打着口哨。村里,小孩们蹦跳着,唱:"大下小下,下到今儿个明儿个,淅沥沥,哗啦啦,扁豆角,架黄瓜……"满囤说:"下吧!六月连阴吃饱饭,一滴雨点一粒粮食。"

大雨瓢泼似的,从傍晌到天黑,还是不止。满囤嫂躺在炕上,肚子疼得哼哼着,对坐在旁边的满囤说:"快啦!请收生员去吧!"满囤推开门,大雨就像开了锅,震耳响,道上伸手不见掌;他往前跑着,差点跟前边的人撞个满怀,一个女人"呀"了一声,满囤被人揪住。

"谁?"是个女人的声音。

"我是满囤。你是春果吧?"

春果松了手，忙问："大嫂要生养吧？我们跑来帮帮忙。"满囤说："正躺炕上哼哼哩！"刚才"呀"了一声的女人，"咯咯"笑起来，满囤听出是永春嫂的声音，心里热辣辣的："弟妹！黑更半夜大雨天，辛苦你啦！"说着，把身上的麻袋披在她俩身上，自己却顶着大雨，去请收生员。

好半天，春果跟永春嫂在外间屋，听见屋里孩子"哇哇"哭出声来。永春嫂笑着说："满囤哥！恭喜恭喜。"满囤笑了，大嘴咧得瓢似的，连说："大家同喜……"

这时雨住了，满天星斗，月亮像盏灯，照亮了院子。满囤推门一看，登时眉头皱起来，刚才那张笑脸，抹上一层青灰。春果说："雨一住，腰花①存水，清早太阳一晒，就得烂掉啦。"满囤说："就是呗！种棉花顶怕夜雨脱桃。那七亩高粱站在迎风口，准吹得东倒西歪，地带又洼，垄里雨水没脚腕；又要赶紧得排水，又要忙着收拾，唉……"两手捧着脑袋，坐在锅台上叹气。

满囤嫂在屋里清醒着，有气没力地说："趁着月亮天，还不麻利下地！唉！都怨你……眼瞧着庄稼受害救

---

① 棉枝桠上开花有三种：尖花、腰花和底花。腰花就是棉枝桠上中腰里的花。

不了。……"

满囤从屋角拿起铁锨要走,春果拦住说:"你伺候大嫂吧!"满囤站住脚,扶着铁锨,说:"那地里呢?……"春果说:"甭愁。明天让宝贵他们去拾掇棉花,他有办法。高粱地也帮你收拾。"满囤一听,眉眼舒展开了,可是又一想,满腔高兴憋回去:"春果,你知道我日子不富裕,这些人的工钱真掏不起,青黄不接,管饭都犯难。……"

"不用!"春果摆着手,"写在借工账上,眼下欠工,秋收时还工。""好咧!"满囤笑了。

"还是互助组好哟!"屋里满囤嫂眼睛漂着泪花。……

5

清早,李满囤睁开眼,从棉花地的窝棚里走出来,到河旁洗洗脸,就回家去做饭。迎面,宝贵赶着大车,小伙子们坐得满满当当:"干吗去呀?"满囤问。宝贵说:"到河西做工去,你的棉花怎样啦?"满囤说:"亏得你跟他们几个帮忙拾掇,棉桃结得压颤枝。"宝贵说:"棉花是宗细水长流的活,够你们两口子忙碌的。"满囤笑着说:"只要丰收,日子好过,累点倒不怕。"宝贵一摇红缨鞭，大车过桥到河西了。

满囤家的烟囱刚冒烟，春果带着妇女们，已经下地了。

半月过去，小雨淅沥淅沥下个不住。好容易盼个晴天，永春套上车，进城到医院给老婆检查胎位。春果去找宝贵："趁着好天，咱俩也进趟城吧！"于是他俩追在车后，坐在车厢上一同去了。

满囤嫂苍白着脸，给满囤送饭，看见永春嫂坐在车上，头上打着旱伞，喊道："他永春婶！出门上哪呀？"永春嫂笑着回答："到医院检查去。"满囤嫂说："你真福气哟！"永春嫂说："都是春果摆弄我，说实在的我真害怕。"满囤嫂又问春果跟宝贵："人家两口子检查去，你俩凑什么热闹？"宝贵眨着眼，说："嘿！俩警卫员陪着，走起来多威势！"春果说："听他胡扯！眼看就要秋收，进城买些家什。"满囤嫂说："你们河边那四十亩棒子，秧子小树似的，镰刀不锋利，非得崩刃。"又低声对满囤说："人家那棒子，一棵秧三两个歪歪着，真是聚宝盆。"

傍晚，大车回来了，车上装着笆筐席篓，还有权把镰刀；永春嫂挤到车头，春果跟永春坐在两边车辕，宝贵好神气，骑着一头大青骡子，跟在后头。满囤嫂老远就喊:"嘿!买来这些东西。"满囤眼尖,早瞧见那头大青骡子,连跑带颠跑过来;拉住笼头,掰开嘴岔:"嘿!六口正当年。"宝贵说:"一百六十万①,贵不贵?"满囤说:"便宜。这骡子身挺四胯都好,你俩眼力不差。"满囤嫂看见骡子,叫嚷起来:"哎哟!瞧这大青骡子,真是龙种;秋上一点急甭着。"满囤问:"每家摊几石粮食?"春果说:"半点没掏,用的是那半月工钱。"

车走远了,满囤望着那头膘肥腿壮的大青骡子,露出话口:"还是人家呀!……"

6

满囤整天长在地里,一点捞不着闲空;响午回到家,从满囤嫂怀里接过肉头肉脑的胖儿子——儿子名叫双旺,取的是人财两旺的吉利——亲亲胖脸蛋,抽袋黄烟,自自在在地坐在桌旁,喝起汤来。

吃到半中腰,宝贵来了,满囤赶忙让座:"尝尝!煎饼卷大葱,吃个新鲜。"宝贵说:"麻利吃吧!回头咱俩看看你那高粱去。"满囤瞪眼问:"高粱怎啦?"宝贵

---

① "一百六十万",是旧币。

说:"你这家伙真偏心眼,一心扑在棉花上,就不去照看照看高粱。我打地头路过,一大群鸡正吃豆角,再往里一看,青草夺垄,野猫乱串;你是顾脸不顾屁股。"满囤已经吃不安心,把碗一推,筷子一撂:"不吃啦!赶紧瞧瞧去。"说着,也不穿褂子,光着脊梁奔高粱地去了。

回来时,满囤眉毛锁个蛋,瓮声瓮气地对满囤嫂说:"过响你也下地去吧!"满囤嫂说:"孩子呢?"满囤说:"搁家。"满囤嫂说:"他是五岁六岁,放他满处跑,刚刚出满月,撂在家里不是找吓着。"满囤拧着脖子喊:"你是想躲懒,拿孩子当倚仗。"满囤嫂"啪"把筷子摔在桌上,吵起来:"胡说!老街旧坊谁不知道我勤俭,炕上地下哪样干得比你少!不是我,你能挑起这份家当!"这一叫喊,一个多月的双旺,两手一抓,咧嘴哭起来。

春果听见声音跑过来,把满囤嫂劝到她家;春果抱起孩子,对满囤说:"刚出月的娃娃,你就想摔打他,还早哩!"满囤赶忙解释:"孩子是眼珠,咱会不疼!可也不能光人旺,财不旺呀!真要是那七亩高粱收不下粮食,日子还是过得紧。"春果说:"这就是自家人手少的难处,我给想想法子看吧!"满囤追着送出门,连说:"那真谢谢你哩!"

过了一顿饭的工夫，满囤嫂抱孩子回来了，脸上绷不住喜欢。满囤忙问："春果给想了什么办法？"满囤嫂说："把孩子搁家。"满囤说："那不像话。"满囤嫂噗哧乐了："那真不像句人话。春果说，把孩子交给他们托儿所，秋后给老太太缝缝连连，换工互助。"满囤喜得点头："互助组真搭帮咱家，这才是两全其美。"满囤嫂说："参加互助组更美。"满囤说："再瞧瞧，秋忙帮工倒合算。"满囤嫂撇撇嘴："你又瞧上那头大青骡子，跟那辆汽胶车；人家宝贵跟春果是机灵里挑出的，撅屁股就知道你拉什么屎，能白白叫你占便宜？"满囤说："碰碰试试，碰上是运气，碰不上拉倒。"满囤嫂说："没脸没皮，没羞没臊。"

晚上，民兵下地护青，宝贵背枪往河边去。满囤早在路旁等候，一把拉住他："跟你提件事。眼看收秋了，我想跟你们组帮工，你掂量掂量……"宝贵想了想，说："行啊！只是骡马车辆都要合工，实在麻烦。"满囤说："我也有头小驴，都甭算工。"宝贵说："那不行，大家不能吃亏呀！"

宝贵刚走，春果背着枪又来了，满囤又跟她念叨一遍，春果说："让大家吃亏，这话说不出口；你不用三心两意，爽得加入互助组吧！"满囤不言声，蹲在道边发愣。

二更天,春果在地当间碰见宝贵:"坐下,咱俩商量商量满囤的事。"宝贵靠她旁边,坐在豆丛下,说:"满囤真不嫌寒碜,像这找便宜的话,也说得出口。"春果说:"满囤肚子里的小算盘,正紧着算账!话里话外,透着对互助组眼热,咱们该找他谈谈。"宝贵说:"谁去?"春果说:"咱俩呗!"

第二天下晚,春果跟宝贵去找满囤,坐在他窝棚外边,说到小半夜,宝贵困得直打哈欠。春果问满囤:"想得怎样啦?"满囤脸上挺为难,嘴张得老大,只是一劲:"这这……"他百年不遇有点结巴,这工夫,却当作台阶装起来。

宝贵跟春果往回走,宝贵说:"满囤这家伙心眼太杂。"春果说:"他肚里算盘还拨着,容他算完账,自会找上门来。"

7

七月末尾……

宝贵被批准为候补共产党员,还有几个姑娘小伙子,被吸收为青年团员。永春提议:"这是咱组一件大喜事,一定要热闹热闹。"永春嫂拖着快到月的重身子,提着柳条篮,找来香瓜和早熟的葡萄,地点在场房前头。

宝贵跟那几个新团员,穿着年节的新衣裳;春果也穿上新缝的碎花褂子,辫子插着两枝浓香的桂花,黑红的脸上挂着喜气,今天她是主席。

永春把香瓜葡萄摆在当间,说:"吃吧!大喜兴的日子,欢喜欢喜。"春果说:"大家吃着,也甭拘束;今天给宝贵他们提提优缺点,日后他们好改正。"宝贵说:"咱是党员哩!就得严格着点;平日里的错误,瞒不过大家的眼睛。提吧!越多咱越高兴。"

春果掌握着,一直到月亮西斜才散会。春果说:"咱组今天迎来个大喜,明天动手收秋,再来个出门见喜。"

永春两口子回到家,永春说:"本想吃吃喝喝,不料像开个批评会,党员就是跟咱不同。"永春嫂瞪他一眼,说:"平时你是瞎子,咱组不是春果跟宝贵两个党员领导,会有这大成绩!"永春拍着凉洼洼的心口窝,说:"这话不错。秤锤压千斤,人小骨头重,别看春果、宝贵在组里顶年轻,领导得实在不差。瞧咱组那棒子豆子,真是压倒往年。"永春嫂抱怨起来:"早不赶晚不赶,偏偏赶到收秋重身子,关在笼里见不着天,捞不着下地砍高粱掰棒子。"

永春笑着说:"嘿!嘴噘得都能拴头驴,不管你怎么生气,反正不让你下地。"永春嫂说:"瞧着吧!我跑到地头坐着去,也不在家闷着。"

第二天,月亮挂在东南天角上,趁着天气凉爽,互助组要下地抢割。宝贵的哨子,一紧一慢地吹着,男男女女带着镰刀,小跑着到大场集合。

永春嫂提着水壶,头前来到地头,她瞧着那棒子,一尺来长,长在青竹竿似的秸上。她手心痒痒着,可是组长不准她拿镰刀。她抱怨起永春……

宝贵跑进场,组员已经到齐,只差还工的满囤没来;永春拉着那头大青骡子,正在套车。宝贵说:"喜歌念在头里,今年咱组是五谷丰登,一定超过爱国丰产计划,等算出数目,就写信给毛主席报喜……"永春套上车,一旁接过下语:"告诉毛主席,咱组是青枝绿叶,俺那组长春果、宝贵,是两朵盛开的大红花,互助组好比台阶,咱们是登着台阶一步一步朝社会主义走。有毛主席教导,咱农民是万年长青!"

春果跳上土堆,在出发前讲几句话,大家静下来。……

哨子响时,满囤正跟老婆商量,满囤嫂说:"爽爽快快说出来,加入吧!"满囤说:"这不是玩闹,再瞧瞧。"满囤嫂用指头戳了一下他脑袋:"瞧个甚?在组的家家比咱强;宝贵眼下又入了党,有春果跟他领导着,还不是年年兴旺。"满囤想了一阵,说:"那就入呗!"满囤嫂说:"今天就跟春果说,想加入的不少咧!咱们抢个早。"满囤点头:"是咧!"满囤走出门外,满囤嫂放心不下,又追出去,连连叮咛:"一定说啊!别不敢张嘴。"满囤不耐烦地说:"我又不是三岁的娃娃,用得着一再嘱咐,不嫌絮叨!"

满囤到场里,春果讲话正要收尾,他心头"怦怦"直跳,沉下气来听,春果那清脆的嗓子,正说:

"要想年年五谷丰登,家家人财两旺,那就得听毛主席话,跟共产党走——组织起来!……"

北斗星当头照着,闪着长长的白光。……

一九五二年七月儒林村——潞河中学高中一年级
原载一九五二年九月五日《中国青年报》
选入一九五三年人民教育出版社
《高级中学语文课本》第三册

田野落霞

1

入夜了，五月的原野宁静下来，但是起了微微的风。代理区委书记刘秋果，已经关着门在屋里走了一个钟头，这时他猛地收住脚，推开了窗户，探出头去，只见那白玉盘似的圆月，慢悠悠地从东南天角的山根下升起来，高高的夜空，几颗银亮银亮的星子，像是从水里刚捞出来似的闪动和冰冷。他解开制服上身的纽扣，一股夜风猛地直冲进他的胸膛，他激灵灵打了个冷战，长长地吐了口气，像是把满腹的郁闷呼了出来。

他没有关上窗户，扭过身来，把办公桌上的煤油灯点着了，青幽幽的灯光，照在他那苍白的脸上，照见他那深陷的像笼罩着一层烟雾似的大眼睛，两条漂亮的黑眉毛愁苦地紧锁在一起，嘴巴死死地闭着，风吹进屋来，他那投映在白墙上的清瘦的身影,就像一棵小白杨树在夜风里摇曳。

刘秋果又颓然地坐在藤椅上,两手抱着头,伏在桌上昏昏茫茫地思索起来。

窗外,晃动着几个歪歪扭扭的身影,有低低的嬉笑的声音。

"这回就要分出公母来了!"

"二虎相争,必有一伤!"

刘秋果激怒地一拍桌子,霍地跳起来,那几个老油条赶紧溜了,于是他重又闭上窗,把灯捻暗了,继续走着,走着……

他对副书记高金海的容忍已经够了。

正月新春,社会主义大风暴席卷整个运河平原,区委书记俞山松被调任县委副书记,意想不到的,刘秋果被抓做代理区委书记,同时还仍然兼管拖拉机站。当时只讲定代理三个月,但是现在已经超过一个多月了,却没有听说派人,而撤区的消息已经传来。

副书记高金海为这个职位已经钻营很久,他的老上级副县长张震武也替他四处奔走,但是在县委书记那里碰了一鼻子灰。于是,刘秋果从到任的第一天起,嫉妒和暗斗就包围了他。

高金海拉拢了一批老油条,专挑刘秋果的毛病,给刘秋果小鞋穿。比如,刘秋果喜欢深夜看书,他们就提出要节约行政开支,逼得刘秋果只好自动提出,他的用油由他自己买;刘秋果爱刮脸,衣服常换常洗,脚下穿的是皮鞋,又因为曾经得过肋膜炎,他把区委会办公室的一把藤椅搬到屋里用,屋里又挂了一张油画,于是他们便四处扬言,说刘秋果追求享受,生活很不刻苦;刘秋果不喜欢拿父母老婆开玩笑,又常劝别人多多读书,于是他们便说刘秋果摆知识分子臭架子,鼓励教条主义风气;刘秋果的爱人是读过高中的城市姑娘,在拖拉机站任秘书,两个人常常在太阳落山,晚霞燃起的时候,到田野和河边去散步,小夫妻相依相靠,非常亲热,于是他们就散布谣言:刘秋果阴阳两面,外表上是无产阶级面孔,骨子里却完全是肮脏的小资产阶级情感。……

刘秋果忍受着这些对他个人的人身攻击,默默地不说一句辟谣和辩驳的话,但是在工作上,他不肯让一步,于是他跟高金海的关系就一天天更加恶化了。

今天,高金海所闯的祸,成为一根导火线,他们的争吵总爆发了。

高金海以地委机关报特约通讯员的资格,写了一篇完全是克里空的通讯,他把自己负责的沿河一带村庄的打井数目字，提高了百分之五十，大肆吹嘘自己，并且暗暗讽刺刘秋果是小脚女人，老牛破车；由于害怕编辑部会下乡调查，他便骑着自行车去四处督阵。

但是白杜梨树村却只打了三眼井，连计划数字的百分之二十都没达到，白杜梨树村的老头反对打井，他们说，从他们落生到现在，六七十年只见过涝，没见过旱，白杜梨树村的土地躺在运河母亲的怀抱里，奶总是吃不完的。

高金海暴跳如雷，硬拉着社主任，喊来几个打井老把式，狠狠地训斥一顿以后，便到田野上去勘察。这几个老头一面是对打井心怀不满，一面也是因为地脉和位置都不合适，从黎明一直溜到太阳升起来，也没确定一个地方。高金海气坏了，便亲自在田野上按照灌溉区划配置起来，到响午，二十眼井的位置都确定了。

灯笼火把，披星戴月的，第二天傍晌就挖成三眼，但是井壁却沙沙作响，高金海心里也发慌了，便又把这些老头叫来，这些老头看了两眼，便摇头说一定得坍。高金海不相信，给他们腰上拴一根绳子，强迫他们下井，只听"轰隆"一声，三眼井全坍了，大家赶紧扯绳子，其中一个老头因为抢救稍晚，腿被砸断。

刘秋果听到这个消息，马上赶到现场，命令立刻送到县医院，让高金海跟他回区委会，于是他们爆发了一场空前的争吵。

"你有什么资格教训我？我为革命流过血，拼过脑袋，你不过就是一张农业机械化学院毕业的文凭，我入党的时候，你还在喊蒋大总统万岁！"

高金海一脚踢开门，冲了出去，跨上自行车就跑了。

刘秋果没去追赶他，他关着门在屋里踱着，苦恼地思索着所发生的一切，同时等候县医院的电话……

这时，办公桌上的电话猛地丁零零响起来，刘秋果一阵心惊肉跳，他抄起听筒，呼吸都紧促了。

"你是秋果吗？"一个清脆悦耳的女人的声音。

"啊，岳樱，是你！"刘秋果长出一口气，这电话是他爱人从六里外的拖拉机站打来的。

"你不是说今晚回家，怎么还不回来？"岳樱娇嗔地责问道。

"明晚回去吧。"

"今晚要复习俄文，这是你规定的制度呀！"岳樱很不高兴地说。

"发生了一件重要的事，不能回去了。"

"什么重要的事？"

"一件很惨痛很头疼的事。"

"如果不需要保密的话，你跟我谈谈。"

"我……"刘秋果一拧眉毛,咬了咬牙,"我得去找高金海,跟他冷静地谈一谈!"说完,他把话筒挂上了。

刘秋果的手还没收回来,电话铃又紧骤地响了。

"是刘书记吗?"这小杨大夫是区卫生所的医生,刚从医士学校毕业一年,刘秋果派她护送白杜梨树村那老头到县医院去的,"那老头的情况怎么样?"刘秋果急不可待地问道。

"刘书记,截肢了!"听筒里,传来小杨大夫的哭音。

"什么?"刘秋果大叫一声,"一定要保住他的腿,请他们院长接电话!"

"是院长亲自动的手术,"小杨大夫痛哭着说,"院长说他已经竭尽全力,但是只能保住一条腿。"

"唉,这……"刘秋果就像被割下一条子肉,他把听筒一扔,抱头倒在藤椅上。

"刘书记,刘书记!喂,喂!……"小杨大夫在电话筒里嘶哑地呼喊。

刘秋果疯了似的跳起来,他没挂上那一声声呼唤的电话,冲出门,骑上车到百丈溪村高金海的家去。

这时,已经是夜晚十点钟。

2

五月的夜晚是温暖的,又是冰冷的。刘秋果骑着自行车,沿着运河河畔的小路奔跑。带着一股微微鱼腥气的河风,柔软地吹拂着他,果园里的苹果花开了,月光照着,像是十冬腊月凝聚枝头的残雪,发散着冰冷的清香味,月夜是朦胧的,村庄和树林似见不见,夜风在田野上像是一对对情人在低低细语,没有别的声音,残春的夜晚是那么恬静、安逸。

刘秋果在百丈溪村头停下了,他站在一棵白杜梨树下,呼吸了一口杜梨树花那酸甜酸甜的香气。前面就是高金海的家,秫秸编的篱笆和柴门,闪闪发亮,屋里黑洞洞的没有声音,只有天井鸭圈里的二十几只鸭子,耐不住夜寒,嘎嘎地拥挤着叫了两声,一团团的白色在窝里蠕动着。

刘秋果只来过这里三五次,那是为了调解他们夫妇间的吵架而来的,但是他以后坚决不肯再给他们做调停人了,高金海那疑神疑鬼的眼色,和高金海老婆杨红桃那忧郁和火热的一双眼睛,都使他很不自在。

他把怦怦猛跳的心镇定下来,看了看手腕上的表,

"十点四十了!"他又沉吟了很久,才下定决心叫门。

"谁呀?"一个声音微微沙哑的女人在屋里问道。

"大嫂,惊动了你,老高在家吗?"

那女人没有答话,只听屋门吱呀一响,她已经走到院里,刘秋果简直后悔自己的莽撞到来,现在想走也走不脱了。

门开了,杨红桃惊喜地叫了一声:"刘书记,是你呀!"

"老高回来没有?"刘秋果焦急地问道。

"外面挺凉的,进屋里来吧!"杨红桃笑嘻嘻地说。

"大嫂,没什么事,我只是问……"

但是杨红桃把他的自行车抢过来,搬进门槛里,刘秋果只好硬着头皮跟在她后面,杨红桃插上门,就一直奔进屋里,点上了灯,刘秋果的心全凉了,高金海一定没在家。

"进屋来暖暖吧!"杨红桃向他招手。

"老高回来没有?"刘秋果站在院里一动不动。

"你看你,难道他不在家,你就不能在我这里坐一坐吗?"杨红桃不高兴地说。

刘秋果只得走进屋里,昏暗的灯光里,杨红桃披散着长长的头发,穿着紧身小红夹袄,给他沏茶。

"大嫂,我不渴。"

"那我给你做点饭吃。"

"不,我吃过了!"刘秋果坐在炕沿上,就像屁股下坐着一堆蒺藜狗子,一副愁眉苦脸,无可奈何的样子。

"噢,你还封建哪,嘻嘻!"杨红桃突然怪罪地瞟了刘秋果一眼,但忍不住又扑哧笑了,"从抗日战争八路军游击队到运河起,这间屋子不知道招待过多少咱们的人,十几年,不说上万,也得有几千吧!我没想到什么不方便,习惯了。"

"噢,"刘秋果好像轻松一些了,"我是来找老高的……"

"我知道你不是来找我的!"杨红桃俏皮地开了个玩笑,但马上就严肃起来,"出什么事了吧?"

"是呀!老高他闯了祸,我们俩又吵了嘴……"

"是不是在白杜梨树村打井,砸折了一个老头的腿?"杨红桃拢了拢滑到眼前的头发,问道。

"就是!"刘秋果懊丧地站起来,"可是老高却死不认错,我得去找他!"

"不用跑瞎道,你找不着他!"杨红桃忽然冷冷地说。

"怎么?"

"他躲到一个安乐窝里去了。"

"那……那我就到那里去找他!"刘秋果固执地说。

"不要去!"杨红桃张开胳膊拦着刘秋果。

"这是怎么回事?"刘秋果迷惘地望着杨红桃那一阵阵泛红的脸。

"你今晚住下吧,我想跟你谈谈。"杨红桃的声音突然变得那么遥远、微弱,像是一个口干舌焦、全身无力的夜行人,向人求援的声音。

"不行!我得回去。"刘秋果吓得连连摇手。

"我可没有什么坏念头!"杨红桃暴怒地叫了起来,那张美丽的脸像白菜叶子似的青白,"论年岁,我是你的老大姐,我知道自己的身份;论觉悟,我是个十二年党龄的党员,我知道党的纪律。可是你这个区委书记,为什么就这样爱胡思乱想,为什么不想听听一个多灾多难的党员的知心话?"

刘秋果被问得张口结舌,他搓着手,又坐下来,讷讷地说:"我是怕老高……"

"他算什么东西!"杨红桃破口骂道,"搞破鞋钻狗洞的坏蛋!"

"你这话……"

"咱们还是平心静气地谈吧!"杨红桃脸色一阵微

红,惭愧地笑了,"我是个急性子,从小人家就管我叫山喜鹊,出了嫁,人家又管我叫野媳妇,可是这都是过去的事了,很远很远以前的事了。"

她忽然闭了嘴,凄惨的眼光投向挂在墙壁的一张照片上,刘秋果的眼睛追随着望去,那是一个英武的游击队员的放大相片,镶着一个雕花的镜框。

"他是谁?"刘秋果轻声问道。

"我那个死鬼男人,"杨红桃悲伤地长叹了口气,"我的第一个男人不是高金海,那时候谁瞧得上他!我的男人是黑脸包龙柏司令手下的骑兵连长,在运河这一带雷一样的响呢!"杨红桃说到这里止住了,她是在压下心头的激动。

"他是一九四五年死的,"杨红桃再一次深情地望了那墙上的相片一眼,沉思地接着说下去,"包司令让国民党给谋害了,我那个死鬼闹个人行动,独自藏着枪进城去刺杀假谈判的国民党专员,只打死了两个卫兵,他被抓住了,铡在城里的十字街头,到今天我进城都不敢从那里走。"

"后来呢,就跟老高结了婚?"刘秋果插嘴问道。

"我守了五年寡,"杨红桃摇摇头说,"兵荒马乱的年头,我也没想到过改嫁,就像替我那死鬼战斗似的,我没告诉你,我担任过好几年的党支部书记呢。"

"知道,"刘秋果点点头,"我很为你关在家里惋惜呢。"

"我后悔嫁给高金海!"杨红桃咬着她那洁白的牙齿,"现在的县委第一副书记陆寒江,过去是我那死鬼骑兵连的指导员,后来他在这一带领导护地斗争,我们常在一块,他喜欢过我呢!不过我因为他总批判我那死鬼无组织无纪律,不应该采取什么个人英雄主义的恐怖行动,我就讨厌他,对他挺冷淡,就这么拉倒了。到了一九五二年,我得罪了那时候的区委书记张震武,被撤销了党支部书记职务,我有冤没处诉,就心灰意懒了……"

"这个我倒没听说!"刘秋果吸了一口气。

"现在张震武已经是副县长,可是我至今也不服罪,他是公报私仇!"杨红桃的眼眶里满是泪花,"张震武到我们百丈溪来,总是在酒铺包饭,不把饭派到各家去,我娘这个老太太,也是共产党员,就看不上眼,跑去骗他说请他吃饺子,他高高兴兴地来了,可是一进门,却是榆钱炒豆腐渣,他火了,说是故意耍笑他,我娘也急了,就骂他刚打下江山就忘了本,共产党员要都像他这样,革命就会跟闯王进京一样下场,坐十八天皇上就得垮台,问得他说不出话,只得闷着头吃了半碗,抓起帽子,又到酒铺去了。后来我又常常反对他那种官老爷架子，他对我们娘儿俩算记恨在心里了，鸡蛋里挑骨头，专找我的毛病，因为我坚决不同意强迫征购我们村的渔船，跟他大吵了一回，他说我是破坏党的决议，一声令下，就把我的党支部书记职务撤销了……"

"这不合法啊！"刘秋果愤慨地说，"你应该向上级党委申诉。"

"我气病了，整整病了一个春天，"杨红桃无限悲酸地说，"我娘产生了退坡思想，也影响了我，生活又挺困难。这时候高金海来了，他原是我死鬼骑兵连的排长，在我们家躲过扫荡，养过伤，吃过住过，现在回来当区委副书记。见着熟人该多亲哪！他给我还了药账，又跟我献殷勤，我一时糊涂，心就动了，我娘不同意，可是我没听她的话，就这样嫁给了高金海，你看，一个人离开了党……"杨红桃低下头，抹了两把眼泪，又掏出手帕擦干流出的鼻涕。

刘秋果激动地站起来，弓着腰，在屋里走着。

"高金海本想玩腻了就散伙的，因为我跟他拼命，他才不得不娶了我。于是他又嫌我不能养孩子，又嫌我什么性格不温柔，我不受他欺侮，就跟他吵，他索性不再回家来，偷偷在外边搞破鞋。后来被俞山松同志知道了，狠狠地整了他一顿,他才不敢再闹,可是仍然不回家住,也不给家里钱,我娘病倒在炕上,因为没钱吃药,又气又恨,就眼瞧着死了……"杨红桃说着说着,泣不成声。

"别难过,别难过,会好起来的!"刘秋果无力地安慰着。

"我一个人劳动一个人吃饭,跟他已经没关系了,"杨红桃又悲切地说下去,"合作化大风暴来了,人们已经忘了我,我没有出头露面,就这么孤苦伶仃地过日子,可是高金海等俞山松同志走后,就像野狗解开了链子,又找了姘头。"

"我怎么不知道?"刘秋果又大吃了一惊。

"区里有一批高金海的心腹,他们会遮盖你的眼睛,他们因为你的资格浅,合伙欺侮你,这我听高金海说过!"杨红桃愤恨地说,"今晚高金海一定是到青流村去了,住在他的姘头家里,是个富农的女儿,才十八岁,可是他已经三十六岁了呀!"

"这算什么人?"

"你说,我应该不应该跟他离婚呢?"杨红桃恳切地问道。

"这……"刘秋果一时手忙脚乱了,马上回不出话。

"比如我是你的姐姐,你该怎么说呢?"杨红桃哀怨地、忧伤地望着刘秋果。

"我支持你!"刘秋果猛地感到自己这种怕负责任的态度真可耻,于是坚定地回答这个无限信赖自己的女人。

"人们会不会把我看作是坏女人呢?"杨红桃羞涩地低下头说,"死了丈夫,嫁了人,嫁了人又离婚,离了婚我还想找个真心实意的人。"

"不会的,不会的,你为什么也有这种封建思想呢?"

"唉,你不懂得做女人的苦处,女人要比男人想得多,也难得多呀!"杨红桃眨动着她那长长的睫毛,眼泪忍不住簌簌流下来。

窗外,一颗流星歪歪扭扭地划下来,河流轻轻地撞击着陡峭的河岸,隔岸的村庄,一只雄鸡叫了全运河滩的第一声。

"杨大姐,"刘秋果的眼睛闪闪发光,望着这个不幸的女人那惨白的脸,"你应该坚强起来,拿出你过去的气魄,不要让人们忘了你!你受的冤屈,党会弄明白的。"

"谢谢你,你睡吧,真对不住,跟你乱扯了半夜。"杨红桃抱歉地苦笑了笑,哽咽着说了一声,就跑了出去。

"你到哪儿去?"刘秋果问道。

"我到那屋去睡。"

刘秋果关上了门,吹熄了灯,月光流泻进来,他不能入睡。

杨红桃靠住秫秸篱笆,迷惘地望着在月光下闪闪发亮的河流,朦胧的田野,听着一只丧偶的布谷鸟那凄厉的哀啼,忽然一股悲酸疼遍全身,她双手捧着脸,肩膀一抽一缩的,她无声地哭了起来。

3

黎明前,月亮转到运河西岸的树林背后去了,原野浓黑起来,闪闪发亮的河流,已经模糊不清,只听见那轻轻的喧闹的声音,树林像一个个挺立不动的黑影;猛地,一声清亮婉转的啼叫,呼唤黎明的鹨雀从天空掠过,杨红桃抬起头,朝霞从东山脚下的深谷里燃烧起来了。

杨红桃舒展了一下酸痛的身体,长长地吐了一口胸头的闷气,然后轻轻地走到屋檐下,刘秋果还睡得很甜,她怕惊动他,蹑手蹑脚地挑起水桶,慢慢地抬开柴门,快步到河边去了。

她走下运河高岸,脱了鞋,挽起裤脚,蹚进潺潺作响的河流里,一股电流似的寒冷,刺疼她的皮肤,通遍全身,她哆哆嗦嗦地打了个冷战,然后弯下腰,洗起脸,她嘘着气，困盹完全消失了。

"你今天怎么起得这么早？"陡岸上，一个发劈的声音问道。

杨红桃仰起脸，陡岸的老龙腰河柳下，站着高金海；她汲满桶，上了岸，盯着那满是眼屎，布满血丝的眼睛，问道："你昨晚到哪儿浪荡去了？"

"我住在区里啦！"高金海打了个大哈欠，伸了个长长的懒腰。

"瞎说！"杨红桃喝道，"刘秋果同志深更半夜来找你，说你跟他吵了架，一赌气走了，你怎么会住在区里？"

高金海惊吓得揉揉眼睛，急迫地问道："告诉我，他都跟你调查了些什么，快说！"

"你去问他吧！他就在家里。"杨红桃冷冷地说。

"怎么，你留他住下了？"高金海朝后跳了一步，上下打量着杨红桃。

"这有什么，人家黑灯瞎火地找你来，扑了个空，能让人呛着夜寒回去吗？"杨红桃镇静地瞪着他。

"他住在哪屋？"高金海又抢到杨红桃面前，嘴里喷着发臭的酒气。

"我那屋。"杨红桃理直气壮地回答。

"你呢?"

"我没睡。"

"胡说!是你勾引他占我的炕头来了!"高金海撒腿就奔家里跑。

"站住!不准你胡闹!"杨红桃扔下水桶,喊嚷着跟在后面。

高金海已经跑进院里,他反手把柴门抬上了,一直闯进屋里;刘秋果被脚步声惊醒,从炕上忙坐起来,一见高金海那丧门神似的样子,也有些发慌。

"打扰你的好梦!"高金海咬得牙齿咯咯响。

"我是来找你的,你跑到哪儿去了?"刘秋果压住心跳,硬使自己镇定下来。

"找我来了?"高金海恶狠狠地一声冷笑,"可找到我老婆的被窝里来了?"

"你这叫什么话?"刘秋果血涌上脸,"你说这话难道不害羞?你污辱了同志,也污辱了你自己!"

"是你污辱了我!"高金海嘶哑地喊叫,"你给我戴上这顶绿帽子,我还有什么脸见人?你欺人太甚啦!"

"你看着我的眼睛!"刘秋果跳下炕,面对着高金海。

"不许动手!"

院里"扑通"一声,杨红桃从篱笆上跳进来。

"你看你还像个共产党员吗?"杨红桃指着高金海的鼻子,厉色地数落道,"摇摇晃晃,满嘴的烧酒味,回到家又不问青红皂白,蛮横不讲理地大吵大闹,让乡亲们听见,你还顾不顾影响?"

"你不用拿这套大原则遮羞脸,你们穿一条裤子,早编好蒙哄我的话!"高金海龇着牙,跳着脚喊。

"老高,希望你冷静一点!"刘秋果憋着满肚子火,说道。

"谁受了这种污辱也不能冷静!"高金海耍起赖皮,完全不想说正经的。

"呸!"杨红桃照地上啐了一口唾沫,"你这个没人心的家伙,你在外面拈花惹草,又来给我脸抹黑!我问你,你昨晚是不是住在青流村的姘头家里了?"

高金海恼羞成怒,拧着眉毛,嘴里喷溅着唾沫星子,叫道:"我知道你们俩做成的活局子!我不吃这一套,咱们到区委会说去!"说着,他不顾杨红桃跟刘秋果的拉扯,跌跌撞撞地跑了出去。

"我正想把问题提到区委会议上去!"刘秋果也要跟着出去,但是杨红桃拉住了他。

"刘书记,让你受这样的冤枉,我真难受……"杨红桃痛苦地说。

"没什么，大姐！"刘秋果拿开她那冰冷的手。

"我也要到区里去，我要揭穿他这个卑鄙的坏蛋！"杨红桃紧握着拳头，眼里的泪花晶莹发光。

刘秋果没说什么，就骑上车走了，但是走到河边，又转了回来，严肃、沉重地对杨红桃说："杨大姐，你不要去，这不好，辛苦你一趟，到拖拉机站去告诉我爱人。"

这一天，区委会沉浸在神秘的、令人窒息的空气里，高金海四处浪荡，跟这个咬咬耳朵，跟那个拍拍肩膀，又跟所有在家的区委委员做了个别谈话，大家怀着恐惧而又好奇的心情，等待着夜晚的到来。

黄昏，杨红桃经过激烈的思想斗争，才动身到拖拉机站去。拖拉机站坐落在运河滩的荒野上，四外是黑压压的丛林，绿漆栅栏包围着几列红房子，黑夜，尤其是没有月亮的黑夜，红房子的电灯亮了，就像行驶在运河原野上的一只大船。

杨红桃见到了刘秋果的爱人岳樱，岳樱还像个未成年的少女，微微黧黑的脸蛋，一双黑溜溜的大眼睛，长长的，不停地眨动着的睫毛，两条粗粗的辫子甩在背后，穿着一双旧皮鞋，熨得很平整的旧蓝制服裤子，上身是褪了色的格子衬衫，套着一件花毛衣，她惊讶地把杨红桃让到她的屋里。

他们的房间里,非常整洁和明亮,靠后墙是他们夫妇睡的床,铺着一床大花床单,两床碎花的棉被和一对喜鹊登枝的软枕头,临窗有一张书桌,一个装得满满的书架。岳樱让杨红桃坐在床边,杨红桃怕坐脏了那漂亮的大花床单,只是靠床边站着,岳樱便强按她坐下来,笑了笑,就请她谈……

岳樱眼睛睁得大大的,听着杨红桃的话,她咬紧了那薄薄的嘴唇,微黑的脸蛋一阵明一阵暗,眼睛被泪水模糊了。

"真阴险,真卑鄙!"岳樱激怒地站起身。

"岳樱同志,你相信……"杨红桃害怕地瞧着这个气怒的小姑娘。

"秋果不是那种人!"岳樱看了一眼挂在床头的他俩的合影,"高金海放这个肮脏可耻的烟幕弹,想遮掩他违犯党的政策的错误,真无耻!"

"岳樱同志,我对不起你们!"杨红桃哭了。

"大姐,这不能怪你,"岳樱走过来,用热毛巾给她擦脸,"可是你为什么不离开高金海呢?对于这样一个灵魂发臭的人,你还有什么可留恋的呢?"

"岳樱同志,你是个幸福的人,你不知道我这个受苦受难的人的心呀！"杨红桃抽抽泣泣地说。

岳樱束手无策了，她一只手按着杨红桃的肩膀，沉思地凝视着窗外的原野，她忽然搂着杨红桃，说道："大姐，你才三十五岁，你振作起来吧！一点也不晚。你应该记住，你是个老党员。秋果跟我都会帮助你，好大姐！"

杨红桃痴呆呆地听着，点点头："对……我记住你的话！"说着，她便推门跑了出去。

原野上刮起雄劲的风，呼呼地吼叫，绿栅栏外的白杨树上，一群喜鹊抟挚着羽毛飞起来，盘旋着绕树几遭，又落在枝头。

一股风从杨红桃没有掩实的门缝里钻进来，岳樱打了个冷战，从衣架上抓起一条围巾和一件棉大衣，熄了灯，锁了门，奔跑着到区委会去。

区委会的宿舍都熄灯了，岳樱打着手电走到里面去，突然"哗啦啦"一声响，像是桌椅被踢翻了。

门被撞歪了，高金海狂怒地跳到院里，挥动着胳臂大叫："这是陷害，我也要向县委提出报告的！"他疯了似的跑走了。

会议室里并没有回声，椅子一阵乱响过后，灯熄了，区委委员一个个默默地走出来。岳樱躲在黑暗的角落里。最后，等大家都出院了，刘秋果才独自一个走出黑洞洞的会议室，站在台阶上，一动不动。

"秋果！"岳樱扑过去。

刘秋果低低地说了声："你来了！"就伸开胳臂，让岳樱给他围上围巾和穿上棉大衣。

"走吧！"岳樱心疼地拉住他的袖子，走了出去。

在寒冷的夜风里，岳樱紧紧地偎着刘秋果，一声不响地走着，静静地听着他们那合拍的脚步声。

"我现在才知道，斗争并不是我入党时所想象的那么浪漫！"刘秋果声音低沉地说。

岳樱只是更靠紧他，像是要把她的热，输送到他的身体里。

"不如做助教，或是当研究生了，那时候想得太美妙，太不现实了！"

"你……"岳樱抓住他那冰冷僵硬的手指。

"不，只是有这么一股逆流在流动，要把它压回去，压回去，斗争并不是那么浪漫！"

4

十天后，刘秋果跟高金海接到县委会的电话，要他俩第二天到县里来，高金海同时还接到一张传票，法院要他明天出庭,审理杨红桃提出的离婚案。

这天下午,高金海忽然不见了,他神不知鬼不觉地回到百丈溪村,偷偷地蹲在杨红桃院后的河岸下面,一会儿,那群鸭子摇摇摆摆地来了,他嘴里低低地叫着,等鸭群下了河,他非常巧妙地抓住两只最肥的,鸭子连叫都没叫出一声,就被他装在自行车车袋里,又在河边用两张一角钱的新票,骗买了一个光屁股小男孩的三只野鸭,于是他跨上车,过了河,顺着公路奔县城去。

高金海进了城,已经是万家灯火了。他到食品公司买了两瓶杏花村汾酒,马不停蹄,就急忙到城东南角的副县长张震武家去。

这是一个显得很荒凉的大院子。因为张震武有七个挨肩的儿子,这七个宝贝儿子一个比一个矮半头,一个比一个更顽皮捣蛋,在集体宿舍里,他们常常打碎玻璃,随地大小便,或是拧开自来水龙头,闹得水流成河,所以不得不在外面租了一所房子,把他们撵了出去。

高金海在门口下了车,掏出手帕擦了擦前额上的汗,喘了口气,便用大拇指去按电铃。

"谁呀?"一个粗哑的声音问道。

"见张县长的。"

门闩"哗啦"一响,大门张开了,一个挽着袖子、双手湿漉漉的、肥胖的保姆站在门口。

"你是干什么的?"这个胖保姆的口气非常盛气凌人。

"见张县长!"高金海的态度也相当傲慢。

"张县长晚上不会客!"这位胖保姆显然是要给高金海一个下马威。

"告诉你,张县长谁都不见,也得见我!"高金海指着自己的鼻子卖字号。

这时,院里正房的竹帘"啪嗒"一声响,一个大喇叭嗓子吆喝道:"马嫂,跟谁吵吵闹闹的哪?"

"是我,是金海!"高金海连忙抢着回答。

"啊呀呀!哪一股香风把你吹来了,好久不见,看不起我这个老上司啦!有两个月没登我的门槛啦!"

随着这大喇叭似的声音之后,一个又高又大,挺着突出的大肚子的胖子,拖着一双木屐走出来,高金海急忙闪过马嫂,奔上前去,"啪!"两个人狠狠地握住手,马嫂吓得赶紧溜到厢房去了。

他俩走进屋里去,张震武一眼看见高金海手中提着的鸭子和酒瓶,哈哈大笑:"好小子,你来行贿啦!"

"看你说的,"高金海的脸一下子涨红了,"我是顺便带点野味来看你,今晚又要住在你这里,吃饭给饭钱,住店给店钱！"

"马嫂！"张震武兴奋地高声叫道，"先别洗衣服了，把这几只鸭子下灶！"

里屋"哇"的一声，刚刚喂奶睡熟的小儿子被惊醒了。

"你把声音放轻点！"他老婆抱怨道。

"我早就想吃野鸭子，想得做梦都吧唧嘴！"张震武压低嗓门，得意地摇摇头。

"你已经吃过了，两大碗饭呢！"他老婆在屋里提醒他。

"这没关系，要发挥肚皮的积极性嘛，哈哈哈哈！"张震武笑得咳嗽着，那肚皮都抖动起来。

屋里的小儿子又被吓醒了，他老婆无可奈何地叹了口气，哼着催眠曲，哄孩子入睡。

三杯热酒下肚，张震武脱掉衬衫，只穿一件背心，乱舞着筷子，一面从嘴里吐出碎骨头，一面打开话匣子。

"不用想逃避责任，毫无疑问的，你犯了个严重的错误！"张震武猛地站起身，在屋里踱起来。

"我……"高金海不满地扔下筷子。

"别跟我狡辩！"张震武瞪着眼睛威胁道，"你必须正视错误，接受教训！"说着，他又坐下来，连着吃了几块鸭肉，灌了两盅酒，然后舒舒服服地长出了一口气。

"我该怎么办呢？"高金海有些惊慌。

"虚心接受批评，深刻检讨错误！"张震武打开抽屉柜，拿出两份打字的材料，"这里一份是刘秋果的报告，一份是你的报告。你看人家这个大学毕业生，写得言辞流利，口气委婉，有事实，有分析，有批判，有检讨，小葱拌豆腐，一清二白！你再看看你的，胡扯一气，态度蛮横，说什么刘秋果跟你老婆睡过觉，你简直是自己把自己涂抹成一个小丑，打官司靠状纸，你是非输不可。"

"其他的县委委员有什么意见，你知道不知道？"高金海吓得乱了手脚。

"周书记到省城去了，省委大概是批准了他的请求，让他耍笔杆子去写长篇小说，他不在倒是你的幸运，周书记是大学生出身，对知识分子从来都是偏向的。"张震武说到这里，突然把声音拉长了，放慢了，"至于两位副书记大人，虽然跟我一样，是泥腿子出身，但是对你却一向不大喜欢，而对刘秋果这个大学毕业生，倒是相当的宠爱，这大概是为了沾点知识分子气，好抬高身价吧！唐县长刚刚到任，什么情况都不大了解，只能随大流。别的县委委员我没跟他们谈过，不过可以肯定，整个情况对你非常不利！"

"我怎么办呢？"高金海现在才感到笼罩在头上的重

重阴影。

"还是那句话:虚心接受批评,深刻检讨错误!"张震武点了一支烟,用一根火柴剔着牙,"你跟刘秋果都将列席会议,你必须态度谦虚,对你这份强词夺理的报告,要加以严厉的自我批判,你写了什么声明之类的东西没有?"

"没……"高金海已经明白他写出的那个充满谩骂、要挟言辞的声明大为不妙,心想必须连夜重写。

"那就写一个吧!和和气气,老老实实的,我将尽量使你不受处分,只提议把你调动一下工作。调到我的身边来搞商业,这是现代化流线型的工作。我们要学会做买卖,列宁说的!"张震武仰躺在布满尿渍的沙发上,喷着烟圈。

"好,写就写一个吧!"高金海说,"我也要预先通知你,杨红桃对你一直怀恨在心,不知道什么时候会反咬一口呢!"

"这个女泼皮!我处分她,完全是为了维护党的组织纪律的尊严。"张震武不以为然地跷着二郎腿,冷笑道,"我真不明白,你当初为什么接管这个剩货!"

"我让鬼迷了心窍!"高金海搔着头皮,在屋里来回踱着,但是心里却像吞了块铅,沉重得很,他踩灭了香烟头,打了个哈欠,"天不早了,睡吧!"

张震武看了看手表,把烟头一扔,说道:"可不是,十二点五十了,早晨六点半还要听政治经济学讲课,又得迟到了!"说着,他又提高嗓子叫道:"马嫂,客房收拾好了吗?"

"收拾好了!"

屋里,孩子又被惊醒,哇哇地嚎起来,他老婆又无可奈何地抱怨道:"你把声音放低点!"

高金海到客房里,锁上房门,把原来的声明书用火柴烧着了,便一支接一支地吸起烟,到后半夜,忽然文兴大发,掏出笔来,伏在桌上,只听一片沙沙磨纸声,直写到窗纸发白。他四肢无力地朝床上一仰,闭上了眼睛,只觉得天旋地转,两眼飞着金星,一阵阵心惊肉跳,想要呕吐;他恍恍惚惚地似睡非睡,忽然被一阵令人毛骨悚然的声音惊醒,他睁眼一看,原来是张震武在房檐下大刮舌头,手表的时针早已经过八点了。

5

刘秋果整整失眠一夜,黎明时他起来,便到田野和河边上去,那混合着泥土、树木和野花的香味的清新空气,刺激得他的头脑清凉清凉的,沁人肺腑的晨风,像是一股淙淙作响的溪流,流过他那发焦的心,金色的太阳渐渐露出山头,河边的向日葵面向着东方。

刘秋果到达县委会,直奔县委第一副书记陆寒江的办公室,他走到门外,听见屋里有一个妇女哭哭泣泣的声音,他赶忙收住了脚。

"一个共产党员,在政治上松了劲,党性在他身上渐渐消失,那他就成了一个活着的死人!"陆寒江的声音很严厉,但是也微微流露出一点感伤的味道,"你跟你死去的丈夫,都缺少理智,脑袋一发热,做出追悔不及的事来;他违反党的斗争策略,结果丢了命,你在婚姻上,受了骗。"

那女人哭得更痛心了,她哽哽咽咽地说:"你现在骂我也晚了!……"

"是晚了,我后悔当初没有狠狠地骂你一顿!"陆寒江的声音非常低沉,"我听到你嫁给高金海,难过了很长一段日子,那时候我还没有爱人,而现在已经做了父亲。离开高金海吧!不过,尽管离了婚,如果你不让过去那勇敢、大胆、粗犷、泼辣的杨红桃复活,仍然是醉生梦死!"

"我听你的话,除了你肯这样骂我,天下还有谁呢?"那女人抽抽搭搭地说。

刘秋果忽然想起杨红桃跟他说过的故事,赶忙扭转身,他刚拐过甬路的松墙,迎面,年轻的县委第二副书记俞山松,手里拿着一卷报纸走来了。

"老兄,这下子可要三堂会审你了!"俞山松没等刘秋果打招呼,就笑着跑过来。

"你好!"刘秋果伸过手来,脸很红地说道。

"走,到老陆屋去!"俞山松亲热地扯着刘秋果的胳臂。

杨红桃正在洗脸,陆寒江皱着眉头吸烟,见他们进来,脸忽然一红。

"杨大姐,你来了!"俞山松笑道。

杨红桃连忙回过头,那两只眼可真像熟烂的红桃子,她凄苦地一笑:"俞书记,你好。"

"本来想请你列席会议,可惜你还要去打官司,不然会更彻底地揭穿高金海的本相!"俞山松说。

杨红桃把手巾拧干搭在绳上,慌慌张张地说道:"俞书记,刘书记,老陆……陆书记,我得到法院去了。"

陆寒江也跟了出去,到甬路松墙外,他低声对杨红桃说:"从法院回来到我家去吧,看看我的孩子,还有我爱人。"

杨红桃扭过脸去,咬住嘴唇,含混地说了一声,"我去……"就快步走了。

陆寒江阴郁地回到屋来,俞山松劈头把一张报纸扔给他:"看看高金海厚颜无耻的自我吹嘘吧!"

陆寒江慢腾腾地把报纸展开了,从头到尾细细地看了一遍,他抬起头,问刘秋果道:"他这篇通讯所报道的情况和数字,你们区委会审查核对过没有?"

"没有!"刘秋果痛苦地说,"高金海做事向来不告诉我,我对他也一向和平共处,在给县委的报告里,我已经提出请求处分。"

"处分完了怎么办呢?"俞山松的嘴角掠过一抹嘲讽的笑影,"去当助教,去做研究生。"

"这……"刘秋果一惊,"你怎么知道我想过?"

"因为千层篱笆也得透风!"俞山松的眼光逼视着他。

"想过……"刘秋果低下头,"不过自己已经把它否定了。"

下午五点钟,杨红桃挺着胸脯第一个从法院里走出来。跟着,脸色蜡黄的高金海也走出法院门口。他从口袋里摸出一支烟,罗锅着腰点着了,忽然看见杨红桃的后影闪进了一家食品店里,便跟踪过去。只见杨红桃买了一盒点心,又走进百货公司,买了一个洋娃娃。这更引起高金海的猎奇心,他一直隔着几步距离,尾随在杨红桃身后,直到看见杨红桃走进陆寒江家门口,他才咬着牙,啐口唾沫,转回身。

高金海回到张震武家听候消息,六点钟,张震武摇摆着一身肥肉,怒气冲冲地回来了。

"怎么样?"高金海走出来,低声问道。

"给你个严重警告!"张震武的脸上像蒙了一层灰。

"到底还是给了处分!"高金海沉下脸,不高兴地嘟哝道。

"都是俞山松闹的!"张震武气恼地叫道,"他姓俞的有什么了不起?小白脸,凭着两片子嘴,看了几本什么辩证论唯物法的书,就连升三级。我要向党中央打报告。我当过了运河的区委书记,他才接我的后任,提拔干部重才不重资,这会伤老革命者的心!"

"我的工作呢?"高金海胆怯地问道。

"根据我的提议,派你去做县供销社的第二副主任!"张震武不耐烦地解开衣服,"马嫂,打洗脸水来!"

高金海感到很没意思,无聊地坐了一会儿,抓起帽子,说道:"我走了!"

"再住一天吧!"张震武的脑袋涂满肥皂沫,大喊道。

但是高金海已经把车推出门槛了。

杨红桃走进陆寒江家的院子里,一个老太太正在做饭,杨红桃说明来意,被让进屋里。

"您是寒江的母亲吗?"杨红桃问道。

"对。您……"老太太疑惑地望着这个陌生的女人。

"我跟寒江十几年前就认识,我死去的男人是寒江的老战友。"

杨红桃的眼睛投在白墙的一幅照片上,老太太端坐在中央,怀抱着一个胖胖的男孩,背后站着陆寒江和一个二十六七岁的女人,那女人剪发,重眉毛,大眼睛,双眼皮,上身穿的是抱腰的花棉袄,下身是一条蓝呢制服裤,显得那么文静,和蔼可亲。

"您的儿媳妇在哪工作?"杨红桃问道。

"在小学里当校长。"

"多好的人品哪!"杨红桃想知道老太太对儿媳的评价,故意引老太太说话。

"人品好,心眼更好,"老太太笑得眯着眼,"我不是娶来个儿媳妇,是接来个亲闺女,我们寒江过去一直不想结婚,听说还是我那儿媳妇主动性强呢!"

"啊!"杨红桃的心疼起来,她急忙站起身,"大娘,墙上那张照片有小尺寸的吗?"

"有,还有一张四寸的。"

"把它给了我吧!"杨红桃说,"我给孩子买了一盒点心跟一个洋娃娃,您别笑话。我得走了!"

"你再稍稍等一等吧,六点钟寒江就会回来,孩子也就由他妈顺路从托儿所带回来。"老太太说。

"不啦!"

杨红桃把那张照片揣在怀里,跑了出去,一股热辣辣的眼泪模糊了眼睛,她什么也听不清,什么也看不见,像是奔跑在迷雾里。她到汽车站,正赶上最后的一班车。

车到百丈溪村站,已经黄昏了,杨红桃下了车,金红色的晚霞浓重地涂染着西山的树林,她走到河边,感到很累,于是她在河边的一块饮马石上坐下来,弯下腰去,手捧着喝了几口河水。

对岸有两个人,靠得紧紧的,沿着河边的小道,慢慢地走着。晚霞给田野、树林和河面镀上了一层赤金色,田野显得更广阔,树林显得更高大,河流的声音更喧响。从背影,杨红桃看出是刘秋果和岳樱,这一定是岳樱到车站接刘秋果,于是无限怅惘涌上心头,她闭上了眼睛。

"怎么,想接我回去再睡一回吗?"一个恶毒的声音在耳边响起。

杨红桃打了个冷战,霍地跳了起来,刘秋果和岳樱的影子已经不见了,面前站着的是高金海。

"不要脸!"杨红桃气得发喘,许久才从胸膛迸出这句话。

"为了你这个臭娘儿们,我送掉了一半前程,我一辈子也忘不了你!"高金海恶狠狠地说。

"我也不会忘记你这个恶魔!"杨红桃握紧两只拳头,像是在荒原上打击猛扑上来的饿狼似的,"我会看得见你的下场的!"

高金海像躲闪熊熊烧起的野火似的,向后倒退了一步,跌了一屁股泥,爬起来,狼狈地骑上车,奔青流村渡口去了。

杨红桃高傲地站在饮马石上,色彩斑斓的晚霞笼罩着她,在她的脚下,是终点,也是开端。

一九五七年三月

原载一九五七年第三期《新港》

蒲柳人家

1

七月天,中伏大晌午,热得像天上下火。何满子被爷爷拴在葡萄架的立柱上,系的是拴贼扣儿。

那一年是一九三六年。何满子六岁,剃个光葫芦头,天灵盖上留着个木梳背儿;一到立夏就光屁股,晒得两道眉毛只剩下淡淡的痕影,鼻梁子裂了皮,全身上下就像刚从烟囱里爬出来,连眼珠都比立夏之前乌黑。

奶奶叫东隔壁的望日莲姑姑给何满子做了一条大红兜肚,兜肚上还用五彩细线绣了一大堆花草。人配衣裳马配鞍,何满子穿上这条花红兜肚,一定会在小伙伴们中间出人头地。可是,何满子一天也不穿。

何满子整天在运河滩上野跑,头顶着毒热的阳光,身上再裹起兜肚,一不风凉,二又窝汗,穿不了一天,就得起大半身痱子。再有,全村跟他一般大的小姑娘,谁的兜肚也没有这么花儿草儿的鲜艳,他穿在身上,男不男,女不女,小姑娘们要用手指刮破脸蛋儿,臊得他得找个田鼠窝钻进去;小小子儿们也要敲起锣鼓似的叫他小丫头儿,管叫他一辈子抬不起头。

何满子不穿花红兜肚,奶奶气得咬牙切齿地骂他,手握着擀面杖要梆他,还威吓要三天不给他饭吃。原来,这条兜肚大有讲究。何满子是个娇哥儿,奶奶老是怕阎王爷打发白无常把他勾走;听说阎王爷非常重男轻女,何满子穿上花红兜肚,男扮女装,阎王爷老眼昏花的看不真切,也就起不了勾魂索命的恶念。

何满子的奶奶,人人都管她叫一丈青大娘;大高个儿,一双大脚,青铜肤色,嗓门也亮堂,骂起人来,方圆二三十里,敢说找不出能够招架几个回合的敌手。一丈青大娘骂人,就像雨打芭蕉,长短句,四六体,鼓点似的骂一天,一气呵成,也不倒嗓子。她也能打架,动起手来,别看五六十岁了,三五个大小伙子不够她打一锅的。

她家坐落在北运河岸上,门口外就是大河。有一回,一只外江大帆船打门口路过,也正是歇晌时分。一丈青大娘站在篱笆外的伞柳荫下放鸭子,一见几个纤夫赤身露体,只系着一条围腰,裤子卷起来盘在头上,便断喝一声:"站住!"这几个纤夫头顶着火盆子,拉了百八十里路,顶水又逆风,还没有歇脚打尖,个顶个窝着一肚子饿火。一丈青大娘的这一声断喝,他们只当耳旁风。一丈青大娘见他们头也不抬,理也不理,气更大了,又吆喝了一声:"都给我穿上裤子!"有个年轻不知好歹的纤夫,白瞪了一丈青大娘一眼,没好气地说:"一大把岁数儿,什么没见过;不爱看合上眼,掉过脸去!"一丈青大娘火了起来,挽了挽袖口,手腕子上露出两只叮叮当当响的黄铜镯子,一阵风冲下河坡,阻挡在这几个纤夫的面前,手戳着他们的鼻子说:"不能叫你们腌臜了我们大姑娘小媳妇儿的眼睛!"那个不知好歹的年轻纤夫,是个生愣儿,用手一推一丈青大娘,说:"好狗不挡道!"这一下可捅了马蜂窝。一丈青大娘勃然大怒,老大一个耳刮子抡圆了扇过去;那个年轻的纤夫就像风吹乍蓬,转了三转,拧了三圈儿,满脸开花,口鼻出血,一头栽倒在滚烫的沙滩上,紧一口慢一口捯气,高一声低一声呻吟。几个纤夫见他们的伙伴挨了打,呼哨而上;只听咔吧一声,一丈青大娘折断了一棵茶碗口粗细的河柳,带着呼呼风声挥舞起来,把这几个纤夫扫下河去,就像正月十五煮元宵,纷纷落水。一丈青大娘不依不饶,站在河边大骂不住声,还不许那几个纤夫爬上岸来;大帆船失去了纤力,掌舵的绽裂了虎口，也驾驭不住，在河上转开了磨。最后，还是船老板请出了摆渡船的柳罐斗，钉掌铺的吉老秤，老木匠郑端午，开小店的花鞋杜四，说和了两三个时辰，一丈青大娘才算开恩放行。

一丈青大娘有一双长满老茧的大手，种地、撑船、打鱼都是行家。她还会扎针、拔罐子、接生、接骨、看红伤。这个小村大人小孩有个头痛脑热，都来找她妙手回春；全村三十岁以下的人，都是她那一双粗大的手给接来了人间。

不过，别看一丈青大娘能镇八方，她可管不了何满子。何家世代单传，辈辈一棵苗，何满子的爷爷就是老生儿，他父亲也是在一丈青大娘将近四十岁时才落生的；偏是何满子不同凡响，是他母亲头一胎生下来的贵子。一丈青大娘一听见孙子呱呱坠地的啼声，喜泪如雨，又烧香又上供，又拜佛又许愿。洗三那天，亲手杀了一只羊和三只鸡，摆了个小宴；满月那天，更杀了一口猪和六只鸭，大宴乡亲。她又跑遍沿河几个村落，挨门挨户乞讨零碎布头儿，给何满子缝了一件五光十色的百家衣；百日那天，给何满子穿上，抱出来见客，博得一片彩声。到一周岁生日，还打造了一个分量不小的包铜镀金长命锁，金光闪闪，差一点儿把何满子勒断了气。

何满子是一丈青大娘的心尖子,肺叶子,眼珠子,命根子。这一来,一丈青大娘可就跟儿媳妇发生了尖锐的矛盾。

何满子的父亲,十三岁到通州城里一家书铺学徒,学的是石印。他学会一笔好字,也学会一笔好画,人又长得清秀,性情十分温顺,掌柜的很中意,就把女儿许配给他。何满子的爷爷虚荣心强,好攀高枝儿,眉开眼笑地答应了这门亲事。一丈青大娘却不大乐意;她不喜欢城里人,想给儿子找个农家或船家姑娘做妻子,能帮她干活儿,也能支撑门户。可是,她拗不过老头子,也怕伤了儿子的心,不乐意也只得同意了。何满子的母亲不能算是小姐出身,她家那个小书铺一年也只能赚个温饱;可是,她到底是文墨小康之家出身,虽没上过学,却也熏陶得一身书香,识文断字。她又长得好看,身子单薄,言谈举止非常斯文,在一丈青大娘的眼里,就是一朵中看而无用的纸花,心里不喜爱。何满子的母亲更看不上婆婆的粗野,在乡下又住不惯,一住娘家就不想回来。等生下了何满子,何满子的父亲就想在城里另立个家。一丈青大娘是个爱面子的人,分家丢脸,可是一家子鸡吵鹅斗,也惹人笑话;老人家左右为难,偷偷掉了好几回眼泪。但是,前思后想,千里搭长棚,没有不散的筵席,到了儿点了头。不过,却有个条件,那就是儿媳妇不能把何满子带走。孩子是娘身上掉下来的肉,何满子的母亲哭得死去活来。最后,还是请来摆渡船的柳罐斗,钉掌铺的吉老秤,老木匠郑端午,开小店的花鞋杜四,说和三天三夜,婆媳俩才算讲定:何满子上学之前,留在奶奶身边;该上学了,再接到城里跟父母团聚。

何满子在奶奶身边长大,要天上的星星,奶奶也赶快搬梯子去摘。长到四五岁,就像野鸟不入笼,一天不着家,整日在河滩野跑。奶奶八样不放心,怕让狗咬了,怕让鹰抓了,怕掉在土井子里,怕给拍花子的拐走。老人家提心吊胆,就像丢了魂儿,出来进去团团转,扯着一条亮堂嗓门儿,村前村后,河滩野地,喊哑了嗓子。何满子却隐匿在柳棵子地里,深藏到芦苇丛中,潜伏在青纱帐内的豆棵下,跟奶奶捉迷藏,暗暗发笑。等到天黑回家去,奶奶抄起顶门杠子,要敲碎何满子的光葫芦头;何满子一动不动,眼皮眨也不眨。奶奶只得把顶门杠子一扔,叫了声:"小祖宗儿!"回到屋里给孙子做好吃的去了。不是煮鸡蛋,就是烙白面饼。

这一天,何满子的爷爷回来了。一丈青大娘跟老头子叨唠这个,嘟哝那个,老头子阴沉着脸,哼哼哈哈,一脑门子官司;一丈青大娘气不打一处来,跟老头子叫起了苦，顺口就给何满子告了状。爷爷是个风火性儿，一怒之下，就把何满子拴在了葡萄架的立柱上，系的是拴贼扣儿，跑不了更飞不了。而且，在他面前扔下一个纸盒，盒子里有一百个方块字码，还有一块石板和一支石笔，勒令他在这一个歇晌的工夫，把这一百个字写下来。

这倒难不住何满子。可是，他有生以来头一回失去自由，心里委屈而又憋闷，两眼直呆呆，双手懒洋洋，一点儿也没有写字的兴致。

2

何满子的爷爷，官讳已不可考。但是，如果提起他的外号，北运河两岸，古北口内外，在卖力气走江湖的人们中间，那可真是叫得山响。

他的外号叫何大学问。

何大学问人高马大，膀阔腰圆，面如重枣，浓眉朗目，一副关公相貌。年轻的时候，当过义和团，会耍大刀，拳脚上也有两下子。以后，他给地主家当赶车把式，会摆弄牲口，打一手好鞭花。他这个人好说大话，自吹站在通州东门外的北运河头，抽一个响脆的鞭花，借着水音，天津海河边上都震耳朵。他又好喝酒，脾气大，爱打抱不平，为朋友敢两肋插刀，所以在哪一个地主家都待不长。于是，他就改了行，给牲口贩子赶马；一年有七八个月出入古北口，往返于塞外和通州骡马大市之间，奔走在长城内外的古驿道上。几百匹野马，在他那一杆大鞭的管束下，乖乖的像一群温驯的绵羊。沿路的偷马贼，一听见他的鞭花在山谷间回响，急忙四散奔逃，躲他远远的。所以，他不但是赶马的，还是保镖的，牲口贩子都抢着雇他。这一来，他的架子大了，不三顾茅庐，他是不出山的；至于脚钱多少，倒在其次，要的就是刘皇叔那样的礼贤下士。

他这个人，不知道钱是好的，伙友们有谁家揭不开锅，沿路上遇见老、弱、病、残，伸手就掏荷包，抓多少就给多少，也不点数儿；所以出一趟口外挣来的脚钱，到不了家就花个精光。

在这个小村，数他走的地方多，见的世面广；他又好戴高帽儿，讲排场，摆阔气。出一趟口外，本来挣不了多少钱，而且到家之前已经花得不剩分文，但是回到村来，却要装得好像腰缠万贯；跟牲口贩子借一笔驴打滚儿，也要大摆酒筵，请他的知音相好们前来聚会，听他谈讲过五关，斩六将，云山雾罩。他这个人非常富有想象力，编起故事来，有枝有叶，有文有武，生动曲折，惊险红火。于是，人们一半是戏谑，一半是尊敬，就给他送了个何大学问的外号。

自从他被尊称为何大学问以后，他也真在学问上下起功夫来了。过去，他好听书，也会说书；在荣膺这个尊称之后，当真看起书来。他腰里常常揣着个北京老二酉堂出版的唱本，投宿住店，歇脚打尖，他就把唱本掏出来，咿咿哦哦地嘟囔。遇上生字儿，不耻下问，而且舍得掏学费；谁教他一字一句，他能请这位白吃一顿酒饭。既然人称大学问，那就要打扮得斯文模样儿，于是穿起了长衫，说话也咬文嚼字。人们看见，在长城内外崇山峻岭的古驿道上，这位身穿长衫的何大学问，骑一匹光背儿马，左肩挂一只书囊，右肩扛一杆一丈八尺的大鞭，那形象是既威风凛凛又滑稽可笑。而且，路遇文庙，他都要下马，作个大揖，上一股高香。本来，孔夫子门前早已冷落，小城镇的文庙十有八九坍塌破败，只剩下断壁残垣，埋没于蓬蒿荆棘之中，成为鸟兽栖聚之地；他这一作揖，一烧香，只吓得麻雀满天飞叫，野兔望影而逃。

夜深人静睡不着觉的时候，何大学问也常常感到阵阵悲凉。自家祖宗八辈儿，穷得房无一间，地无一垄，都是睁眼瞎。自个儿跳跶了大半辈子，已经年过花甲，不过挣下三间泥棚茅舍，八亩河滩洼地；虽然被人尊称大学问，可从没进过学堂一天,斗大的字认不得三筐,而且只会念不会写。儿子天生文质,也只念了三年私塾,就不得不到书铺学徒。看来,何家要出个真正大学问,只有指望孙子何满子了。可是,掂量一下自己这点儿财力,供他念完小学,已经是鼓着肚子充胖;而中学大学的门槛九丈九尺高,没有白花花的银洋砌台阶,怎么能高攀得上?自己已经老迈年高,砸碎了骨头也榨不出几两油来,难道孙儿到头来也要落得个赶马或是学徒的命运?

何满子也真是聪慧灵秀,脑瓜儿记性好,爱听故事,过耳不忘;好问个字儿,过目不忘。何大学问在孙子面前假充圣人,把他的那些唱本传授给孙子;何满子就像春蚕贪吃桑叶,一册唱本不够他几天念的。何大学问惊喜过望,就想求个名师指点。正巧他在赶马路上,在一座骡马大店里,遇见一位前清的老秀才,在这座骡马大店里当账房先生,写一手魏碑好字;店里生意冷清,掌柜的打算辞退这个穷儒。何大学问脑瓜子一热,就礼聘这位老秀才到他家教专馆,讲定教一个字给一个铜板。

老秀才来到何家,就在葡萄架下开讲。他高高在上,坐一张太师椅,手拿一杆斑竹白铜锅的长杆烟袋;何满子低首俯身,坐个蒲团儿,面前一张小饭桌,就像被老秀才踩在脚下。老秀才整天板着一张阴沉沉的长脸,何满子抬头一看，只觉得头上压着一朵乌云，叫人喘不过气。老秀才又酸气冲天，开口诗云子曰，闭口之乎者也，何满子只觉得枯燥乏味，更加闷闷不乐。他本是个整天跑野马的孩子，从早到晚关在家里，难受得屁股下如坐针毡，身上像芒刺在背。念着书，一听见篱笆外柳树梢上莺啼燕唪，就想嗫着嘴唇学鸟叫，念书跑了调儿；一听见门外过往行船的纤歌声，心里就七上八下，想跑出去看一看，念书走了神儿。老秀才的眼睛尖得像锥子，一见他的身子动了动，就伸出斑竹白铜锅的长杆烟袋，敲他的光葫芦头；每敲一下，就肿起一个枣子大的青包，何满子恨透了老秀才。一丈青大娘见孙子天天挨打，心疼得就像一块一块剜肉；只有何大学问认定不打不成材，非但不怪罪老秀才学规森严，而且还从旁给老秀才呐喊助威。何大学问每天招待老秀才三顿净米净面，外加一壶酒；这个局面，穷门小户怎能支撑得住？不到一个月，何大学问就闹了饥荒，拉下了斗大的亏空，只得又去赶马。

何大学问一走，何满子就像野马摘了笼头；天不亮，头顶着星星，脚蹚着露水，从家里溜出去，逃开了学。一丈青大娘早就腻歪了老秀才，先断了每天一壶酒，又撤了一天三顿净米净面。老秀才混不下去了，留下了几百个方块字码，索取了几百个铜板，愤愤而去。

这时,西隔壁那个在通州潞河中学念书的周檎,放暑假回来,何满子整天跟这位洋学生形影不离。何大学问赶马回来,一见老秀才走了,很觉得过意不去,埋怨一丈青大娘头发长,见识短;但是,一见何满子跟着周檎学会了一大堆字儿,还不花一文钱,又不禁转怒为喜了。

何大学问也不是不疼爱孙子。他每趟赶马回来,一心盼家,最大的盼头就是享受天伦之乐。他满脸胡楂,就像根根松针,最喜欢磨蹭孙子的脸蛋儿,逗得孙子吱儿喳乱叫,笑成一团儿,打成一团儿。而且,每趟回来,都要给孙子带回一捎马子吃食。

但是,这一趟回来,何大学问好像苍老了几岁,愁眉苦脸,垂头丧气,眉头子挽成了鸡蛋大的疙瘩。何满子吱吱喳喳欢迎爷爷,爷爷一点儿也不欢喜,没有抱他,也没有亲他,捎马子空空荡荡只有两层皮。

何满子对爷爷心怀不满,拿白眼珠儿翻瞪爷爷,闷坐在窗根下,小嘴噘得能挂个油瓶儿。

后来,他听见奶奶跟爷爷吵了起来:

"你一进家就丧门神似的,没一点儿喜色,要是你嫌弃我们娘儿俩,就留在口外守你那座娘娘庙,死外丧也没人去给你收尸!"

近一两年,何满子懂了点事儿,从大人们的只言片语里，影影绰绰听说爷爷在口外还有一个相好的女人，比奶奶年轻十多岁，住在帐篷里，是个放马的。奶奶跟爷爷吵架，一骂起那个放马的女人，爷爷就不敢跟奶奶对仗了。何满子却非常想跟爷爷出一趟口，到那位年轻奶奶的帐篷里住几天；他自信，那位口外的奶奶也会像家里的奶奶一般疼爱他。疼爱他的人越多越好。

"妈的，我差一点儿扔了这把老骨头，你还咒我！"这一回吵架，爷爷却不肯向奶奶低头服软儿，忍气吞声，"日本鬼子把咱们中国大卸八块啦！先在东三省立了个小宣统的满洲国，又在口外立了个德王的蒙疆政府，往后没有殷汝耕的公文护照，不许出口一步。这一趟，蒙疆军把我跟掌柜的扣住，硬说我们是共产党，不过为了没收那几百匹马。掌柜的在牢房里上吊了，他们看我是个榨不出油水的穷光蛋，白吃他们的狱粮不上算，才把我放了。"

何满子听不大懂，可是他听说过殷汝耕这名字。去年冬天，一个下大雪的日子，乡下哄传殷汝耕在通州坐了龙庭，另立国号，天怒人怨，大地穿白挂孝。寒假里周檎回来，大骂殷汝耕是儿皇帝，管殷汝耕叫石敬瑭，还给何满子讲了一段五代残唐的故事。

原来爷爷坐了牢，还险些扔了命，何满子心疼起爷爷来了。他正想进屋把爷爷哄得开了心，谁想爷爷竟把满腔怒火发泄到他身上,不但将他拴在葡萄架的立柱上,系的是拴贼扣儿,而且还硬逼他在石板上写一百个字。何满子一看见老秀才留下的这些手迹,就想起老秀才那一张阴沉沉的长脸和斑竹白铜锅的长杆烟袋,心里烦透了。

爷爷喝了一壶酒,四脚八叉躺在北房东屋土炕上,打着呼噜睡大觉,天塌了也惊不醒他;奶奶哭丧着脸,坐在外屋锅台上,拨动着一支牛拐骨捻麻绳,依然怒气不息。

现在,只有一个人能搭救何满子;但是,何满子望眼欲穿,这颗救命星却迟迟不从东边闪现出来。

3

何满子觉得,他这个家,像个鸟笼,他好比一只被关在笼子里的柳叶翠鸟;他又觉得,这个家像一只麦秆编成的蝈蝈篓儿,他好比被捉进篓里的小绿蝈蝈。

四面是柳枝篱笆,篱笆上爬满了豆角秧,豆角秧里还夹杂着喇叭花藤萝,像密封的四堵墙。墙里是一棵又一棵的杏树、桃树、山楂树、花红果子树,墙外是杨、柳、榆、槐、桑、枣、杜梨树,就好像给这四堵墙镶上两道铁框,打上两道紧箍。奶奶连巴掌大的地块也不空着,院子里还搭了几铺黄瓜架;而且不但占地,还要占天,累累连连的南瓜秧爬上了三间泥棚茅舍的屋顶，石磙子大的南瓜，横七竖八地躺在屋顶上，再长个儿，就该把屋顶压塌了。

天气越来越热，没有一丝风，小院子闷得像扣上了笼屉。虽然葡萄架绿荫如盖，何满子又赤条精光，可是还阵阵出汗；他看了看拴在脚踝上的绳索，解也解不开，挣也挣不脱，急得满头冒火星子，汗下如雨。

忽然，隔墙花影动，从东篱笆上的豆角秧和喇叭花藤萝里，露出一张俊俏的脸儿，轻轻地叫了一声："满子！"

何满子一抬头，原来是望日莲姑姑，救命星光临了。

"莲姑！"何满子一肚子委屈，好容易盼来了亲人，哇的一声哭了。

坐在外屋的一丈青大娘，听见哭声，扔下手里的牛拐骨，走了出来，问道："满子，怎么啦？"

何满子一听奶奶的口气，明明是带着心疼的意味，于是便演出了他的拿手好戏，扯着嗓子大哭起来。

篱墙外，一串脆笑，望日莲问道："干娘，满子犯了多大的家规，披枷戴锁的打算刺配沧州呀？"

何满子哭得一声更比一声高。

"那个老杀千刀的，撞了黑煞，一进门就瞧着我们娘儿俩扎眼；打算先勒死小的，再逼死老的，好接那个口外的野娘儿们来占窝儿！"

一丈青大娘泼口大骂起何大学问。

北房东屋土炕上，发出一声虎啸，何大学问怒吼着冲出屋门。他光着膀子，赤着两脚，只穿一条肥大短裤，挓挲着根根松针似的胡楂，喊嚷道："不是你这个长舌头娘儿们挑三窝四，我就舍得拴起满子来啦？"

"是我叫你拴的呀？"一丈青大娘的嗓门儿，压倒了何满子的哭声跟何大学问的吼声，"我不过是叫你吓唬吓唬他，谁想你却黑心下毒手！"

"我并没有真捆满子呀！"

"哎哟，拴贼的扣儿，勒得孩子快断了气儿！"一丈青大娘拍得巴掌山响。

"我割下你这个娘儿们的长舌头！"何大学问大步走到葡萄架下，伸出一个指头，抖搂了一下那圈套圈儿、环套环儿的绳索，哗啦散开了，"瞧，这是真捆他吗？"

望日莲背着大筐跑进来，笑道："干爹，您可真会玩花活儿。"

"这叫兵不厌诈，空绳计！"何大学问得意地呵呵笑道，"可这一来，我的花活儿露了馅儿，满子的贼胆子就更大了。"

"您还是进屋睡回笼觉去吧,满子陪我到河滩上打青柴。"望日莲说。

"等一等!"何大学问说,"让他奶奶给孩子做口吃的。"

"我不管!"一丈青大娘还在跟老头子赌气。

"不敢有劳王母娘娘的大驾!"何大学问叹了口气,"我给何家的这个小祖宗儿当大脚老妈子。"

"我不吃!"何满子一甩胳膊,"把挂在西屋墙上的那一串打鸟夹子给我拿来,我打鸟去。"

"得令!"何大学问高声答应,"瞧我孙子的孝心多大,给爷爷打野味,晚上下酒。"说罢,一溜小跑进屋去。

何满子从爷爷手里接过一大串打鸟夹子,牵着望日莲的手走出柴门,眼睫毛上还挂着泪珠儿,就噘起嘴唇学了一声布谷鸟叫:"咕咕,咕咕!"

"你也是我的小祖宗儿。"望日莲说,"来,我背着你。"

望日莲找个土坡,半蹲下身子,大筐靠在土坡上,何满子坐进去,望日莲直起腰,背着他奔河边去了。

望日莲十九岁,奶名可怜儿,是何家东隔壁杜家的童养媳。十二年前,在摆渡口开小店的花鞋杜四,从一个逃荒的饥民手里买下来,领回家,给他那个当时已经十七岁的傻儿子当童养媳妇儿。这个傻儿子小名叫二和尚,长得丑陋,又缺心眼儿,就会在小店里扫马粪。花鞋杜四是这个小村有名的泥腿,他的老婆豆叶黄,又是这个小村独一无二的破鞋。豆叶黄长得有几分姿色,可是心肠歹毒,一张嘴就像蛇吐芯子。可怜儿来到杜家,一年到头天蒙蒙亮就起,烧火、做饭、提水、喂猪、纺纱、织布、挖野菜、打青柴,夜晚在月光下,还要织席编篓子,一打盹儿就要挨豆叶黄的笤帚疙瘩,身上常被拧得青一块紫一块。

可怜儿十岁那年,张作霖的队伍跟吴佩孚的队伍隔着北运河开仗,炮火连天,一个炮弹炸了个大坑,把可怜儿倒栽葱埋了下去,花鞋杜四和豆叶黄也不扒她,慌慌张张跑反走了。一丈青大娘心肠软,冒着硝烟把可怜儿扒了出来,可怜儿昏迷不醒,一丈青大娘把她装进大筐,背在身上就跑。一块炮弹皮子划破了一丈青大娘的鬓角,她还是不忍心扔下这个苦孩子,自个儿逃命。在青纱帐里躲藏了三天,仗打完了,回到村里,才知道二和尚被奉军抓了夫,下落不明。豆叶黄哭天叫地,一腔毒火扑到可怜儿身上,骂她是扫帚星,克夫命,又掐又咬,疼得可怜儿满地打滚儿。一丈青大娘忍无可忍,跳过篱笆,把可怜儿抢救出来。豆叶黄也不是好惹的,跟一丈青大娘对骂起来;一一丈青大娘虽然口角锋利，可是豆叶黄的舌头带着毒刺儿，于是动口改了动手，把豆叶黄打得七窍出血，豆叶黄就爬到何家门口，躺下装死。花鞋杜四更不是省油的灯，手持一把宰猪的青条子赶来，要烧何家的房；一丈青大娘就拿起一把鱼叉，跟花鞋杜四交了手。正打得你死我活，难解难分，何大学问从口外赶马回来了，抡起大鞭，一个鞭花抽过去，把花鞋杜四抽了个皮开肉绽，差一点儿腰断两截。花鞋杜四岂能善罢甘休，他在官面上有路子，搬来了河防局的一个巡长，要把何大学问抓去坐牢。最后，还是有人出面说和，何大学问请了两桌酒席，答应给花鞋杜四和豆叶黄治疗养伤；但是，何大学问和一丈青大娘一定要认可怜儿当干闺女，花鞋杜四表示同意，不过将来可怜儿圆房，何大学问跟一丈青大娘得陪一笔嫁妆。两下立了文书，画了押，可怜儿当众给干爹和干娘叩了头。

一丈青大娘觉得干女儿的名字不吉利，就给她改名叫贵莲。贵莲虽然不再挨打，可是一年三百六十天，还是没有喘气的工夫。她到河滩上打青柴，何家西隔壁的周檎下了学也到河滩上打青柴，两人十分要好，常常嬉戏打闹，周檎就管她叫望日莲；她的命相本来不贵，反倒挺喜欢这个外号，一来二去就叫开了。

运河滩上遍地开放着五颜六色的野花，顶数死不了的花朵最小，只有蚕豆粒大，血红血红的，洒满在河边、路旁、柳荫下，不怕风吹雨打，不怕暴晒干旱。一连多少日子不下雨，土地龟裂，禾苗枯黄，可是小小的死不了花却更鲜红，更艳丽，叶子也更翠绿。望日莲就像那死不了花，在饥饿、虐待和劳苦中发育长大，模样儿越来越俊俏，身子越来越秀美。干爹和干娘疼她，一年也给她做一身新衣裳，她穿上新衣裳就更好看。

　　二和尚被奉军抓夫，一去没回头，何大学问和一丈青大娘就想给望日莲另找婆家。当面不便开口，就拜托摆渡船的柳罐斗，钉掌铺的吉老秤，老木匠郑端午，到杜家探探口气。谁想，三个人刚说明来意，豆叶黄便号啕大哭，夹枪使棒地甩了一大堆闲言碎语。花鞋杜四倒似乎通情达理，说他也不愿意耽误了儿媳的青春，只是儿子生死未卜，宁拆十座庙，不破一门婚，他主张请个算命先生，给望日莲打一打卦。也真凑巧，他的话刚落音，门外就响起算命先生的笛声，他就跑出去请了进来。当着众人的面，算命先生盘问了望日莲和二和尚的生辰八字，掐指算了又算，口中念念有词；然后断定，二和尚在外已经当了官，要像薛平贵那样，一十八载才能衣锦还乡。二和尚出去已经八年了，所以望日莲还得在寒窑苦守十个春秋，就会苦尽甘来，夫贵妻荣。

其实，花鞋杜四和豆叶黄各怀鬼胎，居心不良。花鞋杜四一肚子狗杂碎，他见望日莲出落得一朵鲜花似的，就起了乱伦的贼心。豆叶黄本来是个破鞋，花鞋杜四常年住在小店里，很少回家来睡，她就招野汉子；眼见自个儿年老色衰，缺乏吸引力，就想拿望日莲当招蜂引蝶的幌子。有一天夜晚，豆叶黄跟她的野汉子约定，半夜三更前来。正是暑伏时节，豆叶黄喊叫屋里闷热，打开前后门窗通风。半夜里，豆叶黄走出后门，叫她那个等候在篱笆根下的野汉子进去，她在外面把门。那野汉子像一只偷鸡的黄鼠狼，蹑手蹑脚而入。就在这时，前门又贼溜溜闪进一个黑影。月黑天，天阴得像锅底，两人谁也没看见谁，一齐扑向望日莲的小西屋。

望日莲人大心大，又见豆叶黄行为不正，花鞋杜四贼眉鼠眼，每晚临睡之前，都关严窗户，顶住房门，身旁左边一把镰刀，右边一把剪子。两个恶贼扑门，望日莲惊醒，从炕上跳起来，可是还没有等她动手，这两个恶贼先厮打起来。望日莲投出了镰刀和剪子，从窗口跳出去，大喊一丈青大娘救命。一丈青大娘闻声而至，掌起灯火，只见镰刀砍在花鞋杜四腿上，剪子扎在野汉子胳臂上，两个恶贼仍然死咬住不放，滚在一起厮打。

出了这件事，一丈青大娘不依不饶了。豆叶黄理屈词穷，只得应许望日莲白天给她家干活儿，晚上到一丈青大娘那里去睡。

何大学问出口赶马，望日莲就跟一丈青大娘和何满子同睡在一条小炕上；何大学问赶马回来，望日莲就跟何满子到西屋去睡。那时候何满子才三岁，每晚都睡在望日莲的怀抱里，已经三年了。

望日莲虽然摆脱了花鞋杜四和豆叶黄的暗算，可是摆不脱苦重的劳动，她还要一年到头、一天到晚地干活儿。而且，豆叶黄因为奸计未成，要出口气，更加重了望日莲的劳苦。望日莲从来没有歇过晌，大晌午头儿，便得去打青柴。

年轻的姑娘媳妇儿们下地，身边都带着个孩子，倒不是为护身，而是为防嫌。所以，望日莲晌午打青柴要带着何满子。

4

望日莲的大筐里背着何满子，沿着河岸走出村口，便是一片河滩。

这片河滩方圆七八里，一条条河汊纵横交错，一片片水洼星罗棋布，一道道沙冈连绵起伏。河汊里流水潺潺，春天只有脚面深，一进雨季，水深也只过膝，宽窄三五尺，也不搭桥，可以一跃而过；河汊两岸生长着浓荫蔽日的大树，枝枝丫丫搭满大大小小的鸟窝。水洼里丛生着芦苇、野麻和蒲草，三三五五的红翅膀蜻蜓，在苇尖、麻叶和草片上歇脚；而隐藏深处的红脖水鸡儿，只有蝴蝶大小，啼唱得婉转迷人，它的窝搭在擦着水皮儿的芦苇半腰上，一听见声响，就从窝里钻进水里，十分难捉。沙冈上散布着郁郁葱葱的柳棵子地，柳荫下沙白如雪，大热天躺在白沙上，身心都感到清凉。

何满子最喜欢到河滩上玩耍。光着屁股浸入河汊，捞虾米，掏螃蟹，摸小鱼儿；钻进苇塘里，搜寻红脖水鸡儿，驱赶红蜻蜓满天飞舞，更是有趣；但是，最好玩的还是在大树下、茂草中和柳棵子地里，埋下夹子和拍网打鸟。

一到河滩上，何满子就叫望日莲把他从大筐里卸下来，欢叫着蹚过一条条河汊，跑在前面，从一片片水洼的苇丛中钻进钻出，最后一口气跑上最高的那道沙冈。

望日莲也来到了高高的沙冈上，她坐下来喘了口气，就折了两大把柳枝，编成一个遮阳的柳圈儿；她连一顶破草帽也没有。柳圈儿编成了，她把那一条粗大油黑的辫子盘绕在头上，然后再戴上柳圈儿。这时，何满子一定要采几朵火红的、金黄的、洁白的、绛紫的、天蓝的野花，插在柳圈上，想把莲姑打扮得更好看。望日莲又脱下身上那打满补丁的蓝花土布小褂儿，扔给何满子，叮咛说："给我看着！你打鸟儿别像断线的风筝，有男人来，赶紧喊我。"

何满子见她的胸脯上还七缠八绕着一块长条子破布，便说："莲姑，把这条子破布扯下来，多凉快。"

"放屁！"望日莲脸一红，"姑娘家能脱光膀子吗？"

望日莲头戴着插满野花的柳圈儿，一手提着大筐，一手握着镰刀，钻进蓬蒿茂草丛中去了。何满子坐在柳棵子地里，抱着望日莲的蓝花土布小褂儿放哨。一会儿，他就感到寂寞了，越寂寞也就越感到发困。于是，他不耐烦了，揉了揉眼，摇了摇头，清醒过来，就扒了个沙坑，把蓝花土布小褂埋起来，提着一串打鸟夹子，走下沙冈。

何满子先到草棵里捉小虫，把小虫穿在夹子的支棍上，一把一把地四处埋伏起来，每处都拔几棵草盖上，伪装一下。然后，就钻进茂草中，轻柔地吹着口哨，含一片草叶学鸟叫，引诱树上的和树丛里的鸟儿下树出窝，觅食上钩儿。何满子听见这里啪的一声，那里啪的一声，乐得直想翻个跟头打几个滚儿，那是打中了。但是，有时候也噗的一声，却是打空了。受了惊的鸟儿，吓得钻入没天云，受了挫伤的羽毛在风中飘散。

他听着打中鸟儿的声音，心里默默地数着数儿；要打到二三十只，才够他和望日莲烧吃一顿。

一想到莲姑每天都吃不饱，何满子的心里就一阵阵发酸。打青柴的时候，他常常看见望日莲饿得心里发慌，脸白得像一张白菜叶子，额角上冒出一层层的虚汗，就手打着颤儿摘取一颗一颗的地梨，填填肚子。何满子心疼望日莲，就到财主家的瓜田里去偷瓜；面瓜香甜柔软，很好吃，吃上几个也能饱一阵子。而且，偷瓜也是一种冒险的游戏，对何满子很有诱惑力。

他常常光顾邻村大财主董太师的瓜田。

爬过河滩上最后一道沙冈，就是董太师的瓜田。这一块瓜田二十亩，东西南北各有一座窝棚，地中央还有一座高高的瓜楼，瓜楼上站着一个拿枪的团丁；更有两条伸出血红长舌头的恶狗，在瓜田四处跑来跑去。瓜垄里，埋藏着一杆杆地枪，枪口露在土外，枪机上拴着一根绷紧的细绳；偷瓜的人不小心蹬上绳子，地枪响了，枪砂打在身上或是腿上，就要受重伤。

何满子从茂草中悄悄爬到董太师瓜田的地边，只见高高瓜楼上的那个团丁，抱着枪靠在栏杆上打呼噜，四座窝棚的看瓜人,前仰后合地打盹儿;那两条恶狗也各自找个阴凉卧下,懒得跑动了。何满子偷瓜,不但胆大,而且心细,他滴溜溜转动着黑亮黑亮的小圆眼睛,先看准了有利地形,再仔仔细细观察,分辨出哪一条瓜垄埋藏着地枪。然后,他趴下来,只靠两只臂肘爬行;临到地边,刺溜一下,像一只泥鳅,钻进了瓜垄。

钻进瓜垄的密叶下,何满子就如鱼游水,再有阵阵微风拂过,吹得瓜叶沙沙响,那就更给他帮了忙,打了掩护。他最喜欢吃甜瓜,甜瓜不但解渴,而且一直甜到心窝里。他也爱吃面瓜,面瓜不但解饿,而且吃过之后余香满口。他更喜爱西瓜,但是西瓜个儿大,还要砸破了皮,在瓜垄里不能吃,必须推出瓜田去。这个活儿很累,何满子却干得十分巧妙。他摘下一个斗大的西瓜,然后仰八脚儿躺下,叉开双腿,把西瓜夹在腿裆里,两个手掌子按地,屁股一颠一颠地推得那个斗大的西瓜滚动着;慢慢地,慢慢地推出了瓜田,钻进茂草中,就算胜利了。但是要出一身大汗,沾满一身的沙子。

何满子听见啪的一声又一声,已经打中了十几只鸟儿,就钻进了董太师的瓜田;先在瓜垄里吃了个肚儿圆,然后抱出三个大面瓜,到蓬蒿丛中寻找望日莲。

这一大片蓬蒿,五尺多高的大汉钻进去不见影儿,何满子钻进去，就像一粒石子投入汪洋大海。他走一走便侧耳听一听，听一听哪里有镰刀的唰唰声，再循声找去。寻找望日莲，还有一个方便，那就是望日莲喜欢一边打青柴，一边唱小曲儿。她有一条低柔的嗓子，轻轻唱起来，悦耳动人心。这些小曲儿，都是情歌，词句都很大胆；何满子听不大懂，可是知道在家里是不能唱的。

何满子抱着三个大面瓜，在蓬蒿丛中找来找去，听不见镰刀的唰唰声，也听不见低柔的小曲声。他感到奇怪，也有点儿恐惧，站住了脚，支起耳朵，听了又听，仿佛听见了幽幽的哭泣声。他爹着胆子，踮着脚尖，提着身子，小步小步地向那边挨过去。

他看见了，望日莲已经割倒了一大片青柴，却不知为什么趴在了青柴上，两手抓着两大把泥土，哭得整个身子抽搐着。何满子想，望日莲一定是饿得肚肠子疼了，便高喊道："莲姑，你饿了吧？我给你送面瓜来啦！"

望日莲仰起半边脸，挂满了泪水，抽噎着说："我……不饿，你……吃吧！"

"我早就吃饱了！"何满子把三个大面瓜放在望日莲头前，腾出手来，拍了拍蝈蝈儿似的肚子，"快吃，快吃。"

"我……吃……不下去。"

"你病了吧？我找奶奶来给你扎针。"说着，何满子转身要走。

"我没病！"望日莲一把钩住他的腿腕子。

"那你为什么哭呢？"何满子迷惑地问。

"没来由，就是想哭。"望日莲坐起来，擦着眼泪。

何满子直勾勾瓷着眼珠儿，忽然笑了起来："我猜着啦！你是想檎叔了。"

"谁说我想他？"望日莲又扑簌簌淌下泪来，却还要嘴硬，"他算是我的什么人，我算是他的什么人？"

"你们俩……你们俩……"何满子不知如何回答，"你们俩当两口子吧！"

"今生没缘了，来世再说吧！"望日莲凄然地说。

"来世还得等多少年呢？"何满子问道。

望日莲失神地说："眼下就死，投胎转世，再过二十年，又这么大了。"

"我不愿意你等到来世！"何满子兴致勃勃地说，"等檎叔回来，我就催他雇花轿抬你。"

"他早就该回来了。"望日莲哀怨地说，"人家今年从潞河中学堂毕了业，就要进京上大学堂了，还想得起我这个打青柴的乡下丫头？"

"他要是把你忘了，我见面就骂他！"何满子愤愤地说,"我还要拿奶奶的鱼叉扎他,顶门杠子抢他。"

"住嘴吧!"望日莲慌忙双手捂住他的嘴巴,"不许你咒他。"

"我偏咒他,偏咒他!"何满子呸呸啐起了唾沫。

"求求你,好孩子!"望日莲哀求起来,"你在这儿咒他,他在外边有个灾枝病叶,谁来服侍他呢?"

"看你的面子,我不咒了。"

"你还得说,求老天爷保佑檎叔平平安安。"

"说这个干什么呀?"

"你刚才咒了他,还得给他消灾呀!"

"老天爷,保佑我檎叔平平安安吧!"何满子带着哭音呼叫起来,"保佑我莲姑跟我檎叔成两口子吧!"

望日莲紧紧地把何满子搂在怀里,雨点似的亲他。

望日莲也真的饿了,她风卷荷叶一般吃下了三个面瓜,心情也欢悦起来,白菜叶子似的脸上泛起了娇艳的颜色,目光也明亮得像月光下的春波,喜气挂上了微蹙的秀眉,红润的嘴唇漾起微笑,何满子呆呆地凝望着她。

"你看我干什么?"望日莲纳闷地问道。

"莲姑,你真好看。"

"呸!"望日莲啐他一口,"这几个月,你光学坏,往后别跟我睡了。"

"等檎叔回来，我跟他做伴去！"何满子气恼地说。

望日莲愣了下神儿，脸红了红，小声说："那你就跟他睡一宿，再跟我睡一宿。"

"不！"何满子斩钉截铁地说，"檎叔回来了，我才不愿意跟你睡。"

"原来你跟我这么狠心呀！"望日莲说，"姑姑刚才逗你玩儿，心里才舍不得你。"

"你舍不得我，咱们仨一块儿睡！"何满子说。

"滚你的！"望日莲张开巴掌，轻轻用掌心拍了何满子的光葫芦头一下，"快去收拾你那些打鸟夹子吧，别叫人家起走了。"

何满子恍然想起这桩大事，急急飞跑而去。

5

满河滩跑了一遭，何满子起回了他所有的打鸟夹子和拍网，打中了二十多只，其中还有两只肥囊囊的花胡不拉鸟，心里非常高兴。这两只肥鸟，一只孝敬爷爷下酒，一只要让莲姑吃个痛快。

他回到最高的那道沙冈上，扒出望日莲那件打满补丁的蓝花土布小褂儿，望日莲已经一趟一趟地把大捆的青柴背到了沙冈下晾晒。

望日莲头上那插满野花的柳圈儿已经散乱了,盘绕着的大辫子拖落下来,沾了一头草叶,赤裸的肩头和胳臂上,划满了一道道血印子,七缠八绕在胸脯上的那块长条子破布,被汗水浸透,沾满了泥土。

"莲姑,歇一会儿,烧鸟吃!"何满子跳着脚喊道。

望日莲乏得有气无力,说:"我要去洗洗身子,你来给我看着人。"

他们来到一个僻静的河湾,这个河湾被一道沙冈环抱着,长满红皮水柳,水色澄碧,清可见底。何满子留在沙冈上,望日莲说了声:"合上眼!"何满子就把两眼紧紧地闭住。莲姑跟他说过,偷看姑娘家脱衣裳,要长枣核钉那么大的针眼。望日莲下到水边,在红皮水柳丛中影住身子,一边脱着衣裳一边向何满子喊道:"睁开眼吧!"何满子便把眼睛睁开,向四下张望,警戒男人走来。

红皮水柳深处,传出哗啦哗啦的洗衣裳声;不大工夫,何满子看见,洗干净了的衣裳挂在了水柳枝头晒着,还有那一条长长的破布。又过了一会儿,何满子便听见一阵阵撩水声和凫水声。他又感到寂寞了:衣裳不晾干,望日莲便不能上岸,他也就像一只孤雁似的呆立着。

"莲姑,你可别凫到漩涡里去呀!"他跟望日莲搭着话,"我力气小,救不了你。"

"我用你来救呀?"望日莲在红皮水柳丛中笑着,"当年你檎叔掉在漩涡里,还是我把他救上了岸。我是他的救命恩人哩!"

"我才不信!"何满子哼道,"你跟我爷爷一样,爱吹牛打鼓,小心大风刮跑了你的舌头。"

"真不骗你。"

"你说说,我听听!"何满子从沙冈上出溜下来,坐到河湾子的水边去。

"不许下水!"望日莲吓得尖叫。

"我看不见!"何满子说,"你不快说我就下水。"

望日莲告诉何满子,她十岁的时候,跟着周檎到河滩上挖野菜,天气酷热,周檎下河凫水。谁想凫着凫着腿肚子抽了筋儿,一股急流把周檎卷进了一个水漩子里,周檎的身子就像被拧成了陀螺,一会儿沉没下去,一会儿又旋转着露出个脑瓜顶儿。周檎连喝了几口水,挣扎着大喊救命,她扑通跳下了河,掐着周檎的脖子拽上了岸。后来,周檎再凫水就跟她搭伴了。

"你姑娘家跟小子一块凫水,怎不害臊呢?"何满子问道。

"那时候都小,不知道害臊。"望日莲说,"我跟他在柳棵子地里过家家玩,还拜过花堂呢!"

"原来你跟檎叔早就是两口子啦!"何满子惊喜得喊叫起来。

"别嚷!"望日莲喝道,"我好像觉得有脚步声,你快去看看,是不是有人来?"

何满子又跑上沙冈,手搭凉棚,远瞧近看。忽然,他看见从河岸的柳荫羊肠小路上,走来一个打着旱伞的人,他忙喊道:"莲姑,躲起来!有人。"红皮水柳丛中,响起稀里哗啦的凫水逃跑声。何满子又跳着脚观望,只见那个打着旱伞的人,是个青年书生,穿一身白学生装,肩上背着一个方格土布的小包袱。何满子欢呼了一声:"莲姑,是檎叔!"望日莲在红皮水柳丛中说:"瞎话!"何满子却已经大喊着:"檎叔!"飞也似的迎上前去了。

那个穿学生装的年轻人,收拢了旱伞,也喊着:"小满子!"奔跑过来。

周檎二十岁左右,清秀的高个儿,两道剑眉,一双笑眼,高鼻梁儿,嘴角上挂着微笑,满面和颜悦色,一看就知道是个文静和深沉的人。

他跑到何满子跟前,张开胳臂要把何满子抱起来;何满子急忙跳开,说:"别弄脏了你的新衣裳!"

"你在这儿干什么呢?"周檎含笑问道。

何满子脑瓜一歪,眨巴着小圆眼睛,说:"你猜!"

周檎假装皱着眉头,想了又想,说:"猜不着。"

"跟我来!"何满子牵起他的手就跑。

这时,望日莲也从红皮水柳深处凫出来,扒着岸边的柳枝向外偷看,一眼就看见了那个日夜思念的人,心一下猛跳起来,脸一下子烧红起来。

"满子,别带你檎叔过来!"她是在跟周檎打招呼。

"你害什么臊呀?"何满子顽皮地笑道,"你们不是搭伴凫水,还拜过花堂吗?"

"没那么回事儿!"望日莲说,"周檎,你到远处站着。"

"满子,咱们躲她远远的!"周檎一指几丈外的一片柳棵子地。

他俩在柳荫下的白沙地上一坐,何满子便急着问道:"檎叔,你是跟莲姑拜过花堂吗?"

周檎抚摸着他的光葫芦头,悠然神往地说:"那是童年时代的游戏。"

"你们在哪儿拜的花堂呢?"何满子追问。

"就在这片柳棵子地里。"

"你们穿新衣裳吧?"何满子刨根问底儿。

"我跟你现在这个打扮差不多,她比我多穿了一件兜肚。"

"你头戴一顶插红翎子的礼帽吗？"

"我戴着一个柳圈儿。"

"莲姑蒙着红盖头吗？"

"她顶了一张荷叶。"

"十字披红吗？"

"一人身上斜挂着两个柳枝穿起的花环。"

"摆天地桌吗？"

"堆了个土台。"

"烧高香吗？"

"插了三根艾蒿。"

"拜完天地，到哪儿去入洞房呀？"

"在地上画了个四方块，就算洞房。"

"吃子孙饽饽吗？"

"两片麻叶上放了几个地梨儿，就算子孙饽饽。"

"吃长寿面吗？"

"嚼甜芦根草。"

望日莲走进了柳棵子地，娇嗔地说："你跟他胡说些什么呀？"

何满子一看，望日莲从水中走出来，俏丽的脸儿，就像雨后清晨的一朵荷花。她匆忙中忘了把那块长条子破布七缠八绕在胸脯上,洗得干干净净的蓝花土布小褂儿,紧紧箍着她那丰满的身子。

周檎眼色温柔地答道:"我常常回忆儿时的往事。"

"你为什么不在村口下船?"望日莲问道。

"我想晌午头上你一定在河滩上打青柴,就在前一个渡口上了岸,看看在河滩上能不能找见你。"

"你怎么比去年晚了半个多月才回家来?"望日莲含情脉脉地问道。

"我到北平考大学去了。"

"考中了吗?"

"还没有发榜。"

望日莲低下头去,咬了咬嘴唇,脖颈上泛起了红潮,猛地抬起头,目光火辣辣地问道:"你知道今天是什么日子吗?"

"阴历七月七。"周檎声音微微发颤地说,"所以我挑这个日子回来。"

"七月七,牛郎会织女!"何满子插嘴说,"檎叔是牛郎,莲姑是织女。"

"贫嘴!"望日莲啐道,"到那边看看有没有人来。"

"等一等!"何满子折断一根柳枝,在周檎和望日莲的四周画了个大四方块,"你们就在洞房里说话吧!"

他走出柳棵子地,爬上一棵老杜梨树,骑在大树杈子上。快起晌了,可是还热得像火烤,田野河边仍然路断行人。

在何满子的心目中,周檎是个了不起的人物,是天上的文曲星下凡。

何满子喜欢听老人们说古。他从爷爷、奶奶、摆船的柳罐斗、老木匠郑端午和钉掌铺的吉老秤口中,也从开小店的花鞋杜四那里,零星片断地听到,周檎的父亲周方舟过去在玉田县当小学教员,九年前领头闹起京东农民大暴动,暴动失败,被奉军杀害了。周檎的母亲嫁到周家后仍旧住在这个小村,丈夫一死,就带着周檎跟外祖母和舅舅柳罐斗一起生活。不久,母亲也因哀痛过度而亡,周檎就跟外祖母和舅舅相依为命。后来,他以甲等第一名考入美国教会开办的通州潞河中学,在那个学校里一直是数一数二的学生。

通州城距离这个小村三四十里,周檎孝顺外祖母,每个礼拜六都回家来,跟外祖母团聚一天,第二天下午再回去。他很穷,雇不起马车或脚驴子,夏天回家靠两腿走,走累了就下河凫水;冬天回家乘坐冰床,冰床在封冻的河面上像流星一般飞行。前年,外祖母去世了,他又像孝顺外祖母那样孝顺舅舅,仍然每个礼拜都回家。柳罐斗怕外甥荒废了学业，叫他一个月回家一趟。而一个半月的暑假，半个月的寒假，他都回家来住。他给舅舅打青柴，也帮助舅舅摆船，爷儿俩过得和和睦睦，从没有抬过杠，拌过嘴。

何满子喜欢追随周檎的身前身后，不仅是因为周檎会给他讲引人入胜的故事，教给他的字儿也比老秀才那些"赵钱孙李，周吴郑王"和"天地玄黄，宇宙洪荒"有趣得多，而且更因为周檎也像望日莲那样疼爱他。

柳罐斗跟何满子家住隔壁，也是三间蒲草盖顶的棚屋，一座四面夹着柳枝篱墙的院落。柳罐斗住在摆渡口的大船上，家里只有周檎一个人，何满子听故事和识字儿入了迷，舍不得走，有时就跟周檎一起睡。他玩了一天，跑得乏了，免不了尿炕，周檎也不声张。如果声张出去，他在小伙伴们中间，就没脸见人了。

何满子还有一个乐趣，那就是他在周檎的炕上睡着了，望日莲就要来抱他回家；躺在望日莲的怀抱里，他常常感到呼吸着一股芬芳的紫丁香气味。有一回，他被搬醒了，睁了睁眼，看见望日莲把他抱在怀里，却又跟周檎肩并肩坐在炕沿上不肯走，把她那一条粗大油黑的辫子绕在周檎的脖子上。他想笑，可是太困了，眼皮又粘在一块儿，睡着了。

现在,何满子骑在老杜梨树的树杈子上,想到这里,忍不住伸着脖子向柳棵子地里偷看了一眼。果然,望日莲又在用她那粗大油黑的辫子缠绕着周檎。何满子想,一定也要系个拴贼的扣儿。他咯的一声笑了,但是马上又捂住了嘴,怕惊散了那一对戏水的鸳鸯。而且,也不敢再看了。他想,偷看人家缠辫子,也要长针眼,比枣核钉还得大。

6

七月七的夜晚,何满子不想睡觉。

奶奶给他说过牛郎织女的故事。七月七半夜三更的时候,要有一大群喜鹊在银河上搭桥,牛郎挑着一副挑筐,前边装着儿子,后边装着女儿,来到鹊桥上,跟分别了一年的织女见面,两人抱头大哭。小孩子眼睛亮,耳朵尖,站在葡萄架下,能看见银河鹊桥上的人影,听得见从天上传来的哭声。去年,何满子就曾偷偷站在他家的葡萄架下听哭,可是那一天下小雨,他没有听见哭声,只是洒了一身牛郎织女的眼泪。

今年这个日子,繁星满天,白茫茫的银河横躺在夜空,不会下小雨了。何满子打定主意,不听见哭声不睡觉。

吃过晚饭以后,上弦月像一只金色的小船,从东南天角飘了上来。望日莲编了一只篓子,织了一张席,豆叶黄才不大情愿地说:"睡觉去吧!明天早早起来,别粘在了炕头上。"望日莲才离开杜家,来到何家。

一丈青大娘已经睡醒了一觉,听见望日莲的脚步声,在东屋打着呵欠说:"儿呀,别过了子时,你到小后院拜拜月,乞个巧吧!香烛跟针线,我都给你放在灶王爷佛龛上了。"

"娘,您睡吧,我记着。"

望日莲吱扭推开了门,何满子赶紧闭着眼睛装睡。他单等望日莲出去拜月,就溜出去听哭。

拜月乞巧的风习,虽然迷信,却很优美。那是在七夕之夜,年已及笄的姑娘,半夜时分悄悄找个僻静角落,给垂挂中天的月牙儿焚香叩拜,然后掏出一根银针,一条红线,在月色朦胧中穿引。如果一穿而中,今年必能跟自己心爱的人儿结成美满良缘。

望日莲走进西屋,却没有上炕,她先拿起一把芭蕉扇,扇跑了叮在何满子身上的一只大花脚蚊子,而后就呆坐在炕沿上。何满子偷眼觑着她,只见她心神不宁,又一声一声地长吁短叹,后来就双手捧着脸,一动不动了。何满子想问她为什么难过,却又不敢开口,怕望日莲不让他溜出去。

过了很久很久,望日莲像下定了决心,鼓足了勇气,一跺脚站起身来,走到外屋;外屋的灶王爷佛龛上响动了一下,一定是取走香烛和针线,到小后院去了。

事不宜迟,何满子急忙下炕,光着脚丫儿,屏住气息,从外屋前门蹭了出去。

他抬头仰望夜空,隐隐约约恍恍看见,在白茫茫的银河上,好像有一座桥影,桥影上又晃动着两个人影,那一定是牛郎跟织女已经见面了。他赶紧走到葡萄架下,左胳臂抱住立柱,右手扯着耳朵,全神贯注地听起来。

这铺葡萄架,搭在东屋窗前三步的地方。屋里,爷爷和奶奶正在酣睡。今晚上,因为周檎回来了,柳罐斗打了几条大鱼,割了一斤肉,灌了一葫芦酒,烹炒了几样酒菜,邀集他那几位相好的老哥儿们,聚会在他那摆渡大船上,月下开怀畅饮。何大学问喝得酒气熏天,跌跌撞撞而归,走进东屋,扑到炕上倒头便睡。现在,何大学问扯着抑扬顿挫的鼾声,睡得很香。但是,他的鼾声却搅扰得何满子耳根不净,刚刚仿佛听见了天上的哭泣,却又被那不肯停息片刻的鼾声搅乱了。他真想大喝一声:爷爷,别打呼噜啦!可是,喊醒了爷爷,爷爷必定禁止他站在葡萄架下,怕他受了夜凉。

他感到烦躁,后来忽然想起,不如偷偷溜到周檎家小后院的葡萄架下去,远离爷爷的鼾声;而周檎是个文明人儿,睡觉一定不会打吵人的呼噜,或许能听出个究竟。

于是,他又蹑手蹑脚地溜出柴门,绕篱笆根儿,来到周檎家的小后院外;只见篱笆上有个大窟窿,便四脚落地爬了进去,而且一直爬到葡萄架下,才直起腰,按住心跳,静静地谛听。

静静的七夕之夜,夜风像淙淙的流水;流水淙淙中似有幽怨的哭声,传进他的耳朵,他一阵惊喜。但是留神听去,哭声不是从天上传来,也不是从地下冒出来,而是从周檎睡觉的后窗口,飘出来的余音袅袅。

他吓了一跳,不禁慌了神儿。这是谁在哭泣?他想赶快逃走,却又想听个明白,心里嘀咕了半天,还是留了下来,而且又爬到后窗口下。

"我……我今生跟你……注定是没缘分了!"是望日莲在嘤嘤啜泣,"我烧了三炷高香,点起两支红蜡烛,四起八拜,求月下老儿保佑我跟你……我的眼睛睁得挺大,手也没打哆嗦,红线就是穿不进针鼻里去……"

"你这是迷信思想!"周檎却低低发笑,"拜月乞巧,穿针引线,怎么能决定一个人的命运呢?月色朦胧,幽暗不明，穿不进针鼻是正常现象，不必自寻烦恼。"

"不！"望日莲痛苦地说，"我是柴草穷命，黄连苦命，天意不能嫁给你。"

"我不信天意信人意！"周檎满怀激情地说，"我一定要把你救出火坑，跟我做一对志同道合、生死与共的终身伴侣。"

"万般皆由命，半点不由人呀！"望日莲叹息着，"我的心整个儿给你了，今晚上我把身子也给你送来了；咱俩好一天，就是我一天的福气。"

"那我就更要娶你！"周檎说。

"我压根儿不想拖累你。"望日莲声音虚弱地说，"只怕我逃不出今年的厄运，等你进京上学一走，咱俩的缘分也就到了头儿。他们要糟践我，我就拼上一死，不活了。"

"花鞋杜四跟豆叶黄的野汉子，还想欺侮你吗？"周檎全身像着了火。

"这两个恶贼倒是断了念头。"望日莲打着寒噤，"眼下这两个恶贼又合了伙。有一回，他俩一块儿喝酒，我偷听了三言两语：董太师想买我做小，他们正讨价还价。"

"这个狗东西！"周檎愤怒地骂道，"殷汝耕当儿皇帝,董太师也上了劝进表,是个汉奸,我们要打倒他。"

"他有几十条枪,你一个文弱书生,怎么碰得过他呢?"望日莲苦笑着说。

"莲,你真的甘愿跟我同生共死吗?"周檎忽然庄严郑重地问道。

"从小好了这么多年,原来你信不过我!"望日莲又悲悲切切地哭起来,"我愿意跟你活在一处,当牛当马服侍你;遇到三灾八难,我替你去死。"

"好人儿!"周檎感动得喉咙哽咽了,"实话告诉你,我晚回家半个多月,不光为了考大学……"

"还干什么去了?"

"我们不少人成立了京东抗日救国会通州分会,开展抗日救国运动,将来还要建立武装。"

"你打算叫我干什么呢?"

"参加救国会,打鬼子,除汉奸。"

"我一个女人家,好比萤火虫儿,能有多大亮呢?"

"国家兴亡,匹夫有责;连小满子都应该为抗日救国出一份力。"

何满子几乎想蹦起来喊道:"我出这份力!"可是,他又听见望日莲说话了:"真要拿刀动枪,我比你胆子大,手也狠。"以下,何满子只听见他们轻声悄语,就像风拂青萍,房檐滴水。何满子真困了,他想回家,两条腿却不听活,于是就倒在窗口下睡着了。

不知过了多久,他被摇醒,但是眼皮发涩,睁也睁不开。

"满子,醒醒!"是望日莲在唤他。

"醒醒,满子!"周檎也在唤他。

他终于睁开了粘在一起的眼皮,原来他躺在周檎的小炕上。炕席雪白,屋子里充满熏蚊子的艾蒿青烟气味。望日莲的头发蓬乱,神色发慌地问道:"满子,你是撒呓症吧?怎么跑到这儿来?"

"我到葡萄架下听哭,原来是你们俩。"

"你听见我们说的话了吗?"望日莲的神情更紧张了。

何满子点了点头,说:"莲姑,檎叔要娶你,你就答应跟他拜花堂吧!"

"好孩子,今晚上你听到的话,可不能说出去呀!"望日莲哀求地说,"你要是溜了嘴,莲姑跟檎叔就没命了。"

"原来……你们也信不过我呀!"何满子嘴一撇,委屈地哭了,"你们在河滩上钻柳棵子地,说悄悄话;你把辫子绕到檎叔脖子上,我跟别人说过吗?"

"满子,我的亲人哪!"望日莲把何满子紧贴在心窝上。

7

一去二三里,何满子跟着周檎到钉掌铺去。周檎去看望吉老秤,何满子想在钉掌铺碰见小马倌牵牛儿;牵牛儿是何满子整天在河滩野跑交上的朋友,比他大几岁。

北平到天津的砂石马路和北运河岸之间,有个交叉路口,吉老秤的钉掌铺就坐落在交叉路口上,一间门面,一架凉棚,房前屋后栽种着几百棵高大金黄的向日葵,还有四四方方一个小菜园。

吉老秤已经五十几岁,可是身体硬实得像一座石碑;从口外刚赶来的儿马蛋子,一蹶子踢到他的胸脯上,就像被跳蚤弹了一下。他的手艺高超,远近驰名,却只能混个半饥不饱;用他的话说,一辈子没吃撑着过。他脾气暴,不娶家小,不信鬼神,只好喝烈酒,闻鼻烟;喝醉了就睡觉,扯起鼾声像打雷,打起嚏喷像放炮。

歇晌,他拿一把破扫帚,打扫了房前屋后,泼洒了清水。酒葫芦空了,没有钱买,就只吃两个凉饽饽。吃完饭,他光着上身,坐在大蒲团上,只穿一条到膝盖的大裤衩子,露着毛刺刺的大肚脐眼儿,挥着一把破芭蕉扇子驱赶马蝇,把鼻烟捻进多毛的鼻孔里,于是接二连三打嚏喷,好像一门过山炮响起了隆隆炮声。

后来,他就盘膝打坐睡着了;于是,炮声停止,雷声又起。不知睡了多久,他忽然被一声巨响惊醒;睁眼一看,面前的向日葵荫下,趴着个憨头憨脑的孩子,嘴里咬着一枝芦根草,正嘿嘿发笑。原来,这个孩子从他的鼻烟壶里偷出一大撮辛辣的鼻烟,全抹进了他的鼻孔。他被自己那放炮一般的嚏喷声惊醒了。

"牵牛儿,你这个小狗日的!"吉老秤自己也呵呵笑起来。

说也奇怪,他本来是个火神爷的脾气,但是跟牵牛儿却没有火性。这一老一小,交情深厚。

牵牛儿给大地主董太师家扛小活儿,他是个憨头憨脑而又蔫蔫糊糊的孩子,常常挨小管家的打骂。挂锄时节,完秋以后,他给董太师放马,晌午不许回家吃饭,只给几个馊饽饽。每天,他都赶牲口到河滩上,把牲口撒到河边,再打一大筐青草,然后就得闲了。他不喜欢说话,可是小孩子怕冷清,牲口们都很服他管,撒在河边并不乱跑,他就来到吉老秤的钉掌铺,看吉老秤给牲口钉掌。他坐在一边,也不多言多语,也不碍手碍脚,只是两眼直勾勾地盯着吉老秤的一招一式，默默记在心里。

有一回，吉老秤给一匹生马钉掌，那匹生马嗷嗷嘶鸣，腾跳扑咬，吉老秤降伏不了它，就使出了绝招儿。牵牛儿猛地蹦起来，嚷道："您这是毁它！"他像一头小牛犊子，把吉老秤撞了个趔趄，抢过缰绳。他牵着这匹生马溜达，嘴里轻柔地吹着口哨，那匹马就像能通人性的精灵，也不踢了，也不跳了，也不扑了，也不咬了；马头亲昵地贴在牵牛儿身上，舌头舔着他的肩膀，牵牛儿也嘟嘟囔囔地像跟这匹马说知心话儿，那匹马被乖乖地牵上了桩。吉老秤就要钉掌，牵牛儿说："秤爷，我来吧！"吉老秤一赌气把家伙扔给他，说："钉坏了蹄脚，把你小狗日卖了也赔不起。"牵牛儿却心里有底，不慌不忙，仔仔细细，钉得平平整整。吉老秤乐了，给他一个耳刮子，笑骂道："小狗日的，你要抢走我的饭碗子！"

刚好这天吉老秤给一个外地老客的爱马治好了足疾，那老客送他一份厚礼，有酒有肉；吉老秤又从小饭铺买了五斤大饼，就留牵牛儿吃饭。牵牛儿口羞，不好意思真吃，他就泼口大骂，张手要打。牵牛儿被逼无奈，便放开肚皮吃起来。这个常年填不满肚子的苦孩子，饭量像口井，狼吞虎咽着烙饼卷肉。吉老秤快活地大笑，笑得大肚囊儿直抖动。

吃饱了食困,牵牛儿就躺在凉棚下睡着了,吉老秤坐在一边闻鼻烟,放炮似的打嚏喷也吵不醒他。就在这时,小管家来了,手提一杆懒驴愁鞭子,不问青红皂白,劈头就照牵牛儿身上抽下去,牵牛儿的脊背上顿时肿起一道紫黑的伤痕。牵牛儿打了个滚儿爬起来,蒙头蒙脑就奔河边跑,小管家还不罢手,追赶着还要打。吉老秤恼了,扑上前去,夺过小管家的鞭子,抓住脖领子扯回钉掌铺,说:"这孩子是我请来的客人,你打他,就是抓我的脸。我吉老秤的脾性你也有个耳闻,有冤必申,有仇必报,有气必出。我要打你,你经不起我的小拇指一捅;不打你,我的气又不出。好吧,我看你是个两脚畜生,给你钉上掌,免得你假充人形。"说着,就给那小管家上了桩。小管家骂不住口,吉老秤也不理他,抓下他的皂鞋白袜儿,找了一副给瘦驴钉的掌铁,比了比小管家的脚样,拿起榔头就要动手。小管家知道吉老秤的性情古怪,说得出做得到,便扯破了嗓子哀叫:"牵牛儿,快来救命呀!"牵牛儿从河边跑回来,下死劲扯住吉老秤的胳臂,说:"使不得,使不得!"吉老秤说:"一报还一报,你来抽他一鞭子。"牵牛儿又说:"使不得,使不得。"吉老秤骂道:"孬种,我来打!"小管家叫道:"牵牛儿,还是你打吧!"牵牛儿说:"我不打你,往后你也别打我了。"就松开绑绳,放小管家逃生。吉老秤又骂牵牛儿道:"你就打他,怕他咬下你的鸟来当笛儿吹。"牵牛儿说:"我打他一鞭子,回去得挨他十鞭子,把我打得皮肉开花。"吉老秤说:"他打你十鞭子,你就杀了他!"牵牛儿说:"杀了他,官府要把我抓去砍头哩。"吉老秤说:"你长着两条腿,不会逃奔他乡吗?"牵牛儿说:"天下都有官府,都给有钱人办案,早晚也得给抓住。"吉老秤叹了口气,说:"是呀,天下的官府都给有钱人办案,插翅难逃,只有反!"

从此,这一老一小更心连着心。牵牛儿有空就到钉掌铺来,夏夜坐在月光下,冬天躺在热炕上,爷儿俩只是默默相对,并没有多少话说。但是,在默默中,交流着情感,温暖着孤苦的心。

何满子跟着周檎来到钉掌铺,吉老秤正没生意,在凉棚下给牵牛儿剃头。

"牵牛儿哥!"何满子撒着欢儿跑上前去。

"老秤大舅,您好!"周檎也大步走到凉棚下,给吉老秤深鞠一躬。

"檎哥儿,我的大学士外甥!"吉老秤笑眯了眼,把剃刀折了起来。

牵牛儿的头刚剃了一半,央求说:"秤爷,您给我剃完吧!"

"没兴致啦!"吉老秤一拧牵牛儿的耳朵,从凳子上提起来,"檎哥儿,咱爷儿俩屋里坐。"

周檎笑道:"您得给牵牛儿剃完头呀!"

"咱爷儿俩一两个月没见,我急着跟你说话,不急着剃头。"吉老秤一手提着凳子,一手牵着周檎的袖子,走进屋去。

牵牛儿双手捂住他的阴阳头,噘着大嘴,瞪了何满子一眼,说:"瞧你们来的这个时候儿!"

"那你走开,咱俩谁也甭搭理谁!"何满子推搡着他。

牵牛儿比何满子大好几岁,力气也比他大几倍,但是却乖乖地被推出了凉棚;可又舍不得走,就在路边的阳光下站着。

何满子翘着鼻子,两眼望天,一副傲慢神态,给周檎站岗。

钉掌铺小屋里,只听吉老秤那铁锤一般的拳头,咚地捣了一下小屋的泥墙,小屋连连摇动,屋顶上沙沙落土。

"当年我跟着你爹闹暴动……"

"嘘!轻声。"

"而今这把老骨头跟你闹抗日!"吉老秤虽然压低了

声音，嗓门还是震耳。

何满子过去并不知道吉老秤参加过京东农民大暴动，只听说他坐过五年牢。那是有一回，吉老秤跟花鞋杜四吵架，骂花鞋杜四："你这条人蛆！"花鞋杜四也骂他："你这个蹲了五年大镣的囚犯！"吉老秤大怒，要把花鞋杜四的脖子拧断，花鞋杜四吓得钻进了女茅房，让豆叶黄蹲在茅房里不出来；吉老秤从来不跟女人打逗，骂骂咧咧而去。

还有一回，是今年清明节，周檎回家来给外祖母和母亲上坟，从通州带回三个花圈。一个花圈上写着外祖母的姓氏，一个花圈上写着母亲的姓氏，一个花圈上写着他父亲的名字，还安放着他父亲的一张放大照片。周檎的父亲死在玉田，尸骨未回，是在一块青砖上刻上姓名，跟他母亲合葬的。吉老秤一见周檎父亲的照片，涕泪滂沱，哭叫一声："党代表……"昏厥过去，被柳罐斗架走。这个场面，何满子亲眼看见，也大哭起来。

现在，这爷儿俩在钉掌铺的小屋里密谈。周檎每说一句，吉老秤就答应一声："是喽！"何满子觉得，吉老秤跟周檎的感情，就像戏台上的孟良和焦赞对待杨宗保一样。

"满子，满子！"站在阳光下暴晒的牵牛儿，汗珠子像下雨似的从阴阳头上滴答着,"别生我气了,跟我到河边玩去。"

"我不去!"何满子的头昂得更高了。

"我给你捉一只花翎小鸟儿。"牵牛儿恳求说。

"不去!"

"我再给你用柳条编个鸟笼子。"

何满子的心动了,悄悄地瞟了牵牛儿一眼,问道:"一只花翎小鸟,再配上一个红皮水柳鸟笼子?"

"我还要给你逮一只大肚子蝈蝈儿,"牵牛儿眼里流露出希望和笑意,"再配上一只三转八棱的蝈蝈篓子。"

何满子的心高兴得直打小鼓,他坐不住了,在凉棚下打起转转。

钉掌铺小屋里,吉老秤正以震耳的喊喳声说:"我埋了一支枪……"

"低声!"

何满子忙站住了脚,向牵牛儿一挥手,说:"你走吧!我不去。"

"我背着你!"牵牛儿可怜巴巴地说。

何满子摇了摇头,说:"我不能去。"

牵牛儿说:"那就让我跟你坐一会儿。"说着,眼含着泪水向凉棚下走过来。

"站住!"何满子突然喝道,"不许你走过来。"

牵牛儿又乖乖地站住了脚,嘟嘟哝哝地说:"满子,我知道你不跟我好了。"

"牵牛儿哥,我跟你好。"何满子觉得对不起这个好朋友,眼里也噙满了泪花,"檎叔跟秤爷在屋里说话,别打扰他们爷儿俩。"

"檎哥儿,一言为定!"屋里,吉老秤跟周檎猛一击掌,纵声大笑。

周檎兴冲冲地走了出来,拍了一下何满子的肩膀,说:"满子,咱们再到你端午爷家串门去。"

"我也正想去看我干娘!"何满子笑嘻嘻地说。

他牵着周檎的衣襟儿,蹦蹦跳跳地走了。

被冷落在一旁的牵牛儿,嘴一咧哇哇大哭。

"过来吧,让我的牵牛儿受委屈了。"吉老秤柔情地喊道,"秤爷接着给你剃头。"

牵牛儿却犯起了牛脾气,一动不动;吉老秤奔过去,把他挟到凉棚去。牵牛儿踢蹬着两条腿,吉老秤降伏不了他,只得像给倔骡子钉掌一样,把牵牛儿上了桩;然后打开剃刀,接着剃起来。

8

殷汝耕在日寇卵翼下成立伪冀东防共自治政府以后，便在通州城内风景秀丽的西海子南岸，万寿宫大街以北，仿北平的前清王府，修造他的行政长官官邸，把西海子霸占为他的后花园；门前便是当时横穿通州城内，将通州分割为南北两城的通惠河。

老木匠郑端午是北运河两岸的活鲁班，也被强征了去做工。那些雕花的门窗，奇巧的游廊，都是他的手艺。殷汝耕一心要赶忙住进他这座儿皇帝的府第，逼迫工匠们日夜加班赶造；郑端午累过了力，又受了风寒，挣扎着一条骨瘦如柴的病身子，也得白班夜班都出工。殷汝耕自称笃信佛教，在后院又加造一座佛堂，点名叫郑端午掌作。立架那天，殷汝耕怕柁檩走了尺寸，传令郑端午上房。郑端午身子虚弱，头昏眼花，手脚颤软，刚上房就从高高的大柁上摔下来，摔得大口吐血，跌断了右腿。一块门板抬回家，只剩下小半口气息，半年下不了炕。眼下虽已死里逃生，却再也拉不动大锯，抡不动斧头，握不住锛凿，掌不住墨斗了。他便拿了一把瓜铲，在村外河边，栽种了一亩三分瓜田，日夜住在小小的瓜棚里。

儿子郑整儿和儿媳荷妞，接下了他的锛、凿、斧、锯、墨斗、罗盘。可是，他们的手艺粗糙，郑端午看不上眼，住到瓜棚去，也是为了眼不见心净。

郑整儿和荷妞，都比周檎大一岁，他们是童年的亲密伙伴。

这小两口，是一对有趣人物。

郑整儿像何满子这般大的那一年，一天正光着屁股在门口骑狗玩，他爹郑端午挑了一副挑筐，从外村回来；郑整儿打着狗迎上前去，挑筐里忽然传出哇哇的哭声，吓得他从狗背上滚了下来。他定睛一看，一个六七岁的小胖丫头坐在挑筐里，红通通圆脸，粗眉大眼，蒜头鼻子，四方大嘴，梳着两只小抓髻，几片荷叶遮掩着身体。郑整儿眨巴眨巴小眼睛，问道："爹，哪儿捡来的这个胖丫头儿？"郑端午得意地笑道："给你娶来的媳妇儿，叫荷妞。"郑整儿吐了吐舌头，跟荷妞扮了个鬼脸儿；荷妞噗哧乐了，脸上还挂着好几颗大泪珠儿。

荷妞到婆家，头一顿就一口气吃下三个大贴饼子，老木匠又把半大海碗菜粥倒给她，也吃得溜干二净，不必涮碗。整儿娘直皱眉头，埋怨老伴儿说："三口人还常断顿儿，又添了这个没梁的小水筲儿，等揭不开锅，孩子大人喝西北风去。"老木匠呵呵笑道："你的见识三寸远。这个丫头五大三粗,满脸福相,将来给我生下孙儿,保管是个高我一等的好木匠。"

老木匠郑端午果然好眼力,荷妞十岁,就敢给他打下手;拉起大锯,不但有板有眼,而且有使不完的力气。可是,婆婆教她针线女红,却比赶牛上树还难,十根手指笨得就像鼓槌子。婆婆见她不堪造就,也就随她野生野长,不再跟她操心费力了。老木匠却不计较,而且逢人便夸,说老天爷赏了他这个儿媳妇,顶两个儿子使唤。

这话一点儿不夸大。荷妞样样压过了郑整儿,吃得比他多,个子比他高,力气比他大。青梅竹马,耳鬓厮磨,两小免不了打架。最初一两年,两人打平手;一两年之后,看见荷妞头上肿起一个青包,郑整儿的头上准少不了两个。这几年,郑整儿更怯了阵,只敢动口,不敢动手了。

爱情,在这儿戏的欢笑与眼泪里,在木匠作的汗水交流中,不知不觉滋长起来。吃饭的时候,荷妞总让郑整儿先吃饱,剩多剩少她再一扫而光。遇到木匠生意清淡,吃喝不够,老木匠将少得可怜的食物平分四份,荷妞便将她那一份推给郑整儿。郑整儿不忍独吞,她说:"我不饿。你当我平时吃那么多,都火化食了?才不是。我就像那口外的骆驼,肚子里有存项。"到十八岁,荷妞发育得胸脯丰满，两人的嬉笑打闹就躲避老人了。老人们看在眼里，正盼望儿孙绕膝，就给他们圆了房。

洞房花烛之夜，荷妞约法三章，笑破了听窗人的肚皮。吹熄了红灯，荷妞躺在炕上，威吓郑整儿说："你得依我三件事，不然别碰我。"郑整儿嬉笑道："三百件也依你。头一件？"荷妞说："老言古语，娶来的媳妇买来的马，由人骑来由人打，我可不认这个规矩。"郑整儿说："立这个规矩的人是混账东西，咱俩不听他那一套。二一件呢？"荷妞说："娘上了年纪，眼神不济了，我的手又比脚丫子还笨，往后你得学做针线活儿。"郑整儿说："你太难为人了，我好歹是个男子汉呀！"荷妞喝道："离我远点儿！"郑整儿连忙说："我学，我学。三一件呢？"荷妞说："打明天清早起，不许你再跟大姑娘小媳妇儿贫嘴滑舌。"郑整儿是个顽皮家伙，姑娘媳妇儿们最爱跟他逗趣儿，他也喜欢招惹得这些山喜鹊们叽叽喳喳叫。于是，他吭吭哧哧地表示对这个条件有所保留。啪！火烧火燎一大巴掌，打在他的屁股上，疼得他哎哟一声叫出来，连说："别打，别打！我依你，我依你。"

童年，郑整儿和荷妞也常到河滩上打青柴，两个人都喜欢跟周檎搭伴。郑整儿淘气，荷妞粗鲁，周檎文秀，三人性格不同，也就免不了闹个狗龇牙儿。

郑整儿常常嬉皮笑脸地戏弄周檎，荷妞却站在周檎那一边。每当周檎被逗得眼泪围着眼圈转的时候，荷妞便挥拳上阵，把郑整儿打跑。荷妞力气大，手脚快，青柴打得多；周檎力气小，手脚慢，青柴打得少，荷妞便把自己打得的青柴分给周檎两大抱。

他们过家家，也玩拜花堂。郑整儿喜欢当娶亲的吹鼓手，拜天地时的喜令官，入洞房时的大全福人，却让周檎跟荷妞扮演新郎和新娘。

"那怎么行呢？"周檎红着脸说，"荷妞本来是你的媳妇儿，你该跟她拜花堂。"

"过家家，又不是真的。"郑整儿一心要扮演他称心的角色，非常大方，"等长大了，你想娶她，归你也行。"

"我不当他的媳妇儿！"荷妞也要挑肥拣瘦，"檎哥儿长得比我好看，力气也比我小，得给我当媳妇儿。"

"对，对！"郑整儿拍着巴掌笑倒在地上。他觉得，这么一颠倒，拜花堂的游戏更好玩了。

"我不干！"周檎认为他俩合伙捉弄他，"媳妇儿都是女的，没有男的。"

"不！"荷妞咬定说，"长得好看的，力气小的，才是媳妇儿。"

周檎不玩了,想走,但是郑整儿拧住他的胳臂,荷妞握起了拳头,周檎只得忍辱屈从。

于是,荷妞给周檎打扮起来。她脱下自己的小花裤儿,给周檎穿上,又扒下周檎的小白裤儿,穿在自个儿身上;周檎穿她的小花裤儿飘飘荡荡,她穿周檎的小白裤儿紧紧绷绷。然后,她自编一个柳圈戴在头上;又给周檎耳丫上夹了两朵野花,还研碎了几朵凤仙花,用花汁给周檎搽红胭脂,头上再扣一张荷叶,就算打扮齐整了。周檎挣扎着,反抗着,但是被他们降伏了,哭丧着脸任他们摆布。

郑整儿搓了一支长长的柳笛,摇头晃脑,呜哇呜哇吹起来,逼着周檎在沙冈上转了几圈,算是坐轿行街。

然后到达婆家门口,荷妞大摇大摆迎进门去,把周檎按在插着三枝艾蒿的土台前跪下。

郑整儿快活地高声叫着:

"一拜天地!"

"二拜高堂!"

"夫妻相拜,同入洞房!"

在一片柳笛呜哇呜哇声中,周檎被荷妞拖进画好的四方块里。郑整儿摘了两张麻叶,托着几颗地梨,分别送给女新郎和男新娘,模仿大全福人,捏着嗓子问道:"生不生？"

"生！"荷妞响亮地答道，"媳妇儿，你也说呀！"

"生……"周檎呜咽着说。

郑整儿又拿来两团甜芦根草，当作长寿面，请荷妞和周檎吃。

按照规矩，本来可以收场了；郑整儿偏又想出个鬼点子，还要让小两口说悄悄话儿，他在外面听窗。

"你愿意当我媳妇儿吗？"荷妞假装在周檎耳边打喳喳。

"我愿……不愿意！"周檎忍无可忍了。

"你为什么不愿意？"荷妞大怒。

"牛不喝水强按头，"周檎含着眼泪儿说，"强扭的瓜不甜。"

荷妞哈哈大笑，说："不愿意也晚啦！你跟我拜了花堂，生米做成熟饭了。"

后来，周檎逃避他们，跟望日莲做伴了，也玩拜花堂。荷妞不答应，找碴儿跟望日莲打架，说望日莲抢走了她的媳妇儿。郑整儿还吓唬周檎说："你跟望日莲拜花堂，二和尚知道了要打折你的腿；还是当荷妞的媳妇儿吧，我心甘情愿让你们入洞房。"

不过，他们一天天大起来，郑整儿也不那么大方了。

周檎上了潞河中学,放假回家,来看他俩,荷妞一跟周檎亲热,郑整儿就像搬倒了醋缸。他俩成亲那一天,周檎正赶上期末大考,第二天才赶回来,荷妞笑道:"媳妇儿,你来晚了一步,我娶了别人了。"周檎打趣地说:"整儿哥言而无信,他说过心甘情愿把咱俩配成夫妻的。"郑整儿嬉笑着说:"你说过强扭的瓜不甜,哥哥我替你把这颗苦瓜一口吞下去吧!"

两人圆房已经三年,却没有生下一男半女,整儿娘盼孙子盼得中了邪;东庙烧香,西庙拜佛,长途跋涉,叩头朝山,祈祷苍天慈悲为怀,不要让郑家断了香烟。但是,荷妞照旧月月开花不结果。她万分难过,觉得对不起公婆的养育之恩,常常暗自哭泣。郑整儿却不怪她,软言柔语,给她消愁解闷,又教她在饭桌上装呕吐,嚷叫想吃辣椒酸杏,哄骗老婆婆信以为真。老人家真当是儿媳妇有了喜,满街满巷奔告亲朋好友,说她只要抱上孙子,哪怕砸锅卖铁,典尽当光,也要请亲朋好友们吃一顿风风光光的喜酒。老人家没有等到孙子落生,就卧病不起,临咽气,拉着儿媳妇那满是硬茧的大手,脸上带着心满意足的微笑,一遍一遍地叮咛:"闺女,往后你什么也别操劳,只给我照看好孙儿。"荷妞跪在炕沿下,哭成个泪人儿。

荷妞不知从哪儿打听来一个偏方,一天两口子打扮得齐齐整整,光光亮亮,带着一身小孩子的红裤绿袄,来看望一丈青大娘,开口要借何满子用一用,给他们暖窝。何大学问跟郑端午是姑表兄弟,一丈青大娘怎能不答应?不过却笑出了眼泪,骂他俩是一对儿荒唐。

这是去年的事,何满子已经五岁了。他来到郑家,每天好吃好喝,奉若子孙娘娘驾前的金童,一到晚上,就叫他睡在荷妞的被窝里,荷妞把她那像葫芦一般硕大的乳房,塞进他的嘴里,这叫开怀。然而,偏方也不灵,荷妞依然不见有喜的征兆。两年里,婆婆亡故,公公残废,拉下天圆地方的饥荒,家无隔夜之粮;但是他俩却还像童年时代,嘻嘻哈哈,无忧无虑。而且,干脆收了何满子当干儿,也不想再暖窝了。

9

长河落日圆。何满子跟周檎,在郑整儿和荷妞那里吃过晚饭,才踏着夕阳西下的霞光,沿运河边纤夫踏出的小路回村去。

夏日的傍晚,运河上的风景像一幅瑰丽的油画。残阳如血,晚霞似火,给田野、村庄、树林、河流、青纱帐镀上了柔和的金色。荷锄而归的农民,打着鞭花的牧童,归来返去的行人,奔走于途,匆匆赶路。村中炊烟袅袅,河上飘荡着薄雾似的水气。鸟入林,鸡上窝,牛羊进圈,骡马回棚,蝈蝈在豆丛下和南瓜花上叫起来。月上柳梢头了。

何满子的胳臂上还挎着个小饭篮,那是替荷妞给老木匠郑端午送饭。老木匠郑端午那块瓜田,正在他们回村的半路途中。

这块瓜田,从河岸上一直种到河坡下,原本只有一亩;另外那三分,是老木匠郑端午带着郑整儿和荷妞,一冬一春挑土垫出来的。老木匠郑端午不但是一位能工巧匠,而且是一名高手瓜把式;他的瓜个儿大,皮儿薄,结得多,色、香、味都是上品,很是名贵。然而,他的瓜从不丢失。老木匠郑端午从十二岁学手艺,不以规矩不能成方圆,木匠这一行的规矩最讲究。他这大半辈子,手艺上从没走过尺寸,规矩上从没差过板眼。他是北运河两岸的活鲁班,但是从不目中无人,从不恶语伤人,更从不同行结冤,损人利己;因此,他在这一方是个出名的老好人。他的瓜田本来不必看守,就是手脚最不干净的人物,也不忍心偷他一个瓜,摘他一片叶;他住在瓜棚里,是为了驱赶黑夜进犯瓜田的刺猬和狼巴狗子。白天,他一个人孤独寂闷,常常到渡口上找摆渡船的柳罐斗,或是到钉掌铺找吉老秤，一坐就是半天一晌；等回到瓜田，到瓜垄里转一遭，哪一棵秧少了一个瓜，拨一拨瓜叶，扒一扒浮土，就会找到或是扒出三两个铜板。

何满子跟着周檎来到老木匠郑端午的瓜田地边，突然站住了脚，说："檎叔，你替我把饭篮送过去吧。"

"为什么？"周檎感到奇怪。

"我不敢过去。"何满子说，"一到瓜田，干爷就得让我吃瓜，不吃得肚儿滚圆不让我走。"

"那你就放开肚量吃吧！"周檎笑道，"瓜吃多了撑不着人，走两趟小水就泄空了。"

何满子摇头说："干爷种瓜，是为了挣出一年的嚼谷，我怎么能糟害他老人家呢？"

"好个懂事的孩子！"周檎很感动，提着篮子走向瓜棚。瓜棚里没有人，他向四下喊道："郑大舅，端午大舅！"

瓜田的一角的沙冈上，有个女人答话："把饭篮挂在瓜棚横梁上吧！你舅舅吩咐，叫你赶快到他船上去，他们老哥儿几个在那儿聚会。"

这是一条微微沙哑而又甜润悦耳的嗓子。

周檎知道，她是舅舅柳罐斗的情人云遮月，一位每年入夏到运河滩走村串庄唱京东大鼓的女艺人。

"满子,你自个儿敢回家吗?"周檎向瓜田地边扬手问道。

"我陪云姑奶奶坐一会儿,你走吧!"何满子跑过来,"要是我睡着了,你把我背回家去,我跟你睡。"

周檎答应一声走了,何满子就跑上瓜田一角的沙冈,在云遮月的身边仰八脚儿躺下来。

柳罐斗是这个小村的头一条好汉子。他现年三十八九岁,高大魁梧,顶天立地,宽肩膀,细腰身,扇面胸脯,五官端正,一副庄严英武的神态,深沉大度的气势。何大学问很少看得起人,可就是夸柳罐斗是活赵云,赛平贵。

年轻时候,柳罐斗在董太师家扛长工,董太师的女儿爱上了他,有了身孕。董太师怎能容忍?一条白绫勒死了女儿,挂在后花园的凉亭上,说是受辱不屈,自尽全节。董太师要抓住柳罐斗,活剥了他的皮。柳罐斗拿着姐夫的一封信,投奔了打到河南的北伐军。两年后,柳罐斗练就一手百发百中的枪法回来了。董太师还想抓他五马分尸;可是那时候北平挂上了青天白日旗,有个北伐军的连副跟他是磕头把兄弟,带着一队人马前来看望他。董太师的团丁正要捆绑柳罐斗,那个连副的人马赶到,当场就把两个团丁枪毙在柳罐斗的脚下。然而,柳罐斗不但不感谢这位连副救了他的命,反而怒喝道:"你对不起咱们的蒋团长，我早就跟你割袍断义，划地绝交了！"那个连副跪倒地上，哀求着："大哥，不是你战场上从枪林弹雨中三次救出兄弟，兄弟哪有今天高官得做，骏马得骑？你就开一开金口吧，要什么兄弟都给你。"柳罐斗说："我要一支枪，二百发子弹。"那个连副赶忙摘下身上的驳壳枪和子弹带，还有他的坐骑好马，交给了柳罐斗。柳罐斗又喝令他摘下军帽，挂在一棵河柳枝杈上，抬手一枪，打碎了帽檐上的国民党徽，然后猛一挥手，向那个连副厉声说："你走吧！咱俩谁也不欠谁的情，清账了。"那个连副不敢违拗，叩了个头，凄凄惶惶而去。临走，那个连副又闯进董太师的宅院，恐吓董太师，胆敢碰柳罐斗一根汗毛，他就要带兵把董太师一家杀得鸡犬不留。此后，董太师也真的不敢再跟柳罐斗找碴了。眼下，这个连副在驻防通州的冀东保安总队里当大队长，早已跟柳罐斗不相往来，但是对董太师依然起着威慑作用。

原来，柳罐斗跟这个连副，都在北伐军里一位名叫蒋先云的团长手下当兵。蒋先云是个共产党员，黄埔军校第一期毕业生，英勇善战，赫赫有名。他这个团打到河南，不管是吴佩孚的队伍，还是张作霖的奉军，都被他们打得落花流水。后来，蒋先云团长阵亡，换了个国民党的团长，在团里大举清党，把那些跟蒋先云接近的官兵，杀的杀,抓的抓,遣散的遣散。柳罐斗当时已经当了排长,这个连副当时是他的排副;柳罐斗不满国民党团长的为非作歹,扯下领章军衔,愤而解甲归田,这个连副却不肯走,还补了他的缺。

柳罐斗回到家乡,京东农民大暴动已经被镇压下去,姐姐带着外甥周檎,一对孤儿寡母,跟老娘和他一起过日子。他卖了那个连副送他的坐骑好马,打造了一只大船,就在渡口摆船为生,养活一家四口。

柳罐斗人品出众,不少人给他提亲,他都一口谢绝。有一回,何大学问保媒,他还是不肯答应,一丈青大娘恼了,找上门跟他吵架:"男大当婚,女大当嫁;你三十出头的人,老哥老嫂操心你的终身大事,你怎么反倒不赏老哥老嫂的脸?"柳罐斗长叹一声,说:"老嫂子,兄弟不是狗咬吕洞宾。你想,我的姐姐是个苦命人,一奶同胞,手足情深,我要好好服侍她一辈子。娶个媳妇儿进门,就算她是个贤良女人,可是居家过日子,天长日久马勺没有不碰锅沿的;真要是三天吵架,五天拌嘴,伤了我姐姐的心,岂不是我的罪孽?"一丈青大娘听他说得有情有理,也就不为难他了。过了两年,周檎的母亲去世,一丈青大娘又给他说媒。柳罐斗心情沉痛地一声长叹,说:"如今我姐姐过了世,檎哥儿更是个孤儿。我娶个媳妇儿进门,谁知道她是个什么脾性？真要是待我的外甥不好，我怎么对得起九泉之下的姐姐和姐夫？即便她脾性温顺，待我外甥不薄，就怕我有了亲生儿女之后，生出偏心眼儿，疼爱自个儿的，慢待了檎哥儿，无情无义，天理不容。所以，还是让我打一辈子光棍，给檎哥儿扛一辈子长工吧！"一丈青大娘听他说得伤感，也落了泪，不再勉强他了。

柳罐斗每天黎明拂晓解缆，日落西山收船，往返两岸，迎送行人。那年月，有句俗谚："车、船、店、脚、牙，无罪也该杀。"这当然是污蔑不实之词；可是，这五行人，也真是各有其刁钻之处。船夫一般都很粗野，夏天穿一条短裤，赤身露体；一言不合，张口就骂街，动手就拼命。然而，柳罐斗却与众不同。三伏大热天，头戴一顶斗笠，上身穿一件白粗布小褂，纽襻儿扣到脖颈上，下身穿着一条紫花布裤，挽着裤腿儿，只到膝头。他为人非常文明，未曾开口面带笑，说话听不见半个脏字儿。他那一条船，能运送三辆大车，站立几十位乘客，摆船的却只有他一个人；一支三丈大篙，握在手里，舞弄得十分轻巧。解开缆绳起了锚，大篙一抵河岸，大船便驯顺地直奔河心；然后他在河心一篙直刺到底，大船定住方位，在水流中不晃不转，平平稳稳向对岸靠拢。这个小村渡口，河面也有几十丈宽，他非但不手忙脚乱，而且自有板眼路数；

几篙到岸,不多一篙,不少一篙。看看临近对岸码头,他抓起缆绳,扬手一抖,那粗大的缆绳便像一缕游丝,团团缠绕在水边的河柳上,而后抛下锚去,大船就像石舫一般铸在码头上;于是,他铺上跳板,人马车辆平安下船。

几年前,农历五月初五赛船会,从通州下来一个唱京东大鼓的女艺人,艺名云遮月,住在花鞋杜四的小店里。过河时,她刚踏上柳罐斗的渡船,就对柳罐斗一见倾心。云遮月不到三十,可是沦落风尘,又染上一口烟瘾,已经是残花败柳。半夜三更,这个女艺人情不自禁,爬墙出来,跑到柳罐斗停泊大船的地方,钻进船舱,要跟柳罐斗同床共枕。柳罐斗一向洁身自爱,云遮月却是老于风情;柳罐斗婉言谢绝,云遮月死活不走;柳罐斗又气又恼,把她挟下了船,然后解缆划船躲到对岸去。

云遮月却不死心,她竟打定主意不回通州了,每天就在渡口打地摊卖艺。夜晚散了场,柳罐斗早已躲往对岸,她便隔河相望,站在一座沙冈上,向河那边的大船歌唱,唱完一段又一段。

云遮月有一条好嗓子,歌声像行云流水,动人心弦,搅扰得柳罐斗睡不着觉了。

"姑娘,你睡觉去吧!"柳罐斗从船舱里走出来,站在皎洁的月光下,"你吃的是开口饭,累哑了嗓子,那就砸了饭锅。我靠卖力气吃饭,你吵得我不能安歇,明天撑船拿不动大篙,也是断了我的生路。"

云遮月停止了歌唱,说:"你不请我到你的船舱里睡,我就唱一宿,砸了我的饭锅,断了你的生路,咱们一块儿饿死。"

柳罐斗觉得跟这个要货儿真是没咒念,便玩笑道:"我的船舱敞着门,你就过河来吧!"

云遮月二话没说,扑通跳下了河,她本不会凫水,一下河就沉了底;柳罐斗慌了神儿,赶忙下水,一个猛子,将她捞上了船。

盛情可感更难却,柳罐斗收留了她。

这个女艺人自从跟柳罐斗相好,烟也戒了,也不搽胭脂抹粉了。不多日子,竟面如满月,像一朵枯萎了的花朵,沐浴春雨,又盛开怒放起来。她从小学艺,一不会烧火做饭,二不会针线女红;可是自从跟柳罐斗相好,饭也能做了,针线活儿也学会了。两人夜夜三更相会,好得如胶似漆。

一丈青大娘感到不安了,劝说柳罐斗道:"你跟这个烟花女儿打连连,败坏了自个儿的名声,背兴不背兴?"

柳罐斗正色道:"嫂子,她虽是个人下人,人品却高。"

"那你就娶了她。"

"她是一只水鸟儿,我不想把她关在笼子里。"

一丈青大娘又把云遮月找到家里去,说:"你要有心跟我罐斗兄弟好一辈子,那就嫁给他。"

云遮月凄然一笑,说:"我这一条洗不净的脏身子,怎么配当他的妻室呢?他应该娶一个好人家的黄花闺女。等他看中了谁,明媒正娶,我就跟他一刀两断,绝不藕断丝连。"

可是,柳罐斗并不想娶别的女人,他们相好几年,仍然像新婚燕尔的少年夫妻一般。为了避人耳目,不受惊扰,柳罐斗每晚收船之后,将大船撑到远离渡口的僻静河湾停泊,等候云遮月悄悄前来幽会。

何满子很喜欢听云遮月演唱京东大鼓;他爱听云遮月的歌声,也爱听唱词里的故事。今晚上,他躺在云遮月的身边,乞求地说:"云姑奶奶,您给我唱一段顶好听的。"

云遮月没有给他唱京东大鼓的曲段,却目光迷离,神不守舍,用低柔的鼻音哼唱一支摇篮曲:

风儿轻,月儿明,

树叶遮窗棂；

蛐蛐儿叫声声，

宝贝儿睡在了摇篮中……

唱着唱着，把何满子唱进了梦乡里。

等他醒来时，已经天光大亮，原来他从瓜田一角的沙冈，乔迁到周檎的小炕上。周檎临窗放了一张小饭桌，正在晨光中埋头写字。

10

这几天，周檎白天在家里给云遮月写新词，夜晚便到老木匠郑端午的瓜棚去，跟柳罐斗、何大学问、吉老秤、郑端午等人聚会。有时聚会在柳罐斗的大船上，郑整儿和荷妞就代替他们的老爹看瓜，巡风放哨的是云遮月，不用何满子；因为爷爷说他还是个黄口小儿，不能担当大任。

望日莲这几天被豆叶黄关在家里，不再到河滩上打青柴，何满子也不能跟她搭伴了。

何满子像风吹柳絮，雨打浮萍，没头没脑地这里跑跑，那里转转。找牵牛儿去玩，那个憨头憨脑的家伙，蔫蔫糊糊半天说不出一句话，就像浸了水的木鱼敲不响；他感到没意思,又像蜻蜓点水飞走了。

他走到渡口花鞋杜四的小店墙外,忽然看见河防局的巡长麻雷子,骑着一辆贼光闪亮的自行车,飞驰而来。那年月,自行车极其罕见,何满子未免少见多怪,这就吸引了他那百无聊赖中的好奇心。麻雷子骑车驶进小店外院,何满子也跟踵而至。

这个小店,坐落在距离渡口百步之外的一块空地上,四面打起半人高的土墙,土墙外栽种着连绵不断的柳棵子,柳棵子外掩上了沙坡。荆条编的大梢门,一进门是个大院,东西两溜敞棚,拴着骡马,存放车辆。满院的粪尿和草料末子,招引来一群群鸡、鸭、麻雀啄食。正面一座长棚屋,被一条过道隔成两个大通间,每个大通间都是对面两条炕,每条炕挤得下二三十人,都是贩夫、走卒、苦力;夜晚他们便三五成群,聚拢在小黑油灯下,掷骰子,押大宝,呼幺喝六,吵蛤蟆坑。穿过过道,东西两座厢房,东厢房是灶上,西厢房是花鞋杜四和三个伙计的住处;正房也是一座长棚屋,只不过隔断成一个个鸽子笼似的单间,四壁粉刷了白灰,店钱高出前院大通间十倍。租赁这些单间的都是商人、老客、纨绔子弟,他们开酒席,推牌九,打麻将,抽鸦片烟;花鞋杜四还有一只花船,给他们从通州接来妓女。

有一回,何满子看见花船靠岸,一个独眼龙,左手搓弄着两只叮当响的铁球,右手提着一条皮鞭,从船上押下几个女人。一个个黑眼窝子,目光像死鱼,脸上搽着厚厚的白粉,抹着血红的嘴唇,妖形怪状。何满子尾随进去,只见前院大通间的客人,吹口哨,挤眉眼,嘴里全是不干不净的脏话儿。一到后院,单间里的那些有钱客人,发了狂似的扑奔出来,有的一个人拉走了两个,有的两个人架走了一个。一个十五六岁的女孩子尖叫着:"我有病,我有病!"那个独眼龙一把挽住她的辫子,手里的皮鞭雨点似的抽打着,何满子吓得扭头就跑。跑到墙外,他又可怜那个有病的女孩子,痛恨那个残暴的独眼龙,就找了两块碎瓦片,钻进柳棵子,隔着土墙,照那个独眼龙的后脑勺打去。何满子扔砖头,投坷垃,打瓦片,百发百中不落空。他站在渡口上,一块瓦片擦着水面掠过去,在河上留下圈套圈、环扣环的一大串涟漪,直到对岸。所以,他这两块瓦片不偏不倚都打中了独眼龙的后脑勺,登时就开了瓢儿,血流如注,疼得独眼龙抱着脑瓜子又蹦又跳,躺在地上打滚儿,爬起来转磨。何满子见闯下大祸,急忙逃之夭夭,脚上扎了六七个蒺藜狗子,也顾不得拔下来,一口气跑回了家。

小店店主花鞋杜四,是一条人蛆,一块地癞,抽大烟抽得瘦小枯干,三分不像人,七分倒像鬼。他的名声恶臭,谁沾上他就像招了鬼祟,轻则晦气十天半个月,重则便会流年不利。这两年,他入了个会道门,脖子上挂着一串念珠儿,吃起了素,开口闭口阿弥陀佛。

麻雷子跟花鞋杜四臭味相投,狼狈为奸。麻雷子在河防局当巡长,管界三十里,这个小村正在他的管界之内。他有头无脑,是条傻狗;花鞋杜四是他的眼线,又是他的耳报,更是他的狗头军师。

"杜四哥!"麻雷子的自行车直穿过道,冲入内院,"天上掉馅饼,一桩好买卖找上门来了。"

花鞋杜四从西厢房伸出脖子,龇牙一乐,说:"阿弥陀佛,夜猫子进宅!我刚点着烟灯,请你抽头一口。"

麻雷子鬼鬼祟祟走进了西厢房。

何满子追在麻雷子的自行车后面,听见他那句话:"一桩好买卖……"忽然想起七月七夜里,他在周檎的后窗下,听见望日莲打着寒噤说:"……董太师想买我做小,他们正讨价还价。"于是,急忙收住脚,转身走出小店,钻柳棵子来到土墙外。

花鞋杜四居住的西厢房,后山正借的是院墙,也有个小窗户;何满子溜到墙根,在窗口下站立,屋里说话都听得见。

一阵咕噜咕噜的抽烟声之后,花鞋杜四急不可待地问道:"你先说说是哪一路买卖,油水大不大!"

麻雷子从嘴里拔出烟枪,说:"自治政府警察厅,下来个十万火急的公文,悬赏缉拿京东共产党头子周文彬;赏金五百块大洋,一巴掌膘的油水!"

"够肥的!"花鞋杜四咂着嘴儿,"可是,大海里捞针,到哪里去摸姓周的影儿呢?"

"在周檎身上打主意!"麻雷子一拍炕席。

"你真是长虫打架绕脖子!"花鞋杜四嘎嘎笑道,"咱们正话说捉拿周文彬,你怎么又牛头不对马嘴,拐到周檎那小哥儿身上。"

麻雷子压低了声音,喊喊喳喳地说:"周文彬这个共产党,原是八年前的潞河中学毕业生,跟你们村的这个周檎,算是大师兄和小师弟。头年冬天京东闹学潮,反对殷长官成立防共自治政府,主谋是周文彬,周檎也参加了。你想,他俩能不是同伙吗?"

"二遍茶,刚喝出点儿滋味儿。"花鞋杜四说。

麻雷子又接着说下去:"周文彬是天上的鸟儿,水里的鱼,云游四方,没有准窝儿,他们管这个叫地下活动。周檎要是他的同伙,周文彬免不了来到周檎这儿落脚。你只要发现周檎家有生人来,就赶快报告我;来不及报告,那就先斩后奏,抓起来再说。"

"阿弥陀佛!"花鞋杜四的舌头打着嘟噜,"你叫我动手抓周檎那小哥儿,我惹得起他舅舅柳罐斗吗?"

"只要周檎犯了案,那就连同柳罐斗也一块儿抓起来!"麻雷子气冲冲地说,"这个家伙在我的管界之内,天不怕,地不怕,软不吃,硬不吃,是我的肉中刺。"

"阿弥陀佛,抓起他来,那更是拔了我的眼中钉!"花鞋杜四说。

麻雷子又咕噜咕噜吸了两口烟,问道:"你家那个小花妞儿,还不趁早卖个利市呀?樱桃桑葚儿,货卖当时。等过两年花儿不红了,蕊儿不嫩了,可就卖不出好价来了。"

"董太师一不肯出大钱,二不肯给我撑腰呀!"花鞋杜四唉声叹气,"这个丫头自从认了何大学问跟一丈青当干爹干娘,我跟你嫂子再也摆布不了她,除非你助我一臂之力。"

"把何大学问也抓起来!"麻雷子说。

"你给他安个什么罪名呀?"花鞋杜四问道。

"跟周檎和柳罐斗一勺烩!"

何满子听到这里,又气又怕,急忙钻出柳棵子,就奔家里跑。

这时,已经傍晚,他看见周檎正在小院里绕着篱笆转来转去,低声吟哦,轻拍手板,琢磨着他给云遮月写的唱词。

"檎叔,檎叔!"何满子跑进来,把周檎推进屋去,"你认得一个叫周文彬的人吗?"

周檎脸色一变,忙问道:"你听谁说起这个名字?"

"我刚才在小店西厢房的后窗口下,听见麻雷子跟花鞋杜四捣鬼,他们要捉拿周文彬,能得赏金五百块大洋。"

"两条癞狗,竟想捉住一头豹子!"周檎轻蔑地冷笑一声。

"他们还想暗地里害你跟柳爷爷。"何满子着急地说,"还要把莲姑卖给董太师,连我爷爷也安个罪名抓起来。"

周檎凝神沉思,半晌才说:"满子,别害怕,狗汪汪拦不住人走路。你听到的这些话,不许再对外人说,更不许告诉你莲姑。"

夜晚,何满子在炕席上翻过来掉过去,就像烙烧饼,睡不着。梆打二更,门声吱扭,是望日莲来睡觉了。

这几天,望日莲不去打青柴,豆叶黄还叫她新做了一件花洋布小衫,一条黑洋布裤,穿在身上,又粗又黑的大辫子扎着红头绳,显得十分俏丽而秀气。豆叶黄打扮望日莲,是为了抬高望日莲的身价,在董太师那里多卖几个钱,望日莲还蒙在鼓里。她走进屋,只见何满子在炕上乱滚,还当是大花脚蚊子叮得他难受,连忙抓起芭蕉扇给何满子扇了一阵。

何满子抽抽搭搭哭起来。

"满子,做噩梦了吗?"望日莲上了炕,轻声问道。

"没……没有。"

"那你怎么啦?"

"檎叔……不让我告诉你。"

"你檎叔有什么事瞒着我?"望日莲把何满子抱了起来,"是不是他要进京去?"

"不……不是。"

"是不是……有人给他提亲保媒?"望日莲的呼吸紧张而急促。

"也……也不是。"

"到底为什么呀?"

"我……不说。"

"满子,你这个小没良心的!"望日莲伤心地说,"你檎叔跟我变了心,你还跟他串通一气。"

"不是呀!"何满子慌忙说,"花鞋杜四跟麻雷子合伙,要赶快把你卖给董太师,檎叔怕你着急,不让我告诉你。"

"原来他见死不救呀!"望日莲气得哆嗦,"我找他去。"

"他在柳爷爷的大船上。"

望日莲跳下炕就走,何满子紧追在后面,惊醒了睡在东屋的一丈青大娘,喊也喊不住他们。

鸡叫头遍了,月明星稀,草上下满露水;望日莲牵着何满子的手,上气不接下气地一路小跑。

柳罐斗的大船,停泊在距离郑端午瓜田不远的河湾处,船上人影幢幢,声音有高有低。何满子和望日莲还没有跑到大船近前,老木匠郑端午从瓜棚里走出来,说:"你们别上船!"河坡上,云遮月也说了话:"你们来干什么?"望日莲却不顾阻拦,直奔船边。

"干爹,快救救女儿吧!"望日莲扑通跪倒水边上,"您要不管女儿,我就脖子上挂一块大石头,跳河淹死。"

何大学问哈哈笑道:"那是麻雷子的下场!"

"莲姑娘,不必急火攻心!"吉老秤笑眯眯地说,"我保你七天之内,跟檎哥儿完婚。"

望日莲惊呆了。抬起头,满脸泪光,睁大眼睛望望吉老秤,望望何大学问,又望望柳罐斗;最后,目光迷惘而哀怨地落在周檎身上。

周檎走下船,搀她起来,柔情地小声说:"几位老长辈同心合力成全咱俩,你回去放心睡觉吧!"

柳罐斗一直没有开口,朦胧的月光中,他站在船头,像一座古代勇士的石像。

11

望日莲长这么大,头一天清早不起炕。豆叶黄隔着篱墙大喊大叫,一丈青大娘从屋里走出来。

"我女儿病了。"一丈青大娘笑吟吟地说,"你有什么活儿,我来替她干。"

豆叶黄眨了眨小眼睛,冷冷地说:"那怎么敢当呢?她昨晚上还好端端的,怎么一夜之间就倒卧在炕上了呢?"

"人吃五谷杂粮,难免灾枝病叶。"一丈青大娘沉下脸说,"莲丫头成年累月,整天的不拾闲儿,伤了元气。"

豆叶黄无可奈何,只得回屋去。这个女人半百了,却人老心不老,一心要打扮得"娉娉袅袅十三余,豆蔻梢头二月初"。她描眉入鬓,鬓似刀裁,搽胭脂抹粉,脸上桃红李白。要想俏，女穿孝，她爱穿一身月白；三寸金莲凤头鞋，走起路来扭扭捏捏，两只长长的耳环子荡来荡去打脸。她本来长着一双巧手，却吃馋了，呆懒了；平日横草不动，竖柴不拿，油瓶倒了也不扶。望日莲不回来，没人烧火做饭，她的墙柜里正有一位相好的送来的一包绿豆糕，就打开红纸包大吃起来。鸡笼里的鸡，猪圈里的猪，饿得扑笼拱圈，吱吱哇哇乱叫，她也不管。

正当她大吃绿豆糕的时候，忽然有人抬开柴门，何大学问跟一丈青大娘双双走进来。何大学问剃头刮脸，身穿长衫，一丈青大娘也梳了头，穿一件新毛蓝布褂，黄铜手镯叮叮当当分外响；老两口子的神情都十分严峻。

"大妹子在家吗？"一丈青大娘高声问道。

豆叶黄连忙将一块绿豆糕直脖儿咽下去，噎得打着嗝儿，捂着胸口迎出来，说："老姐……姐，何大……哥，屋里坐。"

她高高打起门帘，一丈青大娘和何大学问一前一后走进去。

这间小屋，不知道的只当是新婚的洞房。粉莲纸糊顶，雪白的四壁，窗棂上贴着剪纸的红喜字，墙上挂着鸳鸯戏水和美女思春的杨柳青年画，炕上铺的是细软新席，墙角码起的是两床火烧云的大红被子。

豆叶黄忙给何大学问端过来烟笸箩,递上她的翠玉石嘴儿长杆烟袋。这个女人好抽烟,一口牙齿熏得乌黑,使她的花容月貌大为减色。

何大学问正襟危坐,目不斜视,掏出自个儿的大脑壳烟斗和烟荷包,吧嗒吧嗒抽起来。

一丈青大娘咳嗽一声,嗽了嗽嗓子,说:"弟妹,按照咱们的乡俗礼数,挂锄时节,当爹娘的要接闺女回娘家住几天;我跟你大哥想留莲丫头住几天娘家,求你点头。"

豆叶黄虽然歹毒,可是自从吃过一丈青大娘一顿暴打,心存畏怯。她一看这个情景,不敢不答应,便顺水推舟说:"老姐姐,你心疼她,难道我不疼爱她吗?那就让她叨扰你两天,只是一天要喂三遍猪,还得她管。"

院里又响起一阵咚咚脚步声,有人喊道:"杜四哥在家吗?"好大嗓门儿,是吉老秤。

豆叶黄心惊肉跳地迎出去,只见吉老秤也是一身齐整打扮,头上还顶着个红疙瘩帽盔儿。

"老秤兄弟,哪阵香风把你这位稀客刮了来?"豆叶黄年岁比吉老秤小,可是花鞋杜四比吉老秤大,所以是嫂子小叔。

"无事不登三宝殿!"吉老秤大摇大摆闯进屋,一见何大学问和一丈青大娘,忙打了个千,"原来大哥大嫂也在这儿,巧啦!我本想见过杜四哥跟杜四嫂以后,再到府上去,这就不必我磨鞋底儿了。"

豆叶黄又递过烟笸箩和翠玉嘴儿长烟袋,说:"老秤兄弟,尝尝我的兰花烟。"

"请吧!"吉老秤从腰里摸出鼻烟壶,"四嫂子,你尝尝这个。"说着,捏了一大撮,抹进鼻孔里。

于是,就像过山炮装上了炮弹,点着了药捻子,在豆叶黄的这座香巢里,响起了震耳欲聋的连珠炮声。

"唉呀,你要把我的房子震塌啦!"豆叶黄堵住两只耳朵尖叫。

"老秤,你究竟有什么事儿?"何大学问开了腔。

炮声戛然而止,吉老秤欠了欠身子,说:"回大哥的话,我来给杜四嫂子的女儿莲姑娘保个媒。"

"我是她婆婆!"豆叶黄急忙更正。

"谁不知道二和尚肉包子打狗以后,你就把莲姑娘当成了亲生女儿!"吉老秤狡黠地眯着眼睛笑道,"有个好主儿,跟莲姑娘天生一对,地造一双;我不能不积德行善,成全这一桩美满良缘。"

"且慢!"何大学问打断他的话,"莲姑娘还是我跟你大嫂的干闺女,我们也是她的一层父母;水大漫不过船去，我们两口子不乐意，你也白搭。"

"大哥，你且听我说下去！"吉老秤当胸一抱拳。

"我不想听，你免开尊口！"豆叶黄急赤白脸。

"四嫂子，我的尊口一开，保你鸡啄米似的连连点头。"吉老秤不慌不忙地说，"我给莲姑娘提的这个亲，男方是咱们方圆几十里的一位高才人物。"

"谁？"一丈青大娘插嘴问道。

"姓周名檎！"吉老秤说，"大哥大嫂，你们两口子都是爽快人，乐意不乐意？"

何大学问乐得闭不上嘴，说："这是高攀了，求之不得哩！"

一丈青大娘更是眉开眼笑，说："我的心里乐开了花。"

"四嫂子，你呢？"吉老秤又问豆叶黄。

"你给我滚出去！"豆叶黄犯起刁来。

"豆叶黄，你胆敢不赏我的脸面！"吉老秤咆哮一声，一拳捣在炕上，砸塌了一大块炕坯。

豆叶黄一见吉老秤那一副金刚怒目的模样儿，吓得一屁股从炕沿上出溜到地下，哼哼唧唧地说："我一个妇道人家做不了主，得杜四说了算。"

"我要听你的回话！"吉老秤大吼。

"嫂子依你，依你。"豆叶黄眼珠儿一转，"我去找杜四，劝他也答应这门亲事。"说罢，爬起来就奔外跑。

"你还是陪我这个香风刮来的稀客吧！"吉老秤像老鹰抓小鸡，把豆叶黄拦在怀里，"有人请杜四哥去了。"

请花鞋杜四的是老木匠郑端午。

这一天是阴历七月十五。阴历七月十五是鬼节，鬼节是黑煞日，人不下水，船不摆渡。因此，花鞋杜四的小店门前冷落车马稀，柳罐斗的大船也拴在对岸。

渡口不远处的柳荫下，花鞋杜四正跟麻雷子席地而坐，交杯换盏地喝酒。

"杜四兄弟！"老木匠郑端午走上前去，"我有件事，要跟你和弟妹求个人情，到你家去说吧！"

麻雷子正想把花鞋杜四打发走，他好独吞酒肉，忙说："四哥，办事去吧！快去快回，我等你回来再下箸。"

花鞋杜四只得硬着头皮，跟着老木匠郑端午走了。

等花鞋杜四一走，麻雷子便自食其言，大块吃肉，大口喝酒，直喝得浑身冒油，扒下了身上的黄狗皮，露出一身黑肉。他眼花耳热，猛一抬头，只见从对岸的柳罐斗的大船上，走下了云遮月。

云遮月只穿了一件粉花葱心绿的抹胸，怀里抱着刚拆完的被子，还有两支棒槌和一块搓板，到河边去洗。

麻雷子打了个尖厉刺耳的胡哨，怪叫道："云遮月，到河这边来洗吧！我给你打个下手。"

云遮月坐在了水边，扬起一只雪白的胳臂，笑着说："麻巡长，我不会凫水。"

麻雷子色眯眯地说："我有心过河帮你的忙，就怕柳罐斗不许我在你身上插一手。"

"他不在船上！"云遮月隔河抛过来一个媚眼。

"到哪儿去啦？"

"他去买纸钱，晚上祭水鬼。"

"那我真得陪陪你，免得你冷清。"麻雷子色迷心窍，说着就下河。

"麻巡长，你找死呀？"云遮月吓得惊慌摆手，"今天是鬼节，水鬼拉替身。"

"神鬼怕恶人！"麻雷子踩水泅过来，"我麻雷子是凶神恶煞，水鬼不敢惹我。"

他的话没落音，水下两只大手扯住他的两条腿，一抻到底。

麻雷子虽然一阵心慌，可是他的水性不小，沉到河底睁眼一看，原来是柳罐斗，这才知道中了计，便拼命挣扎起来。柳罐斗扼住他的喉咙，他也死抱住柳罐斗的身子不放，两人被水下的激流冲向下游。到底麻雷子的水性比柳罐斗差得多，力气也不如柳罐斗大；角斗了十几里，气力渐渐不支，柳罐斗便掐着他的脖子灌坛子。咕噜噜，咕噜噜！三番五次，麻雷子昏迷不醒，挣扎了几下，便断了气。柳罐斗拖着死尸，又游出几里，见岸边有一片浓密的水草，四下没有人影，便将麻雷子的尸体操了进去。然后，悄悄上岸，钻进了青纱帐中。

再说花鞋杜四跟随老木匠郑端午回到家里，进门一看何大学问、一丈青大娘和吉老秤摆开了阵势，便知必有来头，马上堆起笑脸说："各位大驾光临，我的面子不小呀！"

何大学问和一丈青大娘说："我们来接莲丫头住娘家歇伏，弟妹答应了。"

吉老秤开门见山，说："我来给莲姑娘保媒，四嫂子满口应允，只等你一句定乾坤了。"

"吉老秤，你这不是拆我的家吗？"花鞋杜四炸了，"我的儿子在外当了官，一十八载衣锦荣归；我的儿媳妇儿是个贞节烈女，要学那苦守寒窑的王宝钏。"

"谁说你儿子当了官？"吉老秤问道。

"难道你忘了？是铁嘴小神仙算出来的。"

"陈谷子烂芝麻，我早忘得一干二净了。"

无巧不成书，门外传来笛子声。花鞋杜四像是盼了救命星,说:"小神仙来了,我请他当着你的面再算一回。"

"你陪客,我去请!"何大学问抢先一步,走了出去。

一会儿,铁嘴小神仙进来了,问过了二和尚和望日莲的生辰八字,掐指算了又算,口中念念有词,猛然一拍大腿,说:"好卦!大吉大利。"

"是不是二和尚在外当了官儿?"花鞋杜四提醒他。

"新近升了混成旅旅长!"

"哪一年衣锦还乡?"

"一十八载。"

"怎么样?"花鞋杜四得意地笑了起来,"我那儿媳妇儿是不是还得等上几年,熬出个夫贵妻荣?"

"不必了!"铁嘴小神仙沉重地摇了摇头,"二和尚已经被他们的司令官招为东床佳婿,莲姑娘命小福薄,配不上旅长大人了。"

"胡说!"花鞋杜四绝望地嘶叫,"你为什么变了卦,跟两年前算的不一样?"

"谁说不一样?"

"两年前你说二和尚当了营长,他的媳妇儿应该等他。"

"两年前他当的是营长呀,莲姑娘的命相还算相当;如今令郎高升三级,莲姑娘的命相可就尊卑不合了。"

"放你妈的屁!"花鞋杜四破口大骂,"什么他妈的铁嘴?你是红口白牙跑舌头,马勺上的苍蝇混饭吃。"

"岂有此理!我虽比不了诸葛亮,也还比得上刘伯温。"铁嘴小神仙愤然作色,"杜四掌柜,我分文不取,送你一卦:这位莲姑娘命硬金石,先克公,再克婆,你不赶快把她打发走,我敢断你流年不利,必遭险凶。"说罢,跟何大学问讨了卦礼,扬长而去。

铁嘴小神仙一出门,正跟小店伙计撞个满怀,两人都跌倒在地。小店伙计连滚带爬进了院子,气喘吁吁地叫道:"老掌柜,大事不好!麻巡长叫水鬼拉了替身。"

"赶快救人呀!"花鞋杜四急得暴跳。

"鬼节黑煞日,谁敢下河呀?"小店伙计带着哭腔说。

"我去捞他!"花鞋杜四说,"他还欠着我十块大洋哩。"

"你不能去!"豆叶黄扑到他身上,"十块大洋只当喂了狗,你可别叫水鬼再拉走。"

何大学问拉着长声说:"老四,铁嘴小神仙送你那一卦,你可别当耳旁风呀!"

花鞋杜四咳的一声,抱着脑袋蹲在地上,口中连念:"阿弥陀佛,阿弥陀佛!"

吉老秤伸出大手,一抓他的脖领子提了起来,说:"亏得你还算个男子汉,倒不如四嫂子这个娘儿们家有见识,君子一言,响屁一声,你开个身价吧!"

花鞋杜四身上像发疟疾,嘴里像满槽牙疼,呻吟着说:"我这个儿媳妇是花钱买来的,又吃了我十二年饭,我不能白送给人家。"

吉老秤不耐烦地喝道:"放响屁!"

豆叶黄说:"三十块大洋吧?"

"住嘴!"花鞋杜四尖叫道,"五十块,少一个铜板我也不撒手。"

"杜四,你是一只饿狼!"吉老秤骂道,"给你五十块,连豆叶黄也搭上。"

花鞋杜四咬定牙关,说:"我言无二价。"

"我扒出你的狼心狗肺来!"吉老秤大吼一声,把杜四当胸一抓,顺手抄起了炕上的剪子。

"救……"花鞋杜四刚要呼救,脖子已经被吉老秤掐住,眼珠子憋得凸了出来。

"老秤兄弟,你饶了他吧!"豆叶黄苦苦哀求,"我叫他依你,全都依你就是了。"

"豆叶黄,你还怜惜这只饿狼干什么?"吉老秤说,"我宰了他,你挑个黄道吉日嫁人,赶巧了还能结个晚瓜。"

"老秤,不要莽撞!"何大学问拦住他,"老四,你也真是财狠食黑。莲丫头进你家门十二年,给你家当了十二年的牛马,是她白吃你的饭,还是我喝了她的血?咱们找个算盘来,清一清账。"

"甭……甭算了。"花鞋杜四气息奄奄地说,"三十块……就三十块吧!"

"找文房四宝来!"何大学问大喊,"咱们当面锣,对面鼓,白纸黑字,立下文书。"

"爷爷,我这就拿来!"一直隔着篱笆偷听的何满子,欢叫着跑了。

"大哥,这笔钱谁掏?"花鞋杜四不放心地问。

"我!"何大学问一拍胸膛。

"咱们现钱交易,不准赊欠。"花鞋杜四又紧叮一句。

"我拨给你二亩地!"何大学问说。

花鞋杜四两眼一阵贼亮,忙说:"大哥,你可不能翻悔。"

"我何某人吐唾沫是钉儿!"何大学问慷慨激昂地

说,"二亩地给我干闺女赎身,二亩地给我干闺女陪嫁,才不过花掉我半壁江山。"

何满子从周檎那里,用一个小竹篮挎来文房四宝。

花鞋杜四开小店,能写会算,亲手写了字据,跟豆叶黄按了手印,呈给何大学问;何大学问回家取来地契,扔给了花鞋杜四。

闷葫芦郑端午这才得着机会说话:"表哥,表嫂,老秤是檎哥儿的媒人,你们就把莲姑娘这个大媒赏给兄弟吧!"

"多谢了!"何大学问爽朗地大笑,"还得有劳你带着整儿跟荷妞,给我操持聘闺女办喜事。"

12

何家小院喜气冲天,一群群喜鹊从东西南北飞来,落在院里院外的树上,从早到晚喳喳山叫。何大学问跟一丈青大娘虽然赔出四亩地,损失了半壁江山,可是博得了全村男女老少的喝彩;老两口子心里高兴,脸上放光。

最叫老两口子感动的,是跟花鞋杜四办完交涉的当天晚上,柳罐斗忽然来了;这个顶天立地的汉子,一进屋倒头便拜,只说了一句:"大哥,大嫂,兄弟一辈子报答不完你们的大恩大德!"便泣不成声。

柳罐斗的心情是很痛苦的。他只有三间泥棚茅舍,并无一垄土地,深感对不起外甥,更有负于九泉之下的姐姐和姐夫。

老嫂比母,小叔似儿。一丈青大娘比柳罐斗大二十来岁,见他如此礼重和伤情,心里发酸,慌忙扯起他,吵架似的嚷道:"我又不是为你破费,你谢得着我吗?我是花在我那可人疼的女儿莲丫头身上。"

"也为了檎哥儿!"何大学问慢声慢气,自我陶醉地说,"常言道,门婿半个儿;从今以后,檎哥儿有我一半了。罐斗,我占了你的大便宜,你怎么不识数儿,反倒谢起我来?"

柳罐斗并不多言,挥泪转身离去。

办完交涉那天从杜家回来,望日莲感激涕零,双膝跪倒在干爹干娘面前,抱住二位老人的腿,哭着说:"爹呀,娘呀!我不能割你们身上的肉,我不要那二亩地陪嫁。"

一丈青大娘也哭了,搂住望日莲说:"儿呀,谁叫娘穷家破舍呢?娘真想陪你三宅两院,十顷八顷,可是娘没有呀!"

"那就再给莲丫头二亩!"何大学问激动起来,"剩下二亩给咱们老两口子当坟地,足够了。"

"不,不!"望日莲大叫,"这怎么对得起哥哥嫂子呢?"

何大学问说:"你哥哥在城里当了少掌柜,用不着土里刨食了。"

"不,不,不!"望日莲叫得声音凄厉,"我更不能对不起小满子。"

何大学问扬声高笑,说:"寒门出将相,草莽出豪杰,蒲柳人家出英才。我看那小子注定是个大命人,不稀罕这二亩地。"

望日莲哭急了说:"爹呀,娘呀!您再逼我多要二亩地,我就不嫁了。"

何大学问和一丈青大娘只得不再强迫,但是一定风风光光大办喜事。

门婿周檎出面劝阻了。

"大舅,大舅妈,你们待我跟她的恩情,已经山高海深,不能再铺张排场了。"

乡下礼数,没正式成婚拜堂的女婿,不能登丈人家的门;怕的是被人背后飞短流长,说是"先有后嫁",名声上不好听。所以,周檎闯进门来,说话又扫人兴,何大学问跟一丈青大娘脸色不悦。

一丈青大娘没有好声气地说:"檎哥儿,你还没有八抬大轿把我们莲丫头搭走,我们何家的事你少管,也不该你管。"

何大学问也整着脸子说:"檎哥儿,莲丫头虽不是我的亲生女儿,可是比我的亲生儿女还要亲,婚姻本是终身大事,我不能委屈了孩子,也不能叫乡亲们戳我的脊梁骨。"

"大舅,大舅妈,你们都是知大理,明大义的人。"周檎恳切地说,"如今国难当头,眼看要当亡国奴了。这个时候,大办喜事,乡亲们更要戳断咱的脊梁骨!"

何大学问恍然大悟,连声说:"言之有理,言之有理!"

一丈青大娘仍然赌气,望日莲撒娇地说:"娘,人家说的是至理名言,您别蛮不讲理,依了他吧!"

一丈青大娘叹了口气,说:"只是委屈了你,娘过意不去。"

望日莲连忙一牵周檎的袖子,说:"还不谢谢爹娘。"

"大舅,大舅妈,我……"

"你管我叫什么?"一丈青大娘又恼了。

"爹,娘!"周檎改了口,深深鞠了一躬。

一丈青大娘笑逐颜开,说:"只要你们俩恩恩爱爱,和和美美,我跟你爹这两把老骨头,还能给你们熬出斤儿八两的油来。"

周檎跟望日莲的喜日前一天,何满子的爸爸何长安从通州赶来。

何长安在通州并没有另外安个家,而是跟岳父岳母住在一起。他的妻子到通州后生下一个女儿,目前又要分娩。岳父年老力衰,小书铺主要靠他经营;他是个守成之材,小书铺在他手里,并没有发达,但也没有衰落。

他为人心地善良,却又胆小柔弱,满面和气生财的笑容,一副安分守己的仪态。这两年发了福,白白胖胖的,完全是个文雅的商人,失去了农家子弟的气质。

何长安礼貌周全,每年回一趟家,不但对父母必有孝敬,而且对于吉老秤、老木匠郑端午和柳罐斗这几位父辈的友好,也都多少带来一点儿礼物。他虽然鄙薄花鞋杜四和豆叶黄的人品,但是念在多年乡邻的情分上,也要登门拜望,问好请安。

这一趟,也不例外。不过,馈赠的重点是望日莲。他给望日莲买了一身衣裳和两双鞋,还给买了茶壶、茶碗、茶盘,一面镜子和一只梳头匣;都是花花绿绿,喜兴颜色。

但是,对于他的到来,何大学问和一丈青大娘并不高兴,何满子也不跟他亲热。何大学问和一丈青大娘知道,他这一趟来,必定想把何满子带到城里上学,夺走他们生活中的最大乐趣。何满子也知道,爸爸将要强迫他离开爷爷和奶奶,离开望日莲姑姑,离开干爹郑端儿和干娘荷妞,离开柳罐斗、吉老秤、老木匠郑端午以及牵牛儿,离开这个可爱的小村和他整天野跑的河滩,像抓住野鸟一般把他关进笼子去。

何长安也感觉到,他的到来,不但冲淡了喜气,而且带来了阴郁。他是个玲珑剔透的人,便想打破这尴尬的气氛,猛一拍手说:"你们看,有一桩天大的喜事,我竟忘了禀告。"

"什么天大的喜事!"何大学问忙问。

"咱家的新姑爷,周檎兄弟考中了燕京大学!"何长安从身上掏出一封大红信柬,"这是录取通知书,我给捎了来。"

"这真是双喜临门,满子快去请你姑父!"何大学问果然喜形于色,"檎哥儿给咱们这个小村增了光,给咱们穷门小户争了气。董太师良田十顷,子孙成堆,连个潞河中学生还没出,他的气数尽了。"

"所以我想让满子今年赶快上学!"何长安说,"踩着他姑父的脚印步步高升。"

"对，对！"何大学问连连点头。

"再说吧！"一丈青大娘还是沉着脸，"孩子还小哩。"

周檎被何满子推推搡搡而来。

"恭喜，恭喜！"何长安连连拱手，"恭喜你洞房花烛又金榜题名，大小双登科。"说着，把燕京大学录取通知书递给周檎。

周檎看也不看一眼，就塞进裤兜里，说："华北之大，已经安放不下一只书桌了；我是不是上学，还不一定。"

何长安又从腰里掏出一个信封，递给他说："这是上海给你寄来的稿酬和一封信。"

"什么叫稿酬？"何满子好奇地问。

"你姑父写成的文章，印在书里，书店给的酬谢。"何长安说，"你要上进，长出息；将来也上大学，也写成文章印在书里。"他又对周檎说："我在船上，遇到河防局新上任的尹巡长，他让我替他问你好。"

何大学问惊问道："檎哥儿，你怎么跟这种人认识？"

"他是自己人。"周檎低低地说。

第二天是喜日，只雇了一顶四人抬的小小花轿，两名吹笛的乐手，不用锣、鼓、唢呐，花轿进门放了一挂鞭炮;虽不红火,倒也喜兴。

吉老秤和老木匠郑端午这两位大媒,一个替男家迎亲,一个替女家送亲;郑整儿当上了真正的喜令官,荷妞专管铺红毡、捯红毡。柳罐斗家的小院中央,安放了一张小桌,插上红烛高香,在郑整儿那悠扬嘹亮的口令声中,新婚夫妇拜过天地,给亲朋好友们见礼,然后双双牵着彩带,进入洞房。何满子穿上望日莲给他做的花红兜肚,奉命在炕上滚床;他滚得高兴,又翻起筋斗,竖起蜻蜓。

忽然,他听见隔着篱墙,奶奶正跟爸爸发脾气。

"铺子里离不开我,我得在关城之前赶回去。"爸爸说,"满子一定要在今年秋季上学。我把他带走,先收收心。"

"他还小,我不放心!"奶奶粗声大气,"等过两年,个儿长高一点儿,再上学也不晚,还免得受大学伴的欺侮。"

"娘,求求您……"爸爸低声下气地央求。

何满子一听大势不妙,跳下炕,急急如漏网之鱼,慌慌如惊弓之鸟,逃向河滩。他先躲到周檎和望日莲童年时代拜花堂的柳棵子地里,后来又藏进望日莲洗身子的河湾红皮水柳丛中。水深没顶,他不敢踩水出声,就来了个仰八脚儿漂羊;几条小鱼在他身边游来游去,两只花翎小鸟蹲在红皮水柳枝上,亮晶晶的小圆眼睛瞪着他。

水边传来轻轻的脚步声,低低的说话声。

"今后,你要跟周檎保持单线联系,保障他的安全。"

"请放心,文彬兄!"

"他们要打起民团旗号,建立秘密抗日武装,你要帮他们取得合法地位。"

"文彬兄,我一定办到。"

何满子悄悄翻了个身,从柳枝空隙间偷眼看去,只见一个身穿警察制服的年轻巡长,跟一个三十来岁的长方脸高身材的人,拉了拉手,就分开了。

何满子心想这年轻的一定是尹巡长,这文彬兄又是谁呢?天渐渐黑了,他有点儿害怕了,但是,他又不敢回家,怕被爸爸拶走。进退两难,无依无靠,他感到孤独而委屈,伤心地哭了;一串一串的泪珠,下小雨似的滴落在水中,流进运河里去了。

暮色苍茫,河上荡漾着望日莲呼唤他的回声:"满子,小——满——子!"

"莲姑!"何满子钻出红皮水柳丛,一颗流星似的投进伫立沙冈上的望日莲怀里,鼻涕眼泪把望日莲那红花小袄浸湿了一大片。

"好孩子,跟我回家吧!"望日莲要抱起他,背在身上。

"我不回家!"何满子打着坠儿,"我爸爸要把我带到城里去。"

"你爸爸不把你带走了。"望日莲笑道,"你姑父也不进京上学了,留在村里办个小学堂,你跟姑父念书。"

"是那个叫文彬的人让姑父留下的吗?"

"你怎么知道?"

"那个人来的时候,我在暗处看见了他。"何满子说,"姑父怎么听他的话呢?"

"他是你姑父的大师兄。"

"一定是周文彬!"何满子惊喜地叫道,"快带我去看看他。"

"他已经走了。"

何满子拍着光葫芦头,直恨自己没眼福。

何满子被望日莲背回家,只见奶奶和爸爸坐在家门口。奶奶一见他们,摆手说:"满子,先到你姑姑家去。"

"我才不想进咱家的门!"何满子气哼哼地说。

望日莲背他到外屋,静悄悄只有干娘荷妞在做饭。

"他们呢?"望日莲问。

荷妞小声说:"在东院商量立民团的事。"

望日莲放下何满子,给他盛了一碗小米饭和一碗鸡肉,说:"快吃吧!吃饱了赶紧睡觉。从明天起,野马戴上笼头,先跟你姑父认字儿。"

何满子说:"我不回家,跟你和姑父睡。"

望日莲面带难色,哄他说:"你跟你爸爸半年多没见了,还是回家跟你爸爸睡吧。"

"不!"何满子赌气扔了筷子,不吃饭了,"我就跟你和姑父睡。"

"让他跟你们俩睡吧!"荷妞吃吃笑道,"正好叫他给你们暖窝儿,我保你过年就抱个大胖小子。"荷妞又把她那个偏方传授给望日莲。

"呸!"望日莲啐了她一口,清脆地打了她一巴掌,灶膛里的火光映照得她满脸通红。

不过,第二年望日莲并没有抱个大胖小子,而是在卢沟桥的炮声中生下个女儿。这个女儿二十三年后大学毕业,跟由于写文章而遭遇坎坷的何满子结了婚。

这是后话,本书不表。

一九八〇年一月

原载一九八〇年第三期《十月》

蛾 眉

1

这个村庄叫细柳营,村东北运河,村西京津公路,方圆左右一片肥田沃土,可就是守着青山没柴烧,怀抱金盆讨饭吃,跟"穷"字结下了不解之缘。

河边绿柳垂杨,杂花生树,远瞧近看,风景如画。然而,绿柳垂杨中掩映着的一户人家,三间泥棚茅舍,半围坍倒篱墙,二里外就望得见三丈高的穷气,却又大煞风景。

这一户人家只有父子两口人。老爹唐二古怪,六十多岁了,原是百里闻名的瓜把式;自从一声令下,只许种粮,不许种瓜,被迫改行,下放大田,年老力衰,每天只挣六工分。儿子唐春早,念过高中,一心想上大学,成名成家,虽然也有两膀子力气,可是按照大寨评工记分标准，只算个等外劳动力。工值很低，挣工分又少，父子俩一年到头脱皮掉肉，汗珠子摔八瓣儿，年下分红刚够嚼谷，分文拿不回家。

这一方，上京下卫，小伙子娶媳妇难，难于上青天。花枝一般俊俏的姑娘，好比彩云追月，鸟飞高枝，不是心向北京，就是眼望天津；剩下不那么水灵秀气的柴禾妞儿，开口一要彩礼，也能把人吓出一溜筋斗。

遂令此地父母心，不重生男重生女。

但是，唐二古怪却另有如意算盘。他躺在炕头上加减乘除，不栽梧桐树，招不了凤凰来，要想娶个儿媳妇，至少得盖五间砖瓦房，还得再花千八百块彩礼。他们父子俩每年挣五千工分，十分为一工，每工三毛三分钱，紧打窄算，勒住脖子扎上嘴，不吃不喝二十年，才能把一座金身玉体搭进家来。不过，他看见，凡是手里端着一只铁饭碗，嘴里吃着商品粮的人，哪怕是三寸丁枯树皮，猪不吃狗不啃的角色，屈尊下驾到农村娶媳妇，不但用不着重金礼聘，而且还能倒赚一笔奁资。于是，他恍然大悟，要想娶儿媳妇省钱不费力，必须得让儿子捞到一只铁饭碗；而要想把铁饭碗捞到手，只有靠念书，书中自有颜如玉嘛！

唐春早心灵内秀，敏而好学，学而不厌。唐二古怪打定了主意，吩咐儿子在收工之后，埋头读书，不可一心二用。他拼出这一把老骨头，搜肠刮肚，省吃俭用，荞麦皮里榨油，也要供养儿子学富五车。

可惜，他错翻了皇历。世道变了，万般皆上品，唯有读书低，交白卷才能金榜题名；而且，唐二古怪呆头呆脑，是个没嘴的葫芦撞不响的钟，人穷却又气粗，倔强得像一条宁折不弯的桑木扁担；一不会拍马屁，二不懂走后门，所以上学招工，年年都没有唐春早的份儿。

寒来暑往，年复一年，眼看唐春早二十三岁了，前景还是一片黑灯瞎火；男大当婚，唐二古怪心中暗暗着急，沉不住气了。

谁想，车到山前必有路。七四年青黄不接的麦收前，本村有个外号叫马国丈的能人，从四川贩来六七个农村姑娘，按人论等，按等论价，唐二古怪急忙跑去打听行市。

这个马国丈，原名马国章，奸、懒、馋、滑、坏，一身占全五个字；不必提名道姓，打个嚏喷，顶风臭十里。

可是，这年月正气头朝下，邪气脚朝天；一人得道，鸡犬飞升。马国章有个把兄弟，铁嘴钢牙，七十二变，打、砸、抢起家，学大寨镀金，在县里掌了印把子，马国章也跟着时来运转。一阔心就变，这位把兄弟走马上任，就跟原来的黄脸婆离了婚。马国章手疾眼快，连忙把自己那含苞待放的十八岁的女儿，梳妆打扮，送上门去做填房。于是，盟兄变成了岳父，马国章变成了马国丈。

富贵多病，马国丈小病大嚷，无病呻吟，拿着县革委会的证明信，走遍五湖四海求医，专干些不伶俐的勾当。从四川贩来六七个农村姑娘，只不过是做一桩顺手牵羊的生意。

马国丈家住在细柳营村西口，京津公路旁的一块风水宝地上。青堂瓦舍，高墙大院，雕花门楼，忠字匾额，白天车如流水马如龙，夜晚日光灯照如白昼；这一切都来自乘龙快婿的探囊取物，四面八方的顺水人情，没费他吹灰之力。

唐二古怪走进国丈府大门，六七个四川农村姑娘只剩下一个了。原因是这个公社有个晚婚规定，男二十五，女二十三，才许登记；马国丈贩来的六七个四川农村姑娘中，二十五岁的一名，二十四岁的两名，二十三岁的三名，领回去马上成亲，所以身价甚高；只有一名二十岁，要白吃三年饭，虽然一连削价，还是无人问津。

这个二十岁的姑娘，正坐在马国丈的西厢下，左手拿着块玉米饼子，右手拿着个咸菜疙瘩，面前一碗清水汤；吃一口，抽泣一声，眼泪像下小雨，点点滴滴洒满了汤碗，喝下的是自己的泪。

大玻璃窗的正房北屋里，马国丈的老婆正扯断了脖子,喊破了喉咙,跟马国丈吵骂。

"你吃多了荤油糊住了心,喝多了猫儿溺昏花了眼,收留这个赔钱货,磨扇压手搡不出门,难道你想打个佛龛把她供起来?"

马国丈被骂得狗血喷头,唉声叹气,不敢还口。忽然,院里脚步声,他偷眼一觑,见是唐二古怪,转悲为喜,龇牙乐了。

"姜太公钓鱼,愿者早晚来上钩!"

他满脸奸笑迎出去。

2

唐二古怪写下欠洋八百元的文书,以他的三间泥棚茅舍和房前屋后九棵树做抵押,按上指纹手印,接过了这个姑娘的户口卡片。

姑娘名叫凌蛾眉,家庭出身是贫农,本人高中毕业,学生成分。但是,在备注一栏里,还有两行小字,写的是她父亲是个被镇压的反革命分子,因而她的身份应是可教育好的子女。

蛾眉生得身姿娇小,面黄肌瘦,乌黑的眼睛噙满泪花,像是野葡萄挂满露珠,闪烁着惊魂不定的神色。

唐二古怪正要把她领走,马国丈的老婆在屋里断喝一声:"等一等!进屋来换上她本人的衣裳。"

蛾眉进屋去,拉上窗帘,脱下上身的的确良花汗衫,下身的三合一涤纶裤,脚穿的白塑料凉鞋;换上一件油渍渍的男人制服褂子,一条打满补丁的粗布裤子,光脚穿着稻草鞋走出来。

"你们为什么扒下她的衣裳?"唐二古怪瞪起眼睛问道。

"那是我临时借给她穿的行头。"马国丈拉长了下巴,"处理品,便宜货,没有包装。"

唐二古怪把蛾眉领回家,唐春早也刚收工回来,正光着膀子在柳荫下乘凉。这个小伙子书生气十足,一见老爹领来一个年轻姑娘,慌忙扯下挂在柳枝上的衣裳,穿在水淋淋的身上。

"春早,爹给你搞了个对象!"唐二古怪笑眯着眼睛,得意地说。

唐春早羞得满面通红,看也不敢看蛾眉一眼,嘟哝着说:"您怎不跟我商量商量,也不知人家……是不是自愿?"

"她是自卖自身,也就讲不得什么愿意不愿意!"唐二古怪沉下脸,灶王爷的模样儿,一家之主的神气,"你二十三,她整二十,不够公社晚婚的尺寸,登不了记;反正千里姻缘一线牵,月下老儿已经把你们拴成一对了,今晚上就入洞房。"

吃过晚饭,天大黑了,唐二古怪关上柴门,像把一对鸟儿关进竹笼,他把唐春早和蛾眉锁进西屋。

蛾眉面无血色,背靠着墙,可怜巴巴地坐在炕沿上,不敢抬头。唐春早两眼直勾勾地盯着她,一副木呆呆的神情。

两人都很害羞,谁也不开口。

忽然,唐春早闷声闷气地说了一句:"你先睡吧!"便转过身,在临窗的桌前坐下,拉开抽屉,拿出书,读起来。

这一句话,一个动作,蛾眉感到很惊奇,忍不住悄悄瞟了他一眼。

唐春早好像有所觉察,不是芒刺在背,也是如坐针毡,在椅子上不安地扭来扭去,踏不下心,书在面前,一个字儿也没有映入眼帘。

"关灯睡觉吧!"东屋,唐二古怪吼道,"明天公社在咱们的大寨田开现场会,还要起五更。"

唐春早听得懂老爹的弦外之音,万般无奈地熄了灯,可是仍然一动不动地坐在椅子上。

"大哥,睡吧!"蛾眉柔声细气地劝道。

唐春早猛一掉脸,只见在青幽幽的月光中,蛾眉像一朵雾中的小花,隐隐约约,朦朦胧胧,引人心动。温情和欲望,在他的胸膛中一阵阵鼓荡,春潮涨满了全身。

他霍地从椅子上站起来,向蛾眉身边走去,蛾眉低叫一声,紧贴住墙壁,像是要把她那娇小的身子嵌进墙去。

唐春早粗手笨脚地把她放倒在炕上,她直挺地仰躺着,不反抗,也不挣扎。

唐春早解开了她的上衣,她的双手蒙住了脸,轻轻啜泣。唐春早柔情如缕地抚摸着她,她放声大哭了。

"大哥,开恩吧!"蛾眉凄厉地哀叫,"我……不愿意……"

唐春早像被狠抽了一鞭子,发昏的头脑清醒过来,羞愧交加,撞出屋门。

唐二古怪从东屋扑出来,张开胳膊拦住他的去路。

"爹!我不能欺侮这个无依无靠的姑娘……"唐春早痛心地喊道。

蛾眉也从西屋追出来,跪倒在唐二古怪的膝下,哭道:"大伯,收下我给您当干女儿吧!女儿是为了替父申冤,葬母还债,才走这一步的。"

人心都是肉长的,唐二古怪本来就是个软心肠的人,他从地上搀起了蛾眉,颤声问道:"孩子,你家里遭了什么凶险,爹娘是怎么死的?"

蛾眉一字一泪地说:"我们那个地方,本是天府之国的聚宝盆,接连打了八九年的派仗,草盛苗稀荒了地,官儿们一边年年上报大丰收,一边给社员开介绍信,出外逃荒讨饭。我爹爹本是个不爱多言多语,树叶落下来也怕砸破脑壳的人,只因为饿得肚子咕咕叫,说了几句气话:'这个文化大革命不是请客吃饭,再革下去,男女老幼都饿死,黑五类绝了种,红五类也断了根。'就被打成犯下'恶攻罪'的现行反革命分子,抓了起来,评法批儒吃紧,判处死刑枪毙了……"

"轻声!"唐二古怪蹑手蹑脚走到屋门口,侧着耳朵听了听,扒开门缝看了看,才又踮着脚尖走回来,"你老爹的这些气话,可不许在外人面前学舌呀!别人的话你学舌,也一律同罪。"

"你母亲是怎么死的呢?"唐春早又问道。

"她带着我的两个弟弟,到百里以外的火车站讨饭,听说我爹冤屈而死,就一头撞了火车,粉身碎骨了。"

"两个弟弟呢?"

"我赶到火车站收尸,正遇上马国丈收购青年女子,我就把自己卖了五十斤粮票,三十元现金,交给了两个弟弟:十五元还旧债,十五元买粮食,算是尽到我这个做姐姐的最后一份心意了。"

"你这才是跳出苦井,又掉进火坑呀!"唐春早哀叹地说,"你是尊贵的人,怎么能像鸡、犬、牛、羊一样出卖自己呢?"

蛾眉哭着说:"我只想来到北方,能到北京告御状。"

"告不得,告不得!"唐二古怪货郎鼓似的连连摇头,"赶上了这个天狗吃日头的年月,小人得势,奸臣当道,哪座庙没有屈死的鬼?包龙图进了牛棚,你到哪个衙门递状纸?"

"我……走投无路,进退……两难呀!"蛾眉哭成了泪人儿。

"你进了我家的门,就是我家的人!"唐二古怪一拍瘦骨嶙峋的胸膛,"三张嘴吃两口人的饭,饿不死就等得来天睁眼。"

蛾眉留在了细柳营,是唐二古怪的干女儿,还是唐春早的未婚妻?身份不明,也报不上户口。

3

报不上户口,就不能到队里干活;不能到队里干活,就不能挣工分;不能挣工分,也就不能分口粮,只得三张嘴吃两口人的饭。

数着米粒下锅，只吃七成饱，一到来年青黄不接时节，仍然要闹饥荒。地上刚返青，唐二古怪就剜野菜，兜回家去，野菜合汤煮。

"阿爹，这……能吃吗？"蛾眉皱着眉头问道。

"怎么不能吃呢？"唐二古怪嘻嘻哈哈地说，"神农尝百草，长生永不老。"

"您老人家还是不要吃吧！"蛾眉央求地说。

"你爹我天上不吃风筝，地上不吃板凳！"唐二古怪叫起来，"一方水土养一方人，我自幼是吃运河滩的野菜长大的，练就了一挂铜肠铁胃。"

"是我累赘了你们爷儿俩，苦了您老人家……"蛾眉神色凄然地说。

唐二古怪喟然长叹，忧心忡忡地说："这个大革命再闹腾个没完，等着瞧吧！明年家家揭不开锅，灶膛里长青草，烟囱上搭鸟窝。"

但是，苦中也有乐。这座泥棚茅舍，自从住上蛾眉，就有了活力，有了喜色，有了笑声，三丈高的穷气也矮下了二尺。

有了蛾眉管家，缝缝补补，洗洗涮涮，唐春早和唐二古怪父子俩，头上脚下都干净利落。洒扫庭除，小院子镜面似的,坍倒的篱墙编笆打桩,旧貌换新颜。房前屋后,种瓜点豆,饭桌子不必再蘸盐花,啃咸菜了。有蛾眉做饭,农忙时节累得散了架,进门就吃现成的,还能躺在炕上喘口气。养了十几只鸡,鸡窝是银行,天天捡几个蛋,打油买醋,手上见着了零钱。喂了一口肥猪,够分量卖个大数目,还马国丈的债。另外,又喂养了两只羊,过年吃一只,卖一只,羊皮剥下来垫在炕头上,给唐二古怪当褥子,隆冬腊月不腰疼。运河滩上水草丰茂,打草晾晒,完秋供销社收购,蛾眉的干草有几垛。

蛾眉住在西屋,唐春早搬到他爹的东屋去,两人井水不犯河水。不过,平日也有说有笑,只是不许动手动脚。

天一黑唐二古怪就睡觉,脑袋一挨枕头就鼾声如雷,所以唐春早每天晚上还得到西屋去读书。开头,蛾眉便躲出去,避免两人接近。后来,一口锅里舀饭也日久天长了,就渐渐消除了戒心。唐春早读书的时候,蛾眉就远远地坐在墙角落,偷一片灯光,飞针走线,可是一声不吭。

唐春早对于自己的才学,十分自负,他在细柳营的男女青年中,还没有棋逢对手,甚感寂寞。一天,他忽然想起,蛾眉也是个高中毕业生;然而,看蛾眉那样子,对于他的读书,视而不见,充耳不闻,一点不感兴趣,倒像个目不识丁的文盲。于是,便想测一测她的高低虚实,故意逗她说:"蛾眉,拳不离手,曲不离口,你也跟我一块儿来复习功课呀!"

蛾眉无动于衷地摇了摇头,说:"书读得越多越蠢,我还是从生活中学点聪明吧!"

唐春早只当她腹无实学,找出这个金口玉言,掩饰自己,便又紧逼一步,叹了口气,话中带刺儿,说:"女学生从小学到初中,大多数能压男学生一头;可是,升入高中以后,女大十八变,心眼多,走神思,又爱面子,大多数都要走下坡路,男学生就占了上风。"

蛾眉陡地红了脸,冷冷地一笑,但是又话到嘴边留半句,哼了一声,说:"我就是走下坡路的典型!"

第二天,蛾眉一反常态,没有外出打草拾柴。

晚上,唐春早又到西屋复习数学,从抽屉里拿出习题手册,打开一看,大吃一惊:在最近几天的作业上,每页都有娟秀工整的小字细心评阅,正误精确严密,不禁目瞪口呆。

他如梦方醒,大喊道:"蛾眉,是你给我批改的吧?"

"我怎么敢?"蛾眉脸上像下了霜,"我这个走下坡的……"

"别拿我的话堵我的嘴,拿我的手打我的脸吧!"

唐春早打断她的话,"你得收下我这个学生,当我的家庭教师。"

"折杀了我!"蛾眉仍然是一副冷冰冰的神色,"我不配。"

"答应我,答应我!"唐春早走上前去,抱住蛾眉的肩膀摇晃她。

蛾眉被他揉搓得心神把握不定了,脸红了红,啐了一口,说:"依你!……可就是这一桩。"

从此,夜深人静,他们便同桌切磋学问,白窗纸上,映现着他们那耳鬓厮磨的身影。

细柳营的工值,一年不如一年,唐二古怪和唐春早父子俩,年年竹篮打水,两手空空。倒是蛾眉养鸡、喂猪、打草,每年收入二三百元,偿还马国丈的阎王债。

唐春早过意不去,于心不安,跟唐二古怪说:"爹,给蛾眉留下一百元,她在家乡还有两个弟弟,寄回去给那两个孩子买口粮。"

"欠下这笔债,好比蛇缠腰,早还早脱身呀!"唐二古怪面有难色,不过还是点出十张十元的票子,递给了蛾眉。

蛾眉接过钱,眼圈一红,说:"我那两个弟弟,还不知到哪一方讨饭,是死是活;我想拿这笔钱当路费,回家乡看看。"

"你不能走!"唐二古怪急了,一声断喝,"你还没有跟春早结婚,不许回娘家。"

娥眉眼泪汪汪地说:"我还回来的。"

"我不答应!"唐二古怪一甩袖子,回到东屋,跳上炕,倒下身,呼呼刮风一般生气。

"娥眉,别难过。"唐春早轻声柔语,"我劝服老人家,放你走。"

娥眉也回到西屋,关上门,淅淅沥沥哭得像六月连阴雨。

夹缝中的唐春早,心情非常痛苦,在小院里徘徊到半夜,才进屋睡觉。

"让那孩子走一趟娘家吧!"唐二古怪已经风停了,气消了,"娥眉这两年也真是忠心保主,咱们不能亏待她。"

唐春早赶忙说:"她说一定回来,您要信得过她。"

"她敢不回来!"似睡非睡中,唐二古怪狡黠地咯咯发笑,"她的命根子——户口卡片,攥在我手里。"

唐春早在黑暗中眼珠一转,低低地说:"您收藏在哪儿?可别叫她发现了。"

"房后……老枣树下……一口坛子里。"唐二古怪呢呢喃喃,坠入黑甜乡了。

黎明时分,有人敲西屋的后窗,蛾眉惊醒了,披上衣裳一听,唐春早在窗下轻轻唤她。

她迟迟疑疑地打开窗户,问道:"你……"

"给你户口卡片!"唐春早伸进一只胳臂,"你回到家乡,日子比这边好过,就不必回来了。"

"我不走了!"蛾眉从窗口扑出半个身子,搂紧唐春早的脖颈,"我……离不开……你了。"眼泪像清晨的露珠儿,洒满唐春早的头。

4

八百元失而复得,唐家盖起了三间青砖房,房顶还铺上了红泥瓦,这是因为十年浩劫到了头,光明赶走了黑暗,马国丈坐了牢,法院勒令马家,退赔那六七个被贩卖来的四川农村姑娘的身价。

新房坐落在花红柳绿中,墙里开花墙外香,绿柳浓荫中冒出冲天的喜气。

唐二古怪心满意足,笑不拢嘴,绕着新房转来转去,不敢进屋子。他到河边洗净了两只泥脚,还是怕踩脏了方砖地面,唐春早和蛾眉一人扯住他一只胳臂,拖进了新房。

　　蛾眉收到了弟弟从四川家乡的来信,那边的日子比细柳营还强。

　　"你拿主意吧!"唐二古怪低声下气地说,"人往高处走,鸟奔高枝飞,我跟春早欠下你还不清、报不尽的情分,也不敢开口要你回来。"

　　"阿爹,您好糊涂!"蛾眉哭笑着,"我在运河滩上扎了根儿,鞭打也不走,棒打不分离。"

　　"那……那……"唐二古怪吞吞吐吐,吭吭哧哧,"你……你跟……春早……"

　　"我们马上就登记!"蛾眉清亮地笑道,"咱们不摆酒席,不请宾客,不声不响办喜事。"

　　"不忙,不忙。"唐春早搓着两只手,一副窘态,"咱俩还没有自由恋爱呢!"

　　"书呆子,你真不开窍!"蛾眉狠狠地戳了他额角一指头,"自由恋爱并不像小说里、电影上描写得那么疯疯癫癫,要死要活,叫人头发昏,脑发涨,眼花缭乱。"

　　"我怕……不够格儿……"唐春早痴痴呆呆,"委屈了你。"

　　"你少给我头上扣炭篓子!"蛾眉叫道,"阿爹,他变心了!"

"我打折这个小畜生的腿!"唐二古怪举起一根顶门杠。

蛾眉拉起唐春早就跑,到公社登记,领取结婚证书去了。

他们走到公社门口,只见人山人海,围观一张告示。唐春早挤进人群,跷起脚看,原来是全国大学招考的布告,忙又挤了出来。

"咱们别结婚了!"唐春早兴奋得满面通红,激动得两眼放光,"集中精力,抓紧时间,复习功课,报考大学。"

"也好。"蛾眉沉吟了一会儿,"你报名,我不考,帮你复习。"

"有难同当,有福同享!"唐春早和蛾眉原路而回,"咱俩要双双报考,双双考中。"

"你真是个不开窍的书呆子!"蛾眉苦笑了一下,"我不跟你登记,就报不上户口;报不上户口,就不能在北京地区报名。"

"啊!"唐春早站住了脚,愣怔了半晌,"你赶快回四川家乡吧,咱俩得争分夺秒。"

"我……离不开你,还是不考吧!"

"那我也不考,咱俩同归于尽!"

唐春早是个一条道走到黑的脾气，蛾眉虽然比他聪明伶俐，却拗不过他的认死理儿，只得顺从了他。

临别之夜，他们在西屋最后一次温习功课。但是，蛾眉神不守舍，心乱如麻，目光散乱；心头和眼底，笼罩着浓雾一般的离愁，看不见书中的字，算不出一道题。

"你累了。"唐春早收拾桌子上的书籍和纸笔，"睡吧！明天还要起早上路。"

"等一等！"蛾眉两手紧抓住唐春早不放，生怕失去他。

"还有什么话要叮嘱我吗？"唐春早问道。

"我要跟你约定……"蛾眉哽咽着说，"你考上了，我考不上，我不……拦你……爱别人；你考不上，我考上了，我仍然属于你。"

"这也是我的誓言！"唐春早眼也不眨地说。

他们拥抱在一起，这还是他们共同生活了几年的第一次。

"今晚……"蛾眉脸色苍白如纸，声音颤弱，"你跟我……睡在一起吧。"

"干什么？"唐春早摸不着头脑。

"我要给你留下一个纪念……"

"什么……纪念……"

"我要把……身子给了你。"

"不!"

"我不能让你枉担了虚名。"蛾眉激情地亲吻着唐春早那淳朴天真的脸儿,"我把身子给了你,别人就不能打我的主意了。"

"不能!"唐春早惊慌而又执拗地躲闪着她,"我要保持你的清白之身;不能对不起你,更不能对不起……将来你可能爱上的那个人。"

他把蛾眉推倒在炕上,破门而出。

蛾眉走了,唐春早送她到车站。一路上他们默默无语,分手时也没有洒泪而别。

他们都考中了,一个在北京,一个在四川,山重水复几千里。

要知后事如何?聚在瓜棚柳下聊闲篇的人们,都不敢断定。

且等几年后见分晓吧!

一九八〇年十二月
原载一九八一年第一期《长春》

瓜棚柳巷

> 为什么我的眼里常含泪水?
> 因为我对这土地爱得深沉……
> ——艾青:《我爱这土地》

1

十八里运河滩,像一张碧水荷叶;荷叶上闪烁一颗晶莹的露珠,那便是名叫柳巷的小小村落。

村外,河边,一片瓜园。这片瓜园东西八篙宽,南北十篙长;柴门半掩,水柳篱墙。篱墙外,又沿着河边的一溜老龙腰河柳,打起一道半人高的小堤。棵棵河柳绿藤缠腰,扯着朵朵野花上树;枝枝桠桠,上上下下,大大小小的鸟窝倒挂金钟。小堤下,水涨船高,叶叶扁舟,从柳荫下过来过去。

瓜园里，坐北朝南，柳梢青和女儿柳叶眉埋下八根柳桩立柱，离地三尺，支起两间瓜棚，也叫瓜楼。

柔韧绵长的红皮水柳，编织瓜棚四壁，四壁抹的是麦芋熟泥，镜子面似的平整，照得见面容身影，分得出男女老少。瓜棚的棚顶，铺的是父女俩从河边割来的蒲苇；棚顶起脊，瓜棚像是戴上一顶尖头的绿蓑斗笠。

两间瓜棚，一明一暗；明间住的是柳梢青，暗间住的是柳叶眉。

这个暗间，有门有窗；后窗外，垂柳依依，微风徐来，挂起一幅飘动的柳帘。

瓜棚下，盘起一座八字冷灶，六棱烟囱，冷灶旁堆放着几垛四四方方的青柴。青柴里有一捆捆野蒿，填进灶膛烧起来，袅袅的炊烟飘散着淡淡的香气。灶上一口七锔八补的铁锅，锅台上摆放着红土瓦盆、猫耳绿罐、青葫芦瓢、蓝花饭碗、大肚儿盐缸、细脖儿油瓶，逢年过节才洒几点油花，挂在菜叶上看风景。父女俩削断柳枝当筷子，吃的是糠菜，喝的是河水，打鱼捞虾见荤腥。

瓜棚前面，只留一块落脚之地，落脚之地以外，便是布满瓜秧的一道道瓜垄。

千丝万缕的瓜秧四下蔓延，层层密叶，顺藤摸瓜，一个个斗大的西瓜像满地乱滚的青石碌子；不留神绊个跟头,金钟罩的脑壳也得磕出牛卵子大的青包,没有两膀子九牛二虎的力气,别想偷走。

山外有山,天外有天,能人背后有能人,柳梢青在运河滩,还算不上高手把式;种西瓜是他爹的一招鲜,不是他的拿手戏。柳梢青的手艺,真见功夫,叫得响的,一是香瓜,二是面瓜。

他的香瓜匀溜个儿,滴溜儿圆,白的玉白,黄的金黄,摘下来带两片绿叶,更显得好看。从河边挑来两筲水,蹲在绿柳浓荫下,香瓜浸入水筲里,一个时辰捞上来,撕一片苇劈儿,轻轻划上一道,瓜分两半,甜脆爽口,蜜汁元汤,喝下去沁人心脾。他的面瓜,皮薄、肉厚、大肚囊儿,掰开来白籽红瓤,一篓蜜;有花面鬼脸的,有傻头傻脑的,一个个憨态可掬,逗人喜爱。远怕水,近怕鬼,生人吃柳梢青的面瓜,先得打听路数:贪吃嘴急,张口就咬,噎得眼直,憋得脸青,鱼鹰子伸脖儿;吃一个不饱,吃两个撑着,忍一忍,歇一歇,走两趟小水再吃也不晚;不过,撑着也别怕,跳下河凫儿圈,不知不觉化了食,爬上岸来接着吃。吃过柳梢青的香瓜面瓜的人,没个够;人行千里,心也拴在他的瓜秧上。

谷雨前后,栽瓜点豆。柳梢青的瓜园花一开,就香气四溢。等到瓜熟时节,满天下香雾;南风一吹,弥漫方圆几里。于是,东奔西走的行人留步,南来北往的行船靠岸,吃瓜的人一窝蜂赶来。柳梢青手不闲,瓜垄里蹲下身子,拨开密叶选瓜,掐断蔓子摘瓜;柳叶眉脚不停,手提柳篮肩扛秤,运瓜卖瓜来回小跑。

然而,瓜长不到个头,熟不到火候儿,没米下锅,柳梢青也不摘。打躬作揖,磨破嘴皮子,柳梢青只是盘膝大坐在瓜棚上,二目一闭,石人不点头,只能望园兴叹;好像他不是卖瓜,而是嫁女儿。

柳梢青的性子,有点儿古怪。

2

瓜把式柳梢青,早已人过四十天过午,年交五十知天命了。

瘦骨嶙峋的大高个儿,大步流星的两条鹭鸶长腿,刻满深深皱纹的瓦刀脸,上唇一抹黑胡髭,一天到晚低眉顺眼不开口。刚入立夏他就脱光膀子赤着脚,一折三弯蹲在瓜垄里,头顶背烤着毒热的阳光,汗珠子滴滴答答洒落在瓜叶上。女儿不忍心,摘来一片荷叶,扣在他头上。女儿还织得一件蓑衣,下起瓢泼大雨,给他披身上。

人的名儿,树的影儿,百闻不如一见;冷眼一看柳梢青，谁也看不出他是能工巧匠，更不相信他武艺高强。

柳梢青种瓜是家传，他的武艺却是得自外人传授。

十岁那年，也是在这一块巴掌大的瓜园里，他爹挑一副荆条大筐，走村串乡卖瓜，留下他看园。他爬上一棵老龙腰河柳，眼观六路，耳听八方。运河上，客运和货运大船，高高的桅杆扯满了白帆，好似行云流水，上京下卫；渔舟穿梭，赤身裸体的渔夫哼唱着哀伤的渔歌，抛撒巨大的渔网。突然，从一条闷罐官船的船舱里，撞出一个戴着手铐，蹬着脚镣的女人，扑通一声投河。押船的兵勇响起震耳欲聋的毛瑟枪声，打得河面像下雹子。柳梢青吓得手挽河柳的枝条，荡了个秋千落地，跑回瓜棚。

人影一闪，他眨了眨眼，只见那个投河的女人扒开瓜园的柳篱，钻进半个身子，正跟他的目光相遇，进退两难；他慌忙连打手势，叫那个投河女人钻进瓜垄，藏在密密层层的瓜叶下。

闷罐官船靠了岸，两个兵勇跳下船，闯进瓜园来。

"军爷，买瓜吗？"柳梢青跳下瓜棚，笑脸相迎。

"小兔崽子，看没看见一个女逃犯？"两个兵勇中的小头目儿，横眉立目，狗脸下霜，粗声大气喝道。

"回军爷的话，没看见。"柳梢青喜眉笑眼，一副天真烂漫的神态，"我这两只金睛火眼，一只蠓虫儿飞过去,也能分出公母。"

快到正午了,天气闷热,没有一丝风,那满园的瓜香飘散不开去,凝聚在瓜园里,令人像喝下醇酒,迷迷糊糊,如醉如痴。

"摘几个瓜来解渴!"那个小头目儿早已垂涎三尺,大模大样地坐在瓜棚上吆喝。

另一个兵勇刚要进垄,柳梢青忙拦道:"军爷,您看不出成色,还是小子替您摘来。"

这个家伙正懒得走动,也就到瓜棚下歇凉坐等。

柳梢青走进瓜垄里,跪走爬行,掀开瓜秧找瓜,张开小手拍瓜,侧耳细听熟不熟。最后,他咬断一根青藤,摘下一个黑崩筋的大西瓜,从瓜垄里推出来,向瓜棚下滚过去,累出满头大汗。

两个兵勇抢过瓜来,抄起瓜刀就宰,狼吞虎咽大吃大嚼。

趁这两个家伙只顾得吃瓜,柳梢青悄悄溜进那个投河女人隐藏的瓜垄里,轻声细气地小声说:"大婶,您别慌,也别动,我把他们打发走。"

两个兵勇吃下一个斗大的西瓜,又吞掉两个面瓜,三个香瓜,一个个变成了大肚子蝈蝈儿,走都走不动,哪里还迈得开脚步追逃犯。

"记上账！"两个兵勇伸缩着脖子打饱嗝儿，双手搂着倒扣铁锅的大肚皮，鸭摆鸭摆地走了。

等那条闷罐官船解了缆，拨船回头，走出半里水路，柳梢青才向瓜垄里喊道："大婶，出来吧！"

从密密层层的瓜叶下，站起了那个投河女人。只见她人高马大，三十上下，虽然蓬头垢面，怀着就要临盆的身孕，可是从她那眼角眉梢，仍然看得出俊俏而剽悍的神采。

"好个侠肝义胆的小儿郎！"身高马大的投河女人，走到瓜棚下，像男人一样给柳梢青作了个大揖，"多谢你的救命之恩。"

"大婶，您折杀了我！"柳梢青从瓜棚里找出一把砍柴的斧头，"我给您砸开手铐脚镣。"

人高马大的投河女人摇了摇头，说："赏我两个面瓜吃吧，我先补一补身子。"

柳梢青答应一声，跑进瓜垄。一会儿，左手托着个花面鬼脸的面瓜，右手托着个傻头傻脑的面瓜跑回来。

这位人高马大的投河女人一定是几天水米不打牙了，接过这两个大面瓜，就像风卷残云，一扫而光。

"大婶！快把手铐脚镣砸开，逃命吧！"柳梢青焦急地催道。

"不必!"这位人高马大的投河女人抹了抹嘴,深深吸了一口气,咬住嘴唇,全身较劲,猛地大喝一声,两臂伸张,双脚叉开,只见那手铐和脚镣的铁链,一环一环地碎裂了;然后,两手五指并拢,就像柔软无骨,从手铐里抽了出来,双脚又一顿地,脚镣也绽开脱落了。

柳梢青目瞪口呆,惊呼道:"大婶,您好大气力!"

人高马大的投河女人微然一笑,问道:"孩儿呀,你想练出这一身功夫吗?"

"想!"柳梢青响亮地答道。

"那就跟我走吧!"人高马大的投河女人又拍了拍即将分娩的肚子,"我不光要传授你高强的武艺,这个肚子生下个女儿,还要白送给你当媳妇。"

"我得……问问我爹……愿意不愿意……"柳梢青害怕了,又想打退堂鼓。

"跟我走!"人高马大的投河女人陡地变了脸,伸出手去,掐住柳梢青的手腕。

柳梢青只觉得全身麻木,动弹不得,张口结舌,想喊也发不出声。人高马大的投河女人一矬身,把他背在背上,健步如飞而去。

柳老爹卖瓜回来,儿子早已被人拐走了;四处寻查,生不见人,死不见尸,无影无踪,也就听天由命了。

过了几天，渡头路口，村墙庙门，官府张贴告示，画影图形，悬赏严拿义和团的逃犯武大师姐。柳老爹暗暗祷告上天保佑，这位武大师姐逢山有路，遇水有桥，死里逃生，可没想到正是这位武大师姐拐走了他的儿子。

树高千丈，叶落归根。柳梢青一走三十年，带着一个十三四岁的女儿柳叶眉，从关外重返运河滩。

柳老爹还活着，已经七老八十了。柳梢青从老爹的手里接过这块瓜园，闷声不响地继承祖业，种瓜为生。关于他一走三十年的行踪下落，他守口如瓶，连柳老爹也问不出片言只语。三年两载，他种出的瓜都是上等成色，柳老爹见祖辈的手艺没有失传，也就闭上眼睛，撒手归西，含笑九泉了。

柳梢青是个打不开的闷葫芦，敲不响的梆子木鱼；可是，瓜园并不冷清寂寞，从早到晚回荡着柳叶眉那百鸟闹林的笑声。

三个姑娘一台戏，柳叶眉一个人就能唱两台。

3

原来，柳梢青被武大师姐带走，下了关东，走在半路的一片草甸子上，武大师姐果真生下一个女儿。娘儿仨相依为命,一路北上,走到一条水天茫茫的大江边。江上不见船影,插翅也难飞过去,不得已就在江边的一个小小荒村落了脚,砍倒一块蓬蒿,搭起一座马架,隐姓埋名过日子。

柳梢青长到二十六岁,武大师姐的女儿也十六岁了,就给他们在马架子里的对面炕上完了婚。两年之后,柳叶眉落生。柳叶眉三岁,母亲死了,跟着姥姥长大。又过了十年,武大师姐一病不起,穿上装裹躺在麻绳高粱秆的停尸床上,圆睁两眼,瞪定了柳梢青不咽气。柳梢青从老岳母的眼神里明白,找来一把牛耳尖刀,跪在床下,点手叫柳叶眉接过刀去,刀尖顶住他的心口,一字一泪说道:"娘啊,孩儿胆敢再娶,死在眉子刀下。"武大师姐的脸上飘过一抹浮光笑影,眼角淌下两颗慈心泪,一缕轻烟咽了气。柳梢青掩埋了老岳母,倦鸟思林,人老想家,这才带着女儿回乡来。

柳叶眉从打呱呱坠地,就被姥姥百般宠爱。武大师姐是个大刀阔斧的性格,雷鸣电闪的脾气,柳梢青有个言差语错,不顺她的心,不中她的意,开口就骂,举手就打,抬腿就踢;传授柳梢青武艺,柳梢青的手脚稍一怠慢,抡起藤条、刀背、枪杆子,没头没脑地狠抽毒打,抽打得柳梢青满身青一块,紫一块。她管这叫棒头出孝子,不打不成材。武大师姐也很不喜欢女儿的柔弱，恨她是一朵挺不起腰的藤萝花，骂她是一条扶不直的井绳，从小不给好脸子看。然而，在柳叶眉身上，武大师姐可就像太阳从西山出来，跟她那铁石心肠的风火性儿，判若两人了。

武大师姐就像前世欠了外孙女儿的情，这辈子当效犬马之劳，结草衔环以报。女儿躺在炕上，她亲自动手，把柳叶眉接到人间。这个毛茸茸的小生命落地哭出头一声，武大师姐就像听见的是莺声燕语，眉梢生喜，喜泪满腮。也是天生的缘分儿，柳叶眉一出满月，爹娘抱她，她就像小脚丫儿扎满了葛针，踢蹬着小腿大哭；可是一到姥姥的怀里，马上眉开眼笑，粉嫩的圆脸蛋上挂着几颗泪珠儿，就像杏花春雨。从此，柳叶眉日夜黏在姥姥身上。武大师姐一辈子不喜欢围着锅台转，只爱风来雨去下地耕、耩、锄、耪，也只得足不出户，看家、做饭、哄孩子，而且心甘情愿。轻荡摇篮，柔声低唱一支又一支的催眠曲，哄柳叶眉入睡，院里猫咪狗咬，墙外鸡鸣鸟啼，她都要手提一根哨棒，赶走猫、狗、鸡、鸟，怕吵醒了柳叶眉。柳叶眉有个头疼脑热，她更是心如汤煮，六神不安；两天不退烧，她就要一步一个响头，磕到娘娘庙求签问卜。

柳梢青是个更名改姓的倒插门女婿，在这一家里地位最低，女儿柳叶眉的身份都高他一头；所以女儿像山中的果子河边的花,疯了秧的瓜蔓儿一样野生野长,他也不敢吭一声。

武大师姐一心想叫外孙女儿顶天立地,自幼就把柳叶眉当男孩子打扮;不留辫子,只梳抓髻,也不穿红挂绿,搽胭脂抹粉。每天打拳踢脚,飞刀舞枪,并不教她做饭炒菜,针黹女红,还放她跟男孩子们爬树登高,下河凫水。柳叶眉胸前凸出两颗花苞,还不知道男女有别;直到有一天她忽然来了月信,吓得她大哭大叫跑回家,武大师姐才点醒了她,悲叹一声:"姥姥痴心妄想,你到了儿是个玉女,不是金童……"于是,柳叶眉这才脱下男儿装,换上女儿衫,花花草草地穿戴起来。武大师姐远瞧近看,头上脚下打量,柳叶眉那俊俏而又剽悍的神韵和风采,活脱是自个儿当年那黄花闺女时代的影子,也就转悲为喜了。

柳叶眉跟着爹爹回到家乡运河滩,生成的野性难改,跟京门脸子长大的姑娘们不搭调。她的嘴巴没遮拦,百无禁忌,话从口出,不知深浅,常常臊得那些扭扭捏捏的姑娘们双手蒙住脸,捂死了耳朵。她只觉得像穿着汗湿的褂子,又塞进一大把麦芒儿,浑身不自在,也就不再结交这些酸溜溜青杏味儿的女伴。

小小瓜园,方寸之地,又孤悬柳巷村外,除了买瓜的人,很少有人串门;老爹一天难开几回口,柳叶眉十分闷得慌,嘴又闲不住,就在老爹身边叽叽呱呱,打定主意要敲响这个阴沉木的木鱼。她一个人能唱两台戏,吵得她爹也难免忍不住,哼一哼,笑一笑,她就拍着手儿大叫:"烧香赏香钱!"于是,笑声像一串银铃叮咚响,半入河风半入云,香雾中余音袅袅,不绝如缕。

一年小,两年大,柳叶眉也十六岁了;她娘就是在十六岁这一年,跟她爹拜了花堂。柳叶眉倒没有想过坐上花轿,鼓乐声中离开这片瓜园;可是,好像也朦朦胧胧觉得,身边得有个调笑打趣的人,心里才喜兴,日子才快活。

正在这时,有人登门来见柳梢青,想拜师习武。

柳梢青种瓜,是家传的手艺,不但不传外人,就连女儿也秘而不宣。女儿脸朝外,一嫁出去就是外姓人;手艺传授女儿,等于另立分号,不能只此一家了。所以,家传手艺都有个铁打的规矩,只能传授不出门的儿子和搭进门的儿媳。柳梢青的武艺,得自武大师姐,武林的规矩也是艺不出门;只因柳梢青是个倒插门的女婿,身份与儿媳相同,武大师姐才传授了他。

柳叶眉虽然守在老爹身边,可并不通晓种瓜的奥妙;虽然也跟姥姥学过刀枪拳脚,可并没有得着武大师姐的绝技。

蔫人出豹子，柳梢青人虽蔫而有主心骨儿。他要等到柳叶眉也给他招来一个称心如意的倒插门女婿，才肯把种瓜的诀窍，武艺的高招儿，翻箱倒柜，抖搂包袱底儿，点水不漏地传授给小两口儿。

这个想拜师习武的人碰了壁，一不气恼，二不灰心，反倒每晚都来瓜园串门，陪伴柳家父女讲古论今，妙趣横生，又会吹一支洞箫，悦耳动听；日久天长，他很讨柳叶眉的喜欢，柳梢青也解除了戒心。

此人也是柳巷村穷门小户的子弟，姓吴，小名秤钩儿；上学念书，有了大号，就叫吴钩，眼下是个教书先生。

4

柳巷村口，一道弯弯河汊，小桥流水；岸上两间茅檐低小的棚屋，就是吴钩的家。

穷门小户，孤儿寡母，哪里上得起学？吴钩能进城念书，而且当上教书先生，其中大有故事。

吴钩八岁，就到邻村一个大财主家当牛倌，清早头顶着星星赶牛到河滩，夜晚脚踏着月色牵牛回村转；一笸箩装不满的小人儿，成天哄着几头恶眼凶牛，吃的是残汤馊饭。

一连放牛三年,有一天他牵牛进棚,刚关上栅栏门,大管家打发人把他叫到账房。吴钩站在账房门外,听大管家在窗里传话:"秤钩儿!打明天起你陪少爷念书,不必河滩放牛了,快到上房磕头。"

这个大财主,三妻四妾,又妙峰山进香,东岳庙拜佛,雇几个高眼的阴阳先生看风水,年过花甲才得了个金枝玉叶的儿子。大财主一心望子成龙,八抬大轿从北京搭来一位老拔贡教专馆。这位老拔贡在翰林院打扫过字纸篓儿,学富五车零一船;当面跟大财主立下军令状,只等张大辫帅从荷兰公使馆二度出山,扶保小皇上坐定了龙庭,大清国开科取士,他敢保小少爷不中个状元,也得中个榜眼,中了探花啐他的脸,可就是一要舍得金银,二要舍得皮肉。挥金撒银大财主都舍得,小少爷皮肉吃苦那还不如剐了他。老拔贡知多见广,仿照宫中小皇上念书的规矩,给小少爷找个替罪的伴读;小少爷念书不用心,淘气不听话,就拿这个伴读替罪,这叫打马骡子惊,杀鸡给猴儿看,小少爷也就乖乖地学而不厌了。大财主连叫:"妙,妙,妙!"就想到了小牛倌秤钩儿。

书房坐落在后院的花树丛中,三间幽雅的瓦阁,窗前几株翠竹,古色古香,十分清静。老拔贡端坐高台,沉着一张连阴天的长脸,瞪着两只白内障的死羊眼,拈弄几茎稀稀落落的猫须;面前一条长案,案上几卷黄绫经书,三只脚的铜炉燃点着细细的檀香,活像是从城隍庙里搬来的一座木雕泥塑。案前三步,便是小少爷和吴钩的座位。小少爷的面前是一张紫檀书桌,花梨木太师椅上铺的软缎丝绵坐垫;吴钩的面前是一张白板方桌,坐的是一只瘸腿春凳。

老拔贡的脚丫子迈进了民国,脑瓜子可还留在大清的门槛里;遗老思想,痰迷心窍,一心想教出个状元及第的徒弟,他也好人死留名。怎奈这位小少爷是一只绣花枕头,肚子里装的是个草包,眉眼儿透着鬼头,可是一打开书本就呆若木鸡。老拔贡急于求成,不择手段,于是就鞭打快马。吴钩虽然聪明绝顶,过目成诵,却不得不代人受过,每天满头青包,满身鞭痕,屁股肿得不敢挨一挨凳子。小少爷见有人替他挨打,更加有恃无恐,不把念书放在心上;而且,为了消愁解闷儿,故意装傻充愣,一边看着吴钩挨打取乐儿。吴钩真是一字一泪念了几年书。

小皇上不但没有坐定龙庭,而且被赶出了紫禁城,跑到天津日租界花天酒地去了。小少爷早已腻透了诗云子曰,只想赶快钻进红绡帐里戏鸳鸯。大财主也如梦方醒,只想赶快儿孙满堂,接续香烟,一年给小少爷连娶了三房如花似玉的媳妇儿。于是，当年被奉若神明的老拔贡，一下子被弃之如敝屣，打起行囊铺盖，古道西风瘦马，回北京孵豆芽儿去了。

专馆关张，大财主又叫吴钩扛小活儿，吴钩打听到通州城里开办了一个县立师范学堂，不但念书，而且管饭，就前去投考。大财主翻了脸，逼他包赔念了四年专馆的学费和饭钱，吴钩为了求学，只得立下一纸欠债的文书。

毕业以后，吴钩被拨到乡村教小学，每到月头儿，他那点儿薪水都被大财主的账房先生取走，一个子儿也到不了手；八年了，本利没有还上一半，他已经二十六岁，也还没有妻室。

吴钩虽然眉清目秀，穿上长衫，温文尔雅，书生气十足，却有一身力气，两只巧手；他的薪水分文不剩，只得又租种二亩河滩地，娘儿俩糊口。每天放学回家，他把长衫脱下来，洗净晾干，叠放枕下，然后光着膀子下地；人家是戴月荷锄归，他却是戴月荷锄去。

他每晚带着那支洞箫，到柳家瓜园串门，已经半个月了。

坐在瓜棚上，瓜香月色中，吴钩为柳梢青和柳叶眉吹奏一曲，河风飘荡着箫声。

"吴钩，你一个文墨书生，学什么刀枪拳脚？"一天,箫声刚落,柳梢青忽然闷葫芦打开了塞儿,疑疑惑惑地问道。

"日本鬼子侵占了东三省,还想吞并中国。"吴钩声音低沉,喉咙哽咽,"国家兴亡,匹夫有责。我想学一点儿武艺,再教给学生们,有朝一日投笔从戎。"

柳梢青又闷头抽烟,沉默不语了。

"吴大哥,我来教你!"柳叶眉突然喊道,"不知你看不看得起我这个毛丫头,愿不愿意拜我为师?"

柳梢青并没有阻止。

"闻道有先后,术业有专攻,能者为师。"吴钩开口文言字话,习惯成自然,"我愿在小妹门下执弟子礼。"

"五更天,头遍鸡叫,你到瓜园外的老龙腰河柳下见我!"柳叶眉发号施令。

吴钩回家去,一灯如豆,还要给小学生批改作业;一觉醒来,已经家家雄鸡报晓,连忙赶到瓜园外,柳叶眉正挽着裤腿,从河边大筲挑水。

"迟到了!"他连连说,"惭愧,惭愧。"

"回去!"柳叶眉怒气冲冲一挥手,头也不回地进瓜园,砰的一声反手关上柴门。

晚上,吴钩又到瓜园来,柳叶眉已经满天云雾散了,又纠缠着吴钩给她讲古,听完一个故事还想听;一个又一个,眼看半夜了,柳叶眉才放吴钩走,约定还是梆打五更,鸡叫头遍,老龙腰河柳下见面。

吴钩精疲力竭,头一挨枕就睡到了天麻麻亮;赶到河边,柳叶眉正坐在河边洗脸梳头。

"是你缠着我说故事,我……才起晚……"吴钩低声下气地说。

"回去!"柳叶眉冷若冰霜,铁面无情。

吴钩当天晚上又来瓜园串门,柳叶眉又早已消了气,缠着他吹箫;直吹到半夜才放他回家,还是约定那个时候儿,那个地点,两人相见。这一回吴钩长了心眼儿,回家跟老娘知会一声,就来到河边柳下,眼睁睁坐到天明。

晨雾中,运河两岸村村鸡啼,柳叶眉哼着一支小曲儿,光脚蹚着露水走来。吴钩从老龙腰河柳下霍地站起身,笑吟吟地说:"小妹,敝人恭候多时了。"

柳叶眉从胸膛里发出一阵清亮的脆笑,说:"我这是三戏吴大哥。"

吴钩垒起一座小小的土台,插上三根香蒿,恭恭敬敬地说:"师父请上坐,弟子要行拜师礼。"

柳叶眉啐了一口,把他搡到一边,说:"咱俩拜干哥儿们吧!你还是大哥,可得管我叫二弟。"

从此,黎明和夜晚,吴钩都到河边来跟柳叶眉习武;

柳梢青并不出面，只是常常隐身在不远处的柳丛中，悄悄观看。

一天夜晚，练完几套拳脚，走过几趟刀枪，吴钩和柳叶眉坐在小堤上歇息，柳叶眉不知怎么心烦意乱地说："大哥，你给我吹个曲儿，要酸酸儿的，甜甜儿的，凉凉儿的……"

"明白了！"吴钩笑道，"吹出你家的香瓜味儿。"

吹完这支曲子，柳叶眉忽然闷声闷气地问道："大哥，你怎么不娶媳妇儿呢？"

"一贫如洗，谁肯进门？"吴钩一阵凄然。

"找个媒人给你跑腿儿呀！"柳叶眉出主意。

"我拿什么谢大媒呢？"吴钩摊开空空两手。

"唉！我倒想给你当媳妇儿。"柳叶眉一本正经，"只是你得更名改姓，到我家倒插门儿，委屈了你这个土圣人。"

"岂有此理！"吴钩板起面孔，"你我是兄弟，不可失神乱心。"

"我来给你保媒！"柳叶眉浑身燥热，"磨破八双鞋，不讨你一针一线。"

说罢，扑通下河凫水；吴钩只当玩笑，转身回家。

5

运河上,常有人贩子的鸡笼小船,舱里捆绑着被坑、蒙、拐、骗来的女子,蒙上眼罩堵住嘴,又用一根缆绳串起来;就像一条线拴几只蚂蚱,谁也飞不动,跑不了。鸡笼小船不敢白天露面,都是夜深人静悄悄溜着河边行走,所以又叫黄花鱼小划子。

半夜,柳叶眉听老爹扯起鼾声,偷偷爬出后窗,手抓柳帘溜出瓜园,蹲在河边蒲苇丛里,等候鸡笼小船路过。

这一天,真等来了。

这只船很小,像一叶浮萍,船舱像个扣底的鸡笼,贼溜溜沿河而下。船尾,有个人咿呀摇橹;舱内,传出幽幽咽咽的哭泣声。

柳叶眉也不问话,甩手飞出一颗石子,正打中那个摇橹人的脑瓜瓢儿,那个摇橹人啊呀一声痛叫,抱头滚下了水。小船在水上滴溜溜打转儿,柳叶眉下河把小船牵到岸边,拴在了河柳上。

她打开鸡笼舱门,一个黑影蹿出来,柳叶眉扯住这个黑影的一只手,说:"别怕!我是来搭救你的。"这个黑影却回头狠咬了她一口,撒腿就跑,想钻柳棵子地。

柳叶眉火起，三步两步赶上去，一个枯树盘根扫堂腿，把这个黑影放躺了，摸到一条大辫子，挽在手里，擒回瓜棚。

柳梢青也被吵醒，亮起了风雨桅灯，问道："眉子，怎么回事儿？"

"我打人贩子船上救了个人。"柳叶眉把这个黑影女子，牵到灯光下。

这个女子二十上下，浓密鬈曲的头发，一张俏丽的桃花脸，摇荡着两串红石榴珠花的耳坠儿，杨柳细腰，只穿一件绣着荷花翠鸟的水红兜肚，遮掩不住她那一对丰满隆起的乳房，抱起两条雪白的膀子，紧搂着胸脯；只是一双吊梢眉，两只豆荚眼，熠熠放光，咄咄逼人，显得十分狡黠和刁钻。

柳梢青背过脸去问道："姑娘，你姓什么，叫什么，哪个村的人？怎么被人贩子拐卖，上了他的贼船？"

"我叫花三春，不是被拐卖的女子！"这个狡黠而又刁钻的女子恨恨地叫道，"我跟我爹到下水去打鱼，你家的丫头为什么拦路劫船？"

"眉子，你真是有枣儿一棍子，没枣儿一竿子！"柳梢青发起脾气，"快把这位姑娘送回去，给她家的老人赔不是。"

"那……那……"柳叶眉也犯了嘀咕,"那她为什么在船舱里哭哭啼啼?"

"我没有哭!"花三春大吵。

"哎呀,船上还有人!"柳叶眉恍然大悟。

花三春的身子凉粉儿似的打了个哆嗦,柳叶眉又挽住她的大辫子,到河边去。

河边,那只鸡笼小船无影无踪;看来,那个被打破头的摇橹人爬上岸,解下缆绳,把船偷走了。

"老贼骨头!"花三春放声大哭,"你撇下亲生女儿不管,只想讨你主子的欢心。"

"你到底是什么玩意儿?"柳叶眉把她的大辫子又挽紧一扣,厉声问道。

"放开手,我……我说实话……"

花三春这才吐露真情。那个摇橹的人名叫花子金,是她的生身之父,给一个大人贩子跑腿拉线儿。这个大人贩子家住天津卫三不管,专做放鹰生意。他手里降伏了一帮子被拐骗来的女人,专找孤身男子,不管是种田的,走船的,赶脚的,打鱼的,十分便宜地把一个女人卖过去;这个女人嫁给那个孤身男子,开头也像安分守己,知冷知热,炕上地下都很勤快,慢慢拢住了那个男子的心,把柴米银钱都交给了她,这才下手。往往是那个男子出外归来，推门一看，早已人去屋空，得手的财物都被席卷而去，这才知道上了当，鹰叼着肉飞了。也有的女人，或是不能脱身，或是恋上了这个男子，到日子没有回窠，便有人准时正点前来，绕着院子吹口哨儿，隔着墙头扔瓦片儿；那个女人便知道拉线的人找上门来了，赶忙偷偷接头，或是一起逃走，或是请求宽限几天，以便捞到油水。如果卖出的女人避而不见，打算跟大人贩子一刀两断，放出的鹰收不回来，拉线的人就要强行绑架，甚至动手杀生。花子金跑腿拉线儿，花三春给她爹巡风放哨，打个帮手。这一回，鸡笼船舱里押解着两个女人，便是两只断线的风筝；她们嫁给的男子，待她们真心实意，她们又怀了身孕，就想改邪归正，洗手从良了。花子金巧使调虎离山计，打发花三春甜言蜜语把她们勾引出村，绑架上船；谁想半路途中杀出个柳叶眉，打乱了他们的脚步。

"原来你是个帮虎吃食儿的狐狸精！"柳叶眉气得咬牙切齿，狠狠扇了花三春一个大嘴巴，"我要叫你们偷鸡不成反丢一把米，赔了夫人又折兵。"

花三春原形毕露，不敢放刁，可怜巴巴地问道："小姑奶奶，您打算把侄女儿我怎么发落？"

"我要把你剪掉翅膀关进笼儿！"柳叶眉冷笑道，"运河滩上给你找个主儿。"

花三春眼珠儿一转，装出一副羞答答的神态，却又油嘴滑舌地说："小姑奶奶，侄女儿我是顶花的黄瓜带花的藕，红籽红瓤的女儿身，您把我许配给什么样儿的人？郎才女貌，旗鼓相当，我跟他去；猪不吃狗不啃的夯货，一根麻绳歪脖儿树，我宁当吊死鬼儿，也不窝心一辈子。"

"我给你找的是一个教书先生！"柳叶眉气愤愤地说，"人品出众，才高八斗；委屈了人家，便宜了你。"

"那我也得亲眼相看相看。"花三春嬉皮笑脸，"媒婆子一张嘴，装罢神来又闹鬼。我倒不是信不过小姑奶奶热心肠儿，好心眼儿，就怕小姑奶奶自幼大门不出，二门不迈，只见过井口大的天，错把红土当朱砂。"

柳叶眉恨不得左右开弓再抽她俩嘴巴，可是一看她那一身吹弹得破的细皮嫩肉，桃花脸上春色宜人，又不忍心下手了。

牵着花三春的大辫子回瓜棚，已经天光大亮。柳叶眉一掌子把她搡进暗间，扯下她的兜肚，又一声断喝："把裤子扒下来！"

花三春猫抓了似的尖叫："凤凰落地不如鸡，你还想怎么搓弄我？"

"我怕你逃跑！"柳叶眉捋胳膊挽袖子，牛不喝水强按头。

"救人呀，救命呀！"花三春打着滚儿哭闹。

"眉子，不得无理！"瓜垄里拿虫子的柳梢青，闷雷一声喝道。

"跑不了你！"柳叶眉撒了手，"你看见了，我一石子打破了你那贼爹的脑壳；你要想跑，我赏你两颗。"

这一天，花三春被关在瓜棚暗间，文吃香瓜，武吃西瓜，饿了吃面瓜，吃得她口角噙香；虽然身系囹圄，反倒眉眼更水灵，面目更娇艳了。

挨到日落黄昏，柳叶眉一阵风直奔柳巷村口，过小桥跑进吴钩的家。吴钩刚放学回来，正脱长衫，还没有来得及下到水盆，柳叶眉把长衫抢到手，扯起他的胳臂，说了声："跟我来！"又扭头就走。

"二弟，你这是所为何来？"吴钩脚步踉跄，莫名其妙。

柳叶眉也不答话，一溜烟把吴钩拉扯到瓜园柴门外，才站住脚，又把长衫给他穿上，还抻了抻袖子，正了正前襟后摆，左右端详了半天，扑哧一笑，说："我捉住一只巧嘴花翎白肚皮儿的水鸟儿，关在笼子里，你去看看。"

吴钩不明真相，呆里呆气地说："那可要一饱眼福。"

柳叶眉把他赶上瓜棚。

一顿饭的工夫，吴钩从瓜棚上走下来。柳叶眉歪着头问道:"中意不中意?"

吴钩面红耳赤,说:"全听二弟安排。"

柳叶眉跳上瓜棚,进入暗间,却只见花三春身倚后窗,哭得像雨打桃花泪纷纷。

"野鸭子伴着天鹅飞,你还觉着不够本儿呀?"柳叶眉大喊大叫,急赤白脸,"是不是嫌贫爱富?"

花三春摇了摇头,抽抽泣泣地说:"嫁给他这个可心的人儿,是我一辈子的福气。"

"你心里有鬼!"柳叶眉逼问道,"竹筒倒豆子,说!"

"我怕……给他带来杀身之祸。"花三春打着寒噤,脸色惨变,"我们那个龙头少爷汤三圆子,点名儿叫我给他做二房。我嫁给了吴先生,飞不上天,入不了地,汤三圆子找上门来,吴先生性命难保,还得把我抓走去放鹰。"

"他来一个,姑奶奶杀他一个。"柳叶眉柳眉倒竖,"来两个,姑奶奶杀他一双!"

"来三个,我也上手。"窗外,柳梢青慢声慢气,笑眯眯地插了一句嘴,"大姑娘,放心跟吴钩过日子去吧!"

圆圆的月亮,柳叶眉从水柳篱墙上折来一枝野花,匆忙中插在花三春的鬓角上；又把她和吴钩按倒地上，双双拜月，成了夫妻。

6

一连几天，花三春盼天黑，怕天亮，跟吴钩枕边嬉戏，恩恩爱爱。花三春虽是个黄花闺女，可是从小在放鹰的女人堆里长大，打情骂俏，撒娇调笑，早已无所不能。吴钩是个淳朴憨厚的农家子弟，又是个循规蹈矩的文墨书生，此中微妙，一窍不通。他虽然觉得花三春未免轻佻，却又贪恋她的姿色，可怜她的身世，也就不多挑剔，反倒十分温柔体贴。

这天早晨，吴钩醒来，已经霞光满窗，他急忙披衣而起。

"你今天……别到学校去，陪一陪我。"花三春脸儿蜡黄，依依不舍。

"我昨天没有告假。"吴钩面有难色，"不能误人子弟。"

"那就……去吧！"花三春叹了口气，"早点儿……回来。"

吴钩匆匆而去，没有发觉花三春目光闪烁，心神不定。

运河滩的风俗，新媳妇儿进门，不过对九不能抛头露面；前晌和后晌，吴大娘拿着一把小薅锄下地，花三春留在家里烧火做饭。

夕阳西下时分，花三春在院里的冷灶上和面，打算轧饸饹吃。她刚点火烧水，突然墙外小河边，响起一声尖厉刺耳的口哨，跟着便是三长两短，两短三长，然后渐渐远去了。

花三春面如死灰，扔下轧饸饹床子，填满一灶膛的柴禾，跑进屋里。吴钩这个家，炕上有三床破棉被，窗台上有几本书，柜里有几件旧衣裳，缸里有几斗粮食，再有就是几只母鸡，两只山羊，拐走哪一样儿也不值钱，更不忍心；看看天色，急忙出门，沿着口哨声的去向，寻找那个拉线的人碰头。

吴钩挂念着花三春，放了学早早回家，他还想进家就端饭碗。谁知推门一看，冷灶上柴禾烧炸了锅，锅台上几只鸡蹬翻了面盆，山羊在羊圈里咩咩叫，院子里空落落不见人。

"三春！"他喊叫。

没有人应声。吴钩屋里院外找了个遍，不见花三春的影子，大惊失色；他跑到二亩河滩地，只有他娘在薅草，转身又跑向柳家父女的瓜园去。

"哎呀呀!"柳叶眉急得蹦跳,"一定是跑脚拉线儿的把她勾引走了。"

"赶快四下去找!"柳梢青也跺起脚。

吴钩跟柳叶眉是一路。他们沿着河边,穿过一片片柳棵子地,穿过一片片丛生着芦苇和水草的浅滩,忽然听见河拐弯的一块野麻地里,有人叫骂、厮打、挣扎……柳叶眉手拉着吴钩,踮着脚尖儿靠拢过去。

残阳如血,一个灯草胳臂麻秸腿的瘦老头儿,上蹿下跳,力竭声嘶:"你叫他破了身,临走秋毫无犯,天生的贱货!"

"爹,他穷……"是花三春那悲悲切切的声音。

"难道就没有一粒粮食?"

"我怎能叫他们母子挨饿呢?"

"难道就没有一条被子,半床褥子,几件卖铺衬打袼褙的衣裳?"

"我怎能忍心叫他们母子受冻呢?"

"看来,你恋上了他?"

"爹,行行好……"花三春嘤嘤啜泣,"生米……做成了……熟饭,您就开恩让我归了他吧!"

"贱坯子!"花子金拳打脚踢,"龙头少爷不嫌你残花败柳,打发我跟贾二哈巴把你带回去,穿绸裹缎,插金戴银，吃香的喝辣的，你倒舍不得那个家无二斗粮的穷酸男人？"

"爹呀，您老人家也洗手回头吧！"花三春紧紧搂住她爹的腿，苦苦哀求，"就在运河滩落户，跟女儿过个团圆日子。"

"放屁！"花子金尖叫，"你那个穷酸男人，见天能供我抽两个云烟贵土的烟泡儿？能供我一天三遍二锅头？能供我……"

"花子金，别他娘的磨牙斗嘴了！"从野麻丛中又跳出了那个名叫贾二哈巴的家伙，"四脚攒蹄，捆走！"说着，从腰间解下一串绳索。

"不许抢人！"柳叶眉出马上阵，身后跟着吴钩。

"小柴禾妞儿，少管闲事！"花子金嘿儿嘿儿奸笑，"惹恼了我连你也捆走，樱桃桑葚儿一筐卖。"

"爹，您快跑！"花三春喊道，"这个姑娘一身武艺，您惹不起她。"

"是荤就降素，是男就压女！"花子金拉开了一个饿虎扑羊的架势。

"爹呀！"花三春哭天喊地，"您睁眼看看，姑娘身后的就是您那人品出众的姑爷，打着灯笼哪儿找去？"

"我先撕碎了这个穷酸，叫你死了心！"花子金疯狗一般向吴钩扑来。

柳叶眉却迎上前去,抓住他的手腕子,脚下使了个绊子,把他扔出一溜滚儿,冷笑道:"看在吴大哥跟三春嫂子的面子上,我不下毒手。"

那个贾二哈巴冷不防拔出匕首,一道寒光向吴钩投去。花三春叫了声:"亲人儿!"吓昏迷了。

谁知柳叶眉手疾眼快,抓住匕首的把柄又反投过去,端端正正钉在了贾二哈巴的大腿上。贾二哈巴一声鬼叫,连滚带爬逃走,柳叶眉也不追赶。

花子金吓得就像草头蛇吞下了烟油子,躺在地上抽搐不止,蜷缩成一团儿。柳叶眉走过去,软中有硬踢了他一脚,啐道:"你也滚吧!世上真有你这样没人味儿的爹,还有什么脸面再来见你亲生的女儿?"

花子金抱头鼠窜而去。

柳叶眉又把昏迷不醒的花三春扔在身上,替吴钩背回了家。

花三春不久就怀了孕,转年麦子扬花坐胎时节,就要临盆分娩了。

还是吴大娘下地,她在家做饭,还是一天傍晚,她正和面烧火,院外小河边又口哨声四起。她一阵心惊肉跳,可不像上一回那么心乱如麻。沉了沉气,定了定神儿,她舀起两瓢水泼灭了灶膛里的柴禾，又把面盆放进锅里，盖上锅盖，压上一块磨刀石，然后锁上房门，到柳家瓜园求救。

到柳家瓜园去，有一条柳荫夹道的大路，花三春想抄近早到一步，走的是一条羊肠小道儿。运河滩上荒丘起伏，蓬蒿遍地；在一人多高的蓬蒿丛中，打青柴的人走出的小路横七竖八，纵横交错。花三春从没有打过青柴，自从上一回差点儿被绑架抢走，更不敢稍离家门一步，大路不熟，小道更生；所以她慌里慌张一进河滩，就眼花缭乱迷了路，三弯两转，七拐八绕，身不由己地走上了岔道儿。

"三春儿！"蓬蒿中蹦出了贾二哈巴，金鸡独立，龇牙一乐，"我又来接驾了。"

这个家伙被柳叶眉刺伤一条大腿，回到天津卫躺倒百日；等再一下床，两腿一长一短，走路也就一瘸一拐，行动一蹦一跳，站住脚一高一低，不得不金鸡独立支撑他的身子。

花三春掉头就跑，刚一转身儿，龙头少爷汤三圆子横遮竖挡，拦住去路。

这个汤三圆子是一条淫棍，油头粉面，眉飞色舞，凶狠歹毒，人皮兽心。他身穿春绸裤褂，盛锡福皮便鞋，蝴蝶扣的绦子带轧紧裤腿,贴身的汗褟儿解开了双排琵琶密扣儿,胸脯子的白肉上刺着张牙舞爪的二龙戏珠,猛一看就像从草棵子里钻出一条白花蛇。

"三春呀,少爷想你。"汤三圆子色眯眯地乜斜着眼睛,"跟少爷走吧!"

"少爷,到……哪儿去?"花三春一见这个淫棍的红口白牙,就像三魂出了窍,四肢发软。

"河边拴着我的莲花快船,少爷我接你回天津卫过神仙日子。"汤三圆子捏着甜腻腻的嗓子,花言巧语。

"少爷,您高抬贵手。"花三春双膝跪倒,"我跟吴钩怀胎十月了,残花败柳晦气的身子,您就把我放生吧!"

"你不听良言相劝,那就别怪我手下无情!"汤三圆子陡地变了脸,满面一团杀气,"把花子金押过来!"

"喳!"

贾二哈巴从草棵子里像拖出一条癞狗,拎着花子金的脖领子,扔到花三春面前。

"三春,跟少爷享福去吧!"花子金一把鼻涕一把眼泪。

"好马不吃回头草!"花三春挺起腰杆子站起身,"女儿铁了心,跟吴钩白头到老了。"

"你跟我走不走?"汤三圆子亮出了寒气逼人的双刃尖刀,当胸划开了花子金的布衫,"不走,我就捅了你爹。"

"亲不过父女,三春救爹一命吧!"花子金哀叫。

花三春把心一横,咬定牙关,说:"我生是吴钩的人,死是吴钩的鬼,六亲不认了。"

汤三圆子一拧眉头,双刃尖刀插进花子金的胸口,手腕子上挑下按,就把花子金开膛破肚了。

"杀人啦!"花三春凄厉地呼喊,沿着蓬蒿小路奔跑,"柳大叔,眉妹子,快救命来呀!……"

汤三圆子追上去,一脚把花三春踢翻,贾二哈巴骑到她身上,要把花三春捆成一只粽子。花三春拼出一个死,挣扎抗争,连连呼叫;她抓破了贾二哈巴的面皮,汤三圆子想捂住她的嘴,又被她咬住一根手指。

柳梢青在瓜园里,早看见一只莲花快船远远地停泊岸边,从船上跳下两个贼头贼脑的外乡人,东张西望,眨眼之间不见了。他心中一动,起了疑云,呆呆地想了半晌,便扣上柴门,跟踪而来。柳叶眉正在一座荒丘上打青柴,晚风飘来花三春的呼喊声,也手提着镰刀跑来。父女俩不期而遇,一齐赶到。

汤三圆子见捆不走花三春,拔出双刃尖刀正要把她刺死,柳梢青已经抢救不及,猛喝一声:"住手!"这个平日不声不响的老人,这一声怒吼竟像一个沉雷炸响,汤三圆子的手儿一颤,双刃尖刀落了地。

柳叶眉一露面,贾二哈巴马上鬼叫一声:"少爷!这个柴禾妞儿惹不得,快跑!"

望着这两个屁滚尿流的贼子落荒而逃,柳家父女并不追赶。

花三春失去了知觉,身下一摊血水,一个呱呱啼哭的婴儿落生了。

7

花三春一心扑在了吴钩身上,在运河滩落地扎根了。

这个女人生孩子像莲蓬结籽儿,生完孩子却仍然艳如桃李,真是咄咄怪事。她在河滩蓬蒿丛中的生死关头,生下的是一个男孩,起名叫摸鱼儿。摸鱼儿刚过百日,她又怀了孕。早生贵子,她就像立下汗马功劳,骄气十足,不把吴大娘放在眼里;可是,一见吴钩,她却又换上另一路的娇气,不但十足,而且百倍,把吴钩揉搓得就像柳梢青抹瓜棚的麦芋熟泥。

花三春本是个耍货儿,一身占全了馋、懒、刁三个字。二回怀孕，她不是想吃酸的，就是闹吃辣的。家里几只母鸡下蛋，本为了打油换盐，全叫她那一张馋嘴独吞了。

柳叶眉心疼吴钩，也心疼吴大娘，杏子早过季了，她就到河滩上给花三春采野莓，还摘来一篮子一篮子的辣椒，叫花三春吃个够；她又下河活捉鲫鱼，柳棵子里支起拍网生擒鹌鹑，大补花三春的元气。

花三春坐月子，柳叶眉溜溜忙了三十天。

"眉妹子，你真是我头顶上的福星高照！"花三春那两片嘴儿，能把巧舌八哥哨败了。"我天天心里烧高香，合辙押韵祷告月下老儿，求那老头子拴一个天上的金童下来给你当女婿。"

柳叶眉急不是，恼不是，呸呸啐道："我剁下你的舌头，撕烂你的嘴！"

"我要是个男人呀，三班鼓乐，旗、锣、伞、扇，八抬大轿把你娶进门儿，再打个丈二的佛龛把你供起来。"花三春的伶牙俐齿，舌头打上膛，就像敲着花梆子唱莲花落。

"我要是吴大哥，一天揭下你一层皮！"柳叶眉笑骂道，"又馋又懒，谁家的娘儿们像你？"

花三春的懒，比她的馋还要命。自从生下摸鱼儿，她算得了理不让人：一不推磨，二不做饭，三不挑水，四不拾柴，更不下地。炕上地下，屋里院外，全是吴大娘拐着一双小脚，里出外进团团转。花三春一心只想打扮自己，把吴钩迷住，以免男人在外拈花惹草。她梳头打不起桂花油，就从木匠作坊找来芬芳刨花，沤在水碗里，刷在她那绵密乌黑的头发上，油光闪亮；她本来有一张容光潋滟的桃花脸，却偏要掐来大捧大捧的凤仙花，研成红艳艳的花汁，搽脸蛋儿，抹嘴唇儿；她扯不起花洋布，也亏她心灵手巧，从串村的货郎担上赊来几支五彩丝线，她能把白粗布小褂儿绣得花团锦簇。吴钩放学回到家，只见盆朝天，碗朝地，水缸空无滴水，老娘一边哄着哇哇啼哭的孩子，一边喂鸡打狗，而花三春却坐在临窗的半块菱花镜前，借残阳一片余晖，搔首弄姿，顾影自怜，不免动怒，气呼呼地说："你……你于心何忍？"花三春并不顶撞，回眸一笑百媚生，吴钩只得叹了口气，挑起水筲到河边去了。

河边，柳叶眉正洗衣裳，一见吴钩匆匆忙忙来挑水，打趣地说："大哥，你真把三春嫂子供在丈二的佛龛里呀！"

"都怪你插圈弄套，哄我上了当！"吴钩也开着玩笑，"送我这只巧嘴花翎白肚皮儿的水鸟儿，中看不中用，想赶也赶不走了。"

柳叶眉低下头,默默地洗着衣裳不吭声。

第二天,吴钩进家,一见满缸水,缸边还存下两水筲,便问临窗照镜的花三春道:"谁挑的?"

"你的好妹子,我的小姑贤呀!"花三春满不在意地嬉笑道:"这个眉妹子跟咱们真像一家人。"

吴钩转身出门去,想到柳家瓜园道谢;走在半路上,却见柳叶眉手握一张大锄,正在他租种的那二亩河滩地里耪荒。

"二弟,怎能一而再,再而三地劳累你呢?"吴钩满面羞愧地说。

"挑几筲水,耪两垄地,累不死我!"柳叶眉一副整脸子,夹枪带棒地说,"你还是晨昏三叩首,早晚一炉香,佛龛前拜娘娘去吧!"

吴钩被噎得直打嗝儿,窝着一肚子火又转回家,头一回扯着嗓子跟花三春嚷起来:"你也该学一学人家眉妹子,不应四体不勤,好逸恶劳。"

"我知道你这山望着那山高!"花三春伸出手指,轻轻点了一下吴钩的额角,"吃着碗里,看着锅里。"说罢,又咕嘟起小嘴儿,能挂个油瓶儿;两眼泪花晶莹,一副受到天大委屈的神气。

"你……你……"吴钩温文尔雅,只有唉声叹气。

花三春却又莞尔一笑,一头扑到吴钩怀里,撒娇撒痴。

这一天柳叶眉挑水进门,正听见吴大娘忍无可忍,跟花三春拌嘴。

"人有脸树有皮,你一天到晚身不动膀不摇,脸皮子不发烧,心里也过意得去呀?"吴大娘嘟嘟哝哝,"人家柳叶眉一不该咱家的,二不欠咱家的,又不是咱家的长工短伙……"

"那是她放长线儿钓大鱼!"花三春舌尖带刺儿,蛮不讲理,"我还得前后长眼,四面留神;巴掌大的小炕,别叫她占了我的窝儿。"

"人有人言,兽有兽语,你……你是那两脚的畜生!"吴大娘气得抱住门框,才没有昏倒。

"花三春,你是尿布擦嘴长大的!"柳叶眉满头冒火星子,扔下水筲,闯进屋去,"你把刚才那满嘴喷粪舐回去。"

"君子一言,快马一鞭,我花三春吐唾沫落地是钉儿,不改口!"花三春双手叉腰,摇荡着叮叮当当的耳坠子,放起刁来。

柳叶眉上前撕她的嘴,花三春也不甘示弱,又抓又咬;柳叶眉的手背上被抓出五道抓痕,肩膀上被咬下三个牙印,这就惹得她野性发作。鹰抓兔子猫扑鼠,她把花三春挟出屋去,摔在地上,拳脚交加;一边打一边问道:"你改口不改口,改口不改口?"

花三春是个蒸不熟煮不烂的女人,虽然被打得皮开肉绽,还是直着脖子嚷叫:"柳家的丫头想占我的窝儿!……"

柳叶眉血涌上脸,从墙角落找来一把钝斧子,又搬来一块磨刀石,把花三春的下巴按在磨刀石上,狠掐她的脖子,挤出了舌头,举起斧子问道:"你改口不改口?我剁下你的舌头喂狗!"

花三春吓破了胆,卷着舌头连连说:"好妹子,我……舔回去……"

柳叶眉把斧子一扔,扭头就走;满肚子委屈无处诉,一路走一路啼哭。回到瓜园,她抹掉满脸泪水,坐在冷灶旁呆呆出神。

运河滩炊烟袅袅,晚风习习,从柳荫夹道的大路上,传来一声高一声低的哭喊声。

柳梢青从瓜垄里直起腰,手拢着耳朵听了又听,哭喊声越来越近了。

"柳家的丫头偷嘴的猫儿……"

"眉子!"柳梢青大吃一惊,"像是花三春点名儿骂你。"

柳叶眉一听，果然是花三春叫街，气得她就像钻天的爆竹冲天的火，喊叫着："我活剥了她的皮！"

"君子动口不动手！"柳梢青拦住女儿，迎了出去。

花三春披头散发，拄着一根柳木棍子，跌跌爬爬而来，一见柳梢青，跪倒大哭："柳大叔，你家眉子想占我的窝儿，刚才手拿斧子要劈死我。您替侄儿媳妇求个情，求她不看僧面看佛面，可怜我那一对小娇儿，饶了我的命。"

"三春，不许血口喷人！"柳梢青沉着脸喝道。

"我那耳不聋眼不花的好大叔呀，难道您蒙在鼓里睡昏了头？"花三春尖声冷笑，"你家眉子跟我家孩子他爹，明来暗去藤缠树，可也不是三天两日了。"

"花三春！离地三尺有神灵，我跟你破腹明心！"柳叶眉又羞又恨，有口难分，不想活了。

柳梢青又把女儿拦住，忍下去这口窝心的恶气，冷冷地说："三春，回去吧！从今以后，咱两家划地绝交了。"

"谢谢大叔的恩典！"花三春悲悲切切，四起八拜。

柳家父女都吃不下晚饭，早早睡了。瓜园一片沉寂，柳梢一弯惨月。

"柳大叔，眉子二弟！"吴钩站在水柳篱墙外，气喘吁吁地叫着，"贱妇恶语伤人，我来领罪。"

"吴钩！"柳叶眉掀开瓜棚后窗的柳帘，露出半个身子；只见她手握一把瓜刀，割下衣襟一角儿，投到窗下，"我跟你割袍断义了。"

"柳大叔！……"吴钩跪下来。

但是，任凭他千呼万唤，沉寂的瓜棚里再没有回声，柳家父女不可侮。

他一直跪到月儿西沉，回家大病一场。

8

十年河东，十年河西，运河那白沙绿水的河床，年年雨季打滚儿；这边坍陷一个村落，那边就闪出一块河滩。殷汝耕自立国号，名叫冀东防共自治政府，在通州万寿宫登基坐殿，当上儿皇帝；便一声令下，里七外八，十五里之内的河滩地划为官田。他挑肥拣瘦之后，就像刀切豆腐，零卖年糕，把运河两岸的河滩切割成条条块块，赏赐他的皇亲国戚和文武百官。柳巷这一方河滩，土地肥沃，风景如画，落在殷汝耕的一个三岁的小女儿名下，算是这位千金小姐的胭粉地；柳家瓜园地处胭粉地的牛角尖上，于是三代祖产改姓了殷,柳家父女每年不但要纳粮,而且要交租。

柳叶眉血气方刚,这口气咽不下去,哭叫着说:"煮熟了瓜籽不出苗儿,叫这块地寸草不生。"

柳梢青沉重地摇了摇头,说:"一籽落地,就得万籽归仓,不能伤天害理。"

柳叶眉还不甘心,又说:"那就疯了秧子不结瓜,荒了蔓儿结小瓜儿。"

柳梢青却起了火,拍着大腿说:"那岂不是坏了咱柳家几辈儿的名声?"

"难道您就烟不出火不进,窝窝囊囊当奴才?"柳叶眉也跟她爹发起脾气。

柳梢青长叹一声,说:"能屈能伸大丈夫。"

他还像侍弄自个儿的瓜园,汗珠子摔八瓣儿,一腔子心血浇注到每一条瓜秧上,施展出柳家祖传的诀窍和他那独一无二的手艺,比别人家早一个节气熟了瓜,明天就要开园上市了。

种瓜的人,开园就像办喜事。财主富户开园,要请算卦先生挑选黄道吉日,备下香烛纸马,祭告皇天后土,摆下风光酒筵,恭候贵人临门。穷门小户开园虽没有这么多的讲究,但是为了讨个利市,也要翻一翻皇历,择个吉日良辰；瓜把式头脸梳洗得干干净净，衣裳穿得平平整整，东山的早霞一抹红，就早起开门放一挂爆竹。

爆竹一响，惊天动地，吃瓜的人四面八方而来；捷足先登的第一位，便是开园的贵人。瓜园主人满脸堆笑，一团和气，打躬作揖把他迎到瓜棚下，蒲团上落座，面前摆放一张饭桌，然后双手捧来瓜王，请贵人赏光。这位贵人也要随缘凑趣儿，念一段喜歌，或是说几句吉祥话。

种瓜的人最怕鳏、寡、孤、独、五官不正、四肢不全的人开园，那会给他带来流年不利，明年注定缺苗断垄，开谎花儿，疯秧子，结下瓜来招地蛆。种瓜的人欢迎大全福人开园，大全福人也分三六九等：刚入过洞房的新郎官儿，头胎早生贵子的小媳妇儿，都是贵人中的上品，他们给瓜园带来喜气盈门；然而，最受欢迎的贵人，还得首推那光屁股溜儿只穿一条红兜肚，光葫芦头只留一个烙铁印儿的小男孩，在瓜园主人的眼里，他们是财神爷打发来的送财童子。

年年开园前半个月，柳家父女就走遍每一道瓜垄，翻遍每一条瓜秧，百里挑一选瓜王，赌的是眼力。青石碌子满地乱滚，一个个斗大的西瓜就像一母同胎所生，肩膀一般齐，个头儿一般大的弟兄，分不开高低上下；必须独具慧眼，才能找出群龙之首。而一为瓜王，虽不能一步登天,却也在众瓜之间高高在上;瓜身上贴着红"喜"字儿,瓜身下垫着蒲草圈儿,瓜身旁插一根柳枝,拴着一个红布条儿的幌子,万绿丛中一点红,十分引人注目。柳梢青和柳叶眉也要加倍小心看瓜,黑夜多遛几遍,白天目不转睛,怕有人把瓜王偷走,一年都败兴。

不过,人人都知道柳家父女拳脚厉害,又看守得严密,没人敢太岁头上动土,老虎嘴上拈须,所以这些年从来没有丢过瓜王。

虽然明天就要开园,可是柳梢青刚起晌就被运河滩的警察分驻所传去;瓜园已经不姓柳了,柳叶眉也没有多大兴致看瓜,坐在瓜棚上埋头织席编篓,累酸了脖子才抬起头,漫不经心地向瓜垄里瞟一眼。

她已经二十出头了,还没有婆家,柳家的香烟不能断,她不能嫁出去做外姓人;然而,心甘情愿更名改姓,来到她家当倒插门女婿的男子,不是人品不够尺寸,就是模样儿看不顺眼,她也就宁当一个守身如玉的坐家女,也不愿一朵鲜花插在牛粪上。她也该做母亲了,可是孤花一朵不结瓜,有一回竟做了个梦,梦见一个绿叶香瓜似的小小子儿滚在她怀里,娇声嫩气地叫娘;仔细一看,却是吴钩的儿子摸鱼儿,羞得她一下子惊醒了,心慌乱跳,七上八下再也睡不着。此后,她一见摸鱼儿那个小淘气鬼就脸红；可又仿佛觉得，一条看不见摸不着的菟丝子，把摸鱼儿拴在了她的心尖上。

她跟吴钩一家，已经几年不来往了。花三春年年生儿子，正像柳叶眉手下年年一茬瓜；蛛丝马迹的鱼尾纹，已经悄悄爬上花三春的眼角，可是她还没忘头上刷刨花油，脸上搽凤仙花汁，只愿桃花依旧笑春风。她只在吴钩身上花心思，没有闲情管孩子；一进冬天，几个孩子就像孵小鸡，挤在炕头上不出门，一到夏季，几个孩子就像野鸟满天飞，整天泡在大河里。

柳叶眉坐在瓜棚上，一连编得两只柳条篮子，打算赶集换几个零钱。身边的柳条用光了，她跳下瓜棚，想到瓜棚下的青柴垛上，再取两捆柳条子。脚落地面，无意之中一瞥，忽然发现插在香瓜和面瓜垄里那两根拴着红布条儿的柳枝不见了；她一惊一恼，急忙跑过去看个究竟。

她沿着篱边的畦埂上走，只见水柳篱墙的东南一角，被扒开了一个窄窄的窟窿，只有水沟眼大小，不像有粗夯大汉爬进来；低头再一看，地上果然留下几个小脚丫儿的足迹。柳叶眉踮起脚尖，踩着这几点足迹走进瓜垄，三翻两找，就在一片密密叠叠的瓜叶下，找见了一个赤条条一丝不挂的小男孩儿，嘴啃着一个花面鬼脸的面瓜，睡得正香，原来是摸鱼儿。

柳叶眉忍不住要笑出声来，又赶忙捂住了嘴，怕惊醒了孩子。她慢慢蹲下身来看，越看越喜爱，越看越心疼，想起了那个梦。

摸鱼儿忽然睁开眼，又被阳光照得眯成一道缝儿；等他看出了是柳叶眉蹲在他身边，忙又假装睡着，紧紧地闭上了眼。

"摸鱼儿，你饿了吧？"柳叶眉的心发酸，柔情轻声地问道。

摸鱼儿刚点了一下头，又货郎鼓似的摇起来，说："吃饱了。"

"家里没做饭吗？"

"好几天揭不开锅了。"

"你爹呢？"

"警狗子抓他，他跑了。"

"嚯！"柳叶眉的心咯噔一跳，大惊失色，"你娘呢？"

"娘撞墙哭，要寻死。"

"奶奶呢？"柳叶眉心焦地问道。

"奶奶打发我来找柳姑讨吃的。"

"你为什么不跟我要呢？"

"我……怕您不给，就……钻进瓜垄里偷瓜吃，吃着……吃着……就睡着了。"

摸鱼儿还不满六岁，可是这个孩子比他爹当年还聪明早慧，大人之间的阴影投在了他那小小的心田上。他隐隐约约知道，他家和柳家有一堵拆不开的墙，他娘和柳叶眉结了个解不开的死扣儿。

柳叶眉哭了，站起身到瓜棚下拿来一个柳条背筐，摘了岗尖岗尖的一筐子面瓜，说："摸鱼儿，给你奶奶和几个弟弟吃。"

摸鱼儿偷偷地看了柳叶眉一眼，怯生生地说："我娘也饿。"

"饿死活该！"柳叶眉余恨未消，"我的瓜就是不给你娘吃。"

她背着满筐的瓜，送摸鱼儿回村；快到村口，摸鱼儿说了声："柳姑，我喊娘来接您！"就一溜烟奔家飞跑。

柳叶眉放下柳条背筐，转身而去，她不想跟花三春见面。

回到瓜园，柳梢青刚被警察分驻所放回来，坐在瓜棚上闷头抽烟；听见女儿的脚步声，喉咙里咕噜出一句话："吴钩跑了。"

"我刚给他家送一筐面瓜去。"柳叶眉愁闷地说，"也不知警狗子为什么抓他？"

"仇人见面,分外眼红呀!"柳梢青又吧嗒了两口烟才说,"你猜那个警长是谁?就是被咱们赶跑的那个龙头少爷汤三圆子。"

"真是冤家路窄!"柳叶眉浑身冒火,"是不是他下令把您传去,也想跟咱们找碴儿?"

"他逼问我吴钩的下落,我怎么知道呢?"柳梢青哼了一声,"就是知道,也不告诉他呀!"

"吴钩跑到哪儿去了呢?"柳叶眉忧心忡忡。

柳梢青把女儿叫到身边,嘴贴着柳叶眉的耳朵喊喊喳喳:"汤三圆子说吴钩加入了共产党的京东抗日救国会,在学校里教学生们练武,还打算带领学生们投奔共产党的京东人民自卫军……"

"当真?"柳叶眉半信半疑。

柳梢青难得地笑了笑,说:"吴钩虽是个书生,心胸可比咱们大;想一想他前几年就拜师习武,十有八九不假。"

"但愿他带兵杀回运河滩!"柳叶眉欣喜若狂,"咱们爷儿俩也入他们的伙。"

柳梢青刚要开口,摸鱼儿把柳条背筐送回来了,一路叫着柳姑,说:"我奶奶叫我谢谢您。"

"理当的。"柳叶眉满面笑容,"回去告诉你奶奶,吃完了再来摘。"

"我娘……也叫我……"摸鱼儿吭吭哧哧,"谢谢您。"

柳叶眉又把脸一沉,说:"我的瓜又不给她吃,不受她的谢。"

"她……没吃……"摸鱼儿的眼泪围着眼圈转,"她说……她今生对不起您,下辈子……变牛变马……报答您。"

柳叶眉的心头一热,忙说:"你替我劝你娘,把心放宽。"又到瓜垄里,摘来两个不比瓜王个儿小的大面瓜,托给摸鱼儿,"这是特意送你娘吃的,你们不许争她的嘴。"

"是!"摸鱼儿答应着,却又跪下来给柳叶眉叩了个响头。

"没出息!"柳叶眉把他拎了起来,"你怎么学小叫花子模样儿?"

摸鱼儿低着头,搓弄着两只小手,说:"临来时我娘嘱咐我,替她给您磕个头,求您饶恕了她,多疼我们小哥儿几个。"

柳叶眉心里扑通一跳,一阵恍惚,痴呆呆看着摸鱼儿走远了。

9

半夜三更,摸鱼儿又来了。

"柳姑,我娘丢了!"摸鱼儿站在瓜棚后窗的柳帘下,哀哀啼哭,"奶奶打发我来,求您跟柳爷爷找一找。"

柳叶眉睡在暗间的一张平地苇席上,被摸鱼儿喊醒,还没有来得及问话,只听睡在明间的柳梢青骨碌爬起,叫了一声苦:"我真粗心大意,该死!"

柳叶眉披上衣裳走出来,问道:"爹,您心中有数儿?"

"我给传到分驻所,正看见汤三圆子跟那个瘸腿儿贾二哈巴喝酒,早该料到他们要在花三春身上下手!"柳梢青捶胸顿足,后悔不已。

"只怕晚了!"柳叶眉着了慌。

她把摸鱼儿抱进瓜园,放在瓜棚里;然后,父女俩兵分两路,扑进月色迷茫的河滩,寻找花三春。

天快亮了,他们在一片水网中的柳棵子地里,看见了两具尸体,一个是花三春,一个正是那个贾二哈巴。

花三春在吴钩逃走以后,就听见了墙外一阵紧似一阵的口哨声。她没有想到,事隔多年,龙头大爷还不放过她。她也是个傲性子的女人,觉得没脸再见柳叶眉的面,也不想再情上欠情,所以没有到瓜园去找柳家父女。于是,她镇定了一下心神,打发摸鱼儿给柳叶眉送筐,捎去几句掏心窝子的话;摸鱼儿手托着两个面瓜从瓜园回来,她感动得落了泪,强打精神吃下半个柳叶眉特意送给她的面瓜,便随身携带一把剪子,单刀赴会去了。

一过小桥,沿着河汊走出不远,从一座孤坟后面闪出了贾二哈巴。

"三春,恭喜你要当寡妇啦!"贾二哈巴挤眉弄眼,"龙头少爷当上了警长,奉防共自治政府的大令,抓住你那个男人,就地正法,先斩后奏。"

"吴钩头上吉星高照,汤三圆子休想抓着他!"花三春两眼迸发着火花,"就是抓住了他开刀问斩,我也跟他同年同月同日死。"

"由不了你!"贾二哈巴满脸凶相,"龙头少爷把你赏给了我,嫁鸡随鸡,嫁狗随狗,嫁个扁担你也得扛着走。"

花三春双脚一跺,两个脚印,说:"生有处死有地,我就在这儿下葬了。"

"好!"贾二哈巴挽了挽袖子,"我先杀了你,再杀你那一窝崽子,这叫满门抄斩,不留后患。"

花三春脊梁骨冒出一股凉气，身子打了个晃；等稳住了脚跟，心中闪过一个念头，似哭非哭，似笑非笑，说："贾二哈巴，你真是逼得我不跳火坑也得下苦井，也罢！我嫁给你，跟你走。"

"空口无凭，我不能给个棒槌就当真。"贾二哈巴涎着脸儿，就要动手动脚。

花三春一闪身子，却又丢了个媚眼儿，说："天当帐子地当床，我先跟你做一回野鸳鸯。"

他们穿过一片又一片蓬蒿，爬过一道又一道荒丘，走过一条又一条河汊。花三春抱着必死之心求生，胆大气也壮。

走进水网中的一片柳棵子地，已经远离柳巷二三里了。

"三春，这儿的风水好，就在这儿入洞房吧！"贾二哈巴说着，挓挲着胳臂要把花三春搂住。

花三春早有提防，就一头扑到他怀里，扑哧一声把剪子扎进了贾二哈巴的肚皮；贾二哈巴仰面朝天倒下去，两只手乱抓乱挠，想把剪子拔下来，却又疼得翻滚，挣扎了一会儿，也就伸腿瞪眼，一动不动了。

花三春吓得手脚冰凉，呆呆僵立。

"杀得好！"有人拍了拍她的肩膀，"本是我虎口中的美味,怎能叫这条癞狗叼走。"

花三春惊回头,身后站立的是汤三圆子的魔影。

"汤三圆子,我杀了你赚一个!"花三春忘了自己是赤手空拳,就扑上去拼命。

她抓烂了汤三圆子的一张脸,还想咬断他的喉咙,却死在了汤三圆子的刀下。

花三春躺在青草上,霞光像是给她蒙上一床锦被,也给她那失血惨白的面颊搽上了胭脂,还是一张俏丽的桃花脸。

"三春嫂子!"柳叶眉号啕大哭,"你叫摸鱼儿捎给我的是话中有话,我好糊涂呀!"

柳梢青到吴家送信,吴大娘手拉着,怀抱着,身背着几个哭成一团的小孙儿,到警察分驻所喊冤。

分驻所就在柳巷邻村的一座二郎庙里,只有一个巡官,一个警长,两名乡警;那个巡官得了花柳病,在通州城里住医院,这个小衙门就是汤三圆子执政。他下令将吴大娘和花三春的那几个孩子关押在配殿里,亲赴现场验尸,立案侦破。

起响,汤三圆子来到柳家瓜园,屁股后面跟着一个背枪的乡警。

"柳梢青!"他一脚踹开瓜园的柴门,大声吆喝。

"在!"柳梢青从瓜垄里站起来,头上顶着一张晒蔫的荷叶,搓着两手泥巴走上前来。

"吴钩之母报案,她的儿媳花三春跟一个来路不明的男子,死于河滩柳棵子地,是你父女亲眼所见,可是真的?"汤三圆子打着官腔,神气活现。

"真的。"柳梢青不多不少只回答两个字。

"经过验尸,认定这是一桩奸杀案。"汤三圆子摇头晃脑,面目可憎,"想必是这一对奸夫淫妇,半夜到河滩上春风一度,遭人杀害;可算是牡丹花下死,做鬼也风流。"

"胡说!"正在瓜棚上织蓑衣的柳叶眉,红涨着脸跳起来,"花三春不是那水性杨花的女人。"

天气炎热,柳叶眉只穿着白粗布上绣了几条花草的围胸,披一件柳条布的小衫,汤三圆子那一双锥子似的贼眼,馋涎欲滴在她身上滴溜打转。柳叶眉只觉得肉皮子一阵发紧,慌忙掩住怀,背过脸去。

"大姑娘,你哪里懂得妇人家独守空房之苦?"汤三圆子点头哈腰,向瓜棚下一步步蹭过来,"凡通奸被杀,杀人者大多是淫妇的本夫,为雪夺妻之恨,动手行凶。所以,昨夜晚柳棵子地连伤二命的凶手,必是吴钩。"

"更是胡说八道!"柳叶眉抓起那件刚织了大半的

绿蓑衣，裹在身上，又扭过头来争吵，"吴钩是个文墨书生，温柔雅致的性子，这么多年没动过花三春一指头，怎么会忍心杀她？"

"大姑娘，你只知其一，不知其二。"汤三圆子轻薄贱样儿，越发不堪入目，"吴钩入了共产党的伙，共产党都是杀人不眨眼的凶神恶煞；近朱者赤，近墨者黑，倭瓜茄子一锅煮，也就变了味儿。"

柳叶眉仍然吵吵嚷嚷地说："你们把他逼得有家难奔，他怎么能回家杀人？"

"吴钩没有走远！"汤三圆子扮着笑脸，却眼露凶光，"这运河滩上，苇塘、蓬蒿、坟圈、瓜棚、柳棵子地，哪儿不能藏身？"

"你少跟我笑里藏刀！"柳叶眉杏眼圆睁，七窍生烟，"你要是想跟我们算什么陈年旧账，那就打开天窗说亮话，不必东拉西扯，藏头露尾。"

"大姑娘这张小嘴儿，赛过花梆子！"汤三圆子干笑两声，"这桩人命案儿，一时还没找到凶手；你们父女亲眼所见，也就跟这个案子结了缘，有劳一位到分驻所打个见证具个结。"

"我跟你去！"柳叶眉跳下瓜棚。

"大姑娘言之差矣！"汤三圆子又假装正色，"娇娘嫩女儿,不可轻出闺阁;柳梢青是一家之主,跟我走一趟吧!"

柳梢青不慌不忙,只给女儿留下两句话:"把那个西瓜王给我换一斤酒,等我回来喝。"就光着膀子赤着脚,头顶着那一张晒蔫的荷叶,跟着汤三圆子走了。

柳叶眉好生奇怪,老爹平日滴酒不沾唇,一年只有中秋节和大年夜两回开戒,也不过是小小一盅,蘸着筷子头儿嘬下去;今晚上怎么忽然想起要喝酒,而且喝一斤?老爹的心,像一眼古井,不知多深,看不见底;一定是他心中哀伤,想借酒浇愁吧?

她的心一阵痉挛,忙从墙上摘下那个满是灰尘的酒葫芦,又到西瓜垄里摘下那个贴着红"喜"字儿的大瓜王,肩扛着到河边去。河边柳荫下,常有小贩做生意,招揽打鱼的和走船的上岸吃喝。柳叶眉跟一个小贩三言两语成交,还外找了一包子杂碎,给老爹下酒。

关紧了柴门,柳叶眉在瓜楼上坐立不安,没有心思看瓜,也没有心思编织那件绿蓑衣。天大黑了,还听不见老爹的脚步声;月上柳梢头了,她撩开柳帘,从后窗探出身子张望,也望不见老爹的影子。

柳叶眉心急如焚,在瓜棚上转磨。"哎呀,不好!"她失声叫了出来,惊出一身冷汗。老爹一定是中了圈套,被汤三圆子扣押在分驻所。她咬得牙齿咯咯响,从苇席下抽出防身的雁翎刀,雁翎刀在幽暗中闪着寒光。

却在这时,飞来一颗石子,从瓜棚顶上滚落下来。柳叶眉的心跳得像鼓响,难道强人趁她孤身只影,前来打劫?她把雁翎刀紧握在手,闪到窗口一侧,只要强人露头,挥刀就砍。

三颗石子落地,水柳篱墙外有人轻轻呼唤:"柳大叔,眉子二弟!"

声音是那么耳熟,那么亲切,那么柔和……柳叶眉的心里一下子灯明火亮,是他!

瓜园外,月光下站立着一位不速之客,那是吴钩。

10

吴钩双手扯住柳帘,荡进后窗口。

"大哥!"柳叶眉泣不成声,"我三春嫂子死得惨……"

"傍晚我才知道。"吴钩忍下一腔泪水,"汤三圆子打发他的乡警,到各村鸣锣传令,只要我投案自首,就放出我娘和那几个孩子。"

"这两天,你躲在哪儿?"

"住在我的同志家里。"

"什么叫同……志?"

"加入了抗日救国会,生死同心的兄弟姐妹们。"

"我也想加入……你肯收下我吗?"

"要是你跟柳大叔参加进来,我们这支京东人民自卫军敢死队,更壮大了阵容。"

柳叶眉又哭道:"三春嫂子死后,汤三圆子还给她的脸上抹黑,你得替她报仇雪恨呀!"

"三春虽不是出污泥而不染,可是我信得过她那一颗碧玉的心。"吴钩从腰间拔出手枪,"我带来十几位同志,半夜打进分驻所,干掉汤三圆子,把我娘和那几个孩子搭救出来。"

"我爹也叫汤三圆子诓了去,一去没回头。"柳叶眉又问道,"怎么不见你那十几位同志?"

"他们都等在芦苇荡里。"

"快把他们请来吃瓜!"

吴钩正要双手扯住柳帘,再从后窗荡出去,大路上一个醉鬼唱着淫猥的小曲儿,晃晃悠悠向瓜园走来。

七月里,七月哟七,
大姑娘穿红挂绿走亲戚;

半道上碰见一个采花儿的，
拉拉扯扯进了高粱地……

"汤三圆子！"柳叶眉叫了一声。

"别慌！"吴钩的眼睛凛若寒星，"咱俩收拾了他。"

"柳家小妞儿……开门来！"汤三圆子一头撞在柴门上。

吴钩向柳叶眉打了个手势，柳叶眉睡意蒙眬地问道："谁呀？"

"你的……如意郎君……"

柳叶眉刚想破口大骂，吴钩急忙捂住她的嘴，小声说："把这条狗鱼钓进来。"

"原来是汤警长呀！想吃瓜等我爹回来。"

"你爹……今晚上不回来了。"汤三圆子撞开了柴门，滚进了瓜园。"他怕你……孤孤单单……冷冷……清清……央求我……带一支……盒子炮……给你做伴儿。"

"把他诓上瓜棚！"吴钩又在柳叶眉的耳边紧急下令。

"汤警长，别……别上瓜棚来，我……我还没穿好衣裳哩！"

"这……这才……方便。"汤三圆子抱着瓜棚的立柱,爬了上来,一直闯进柳叶眉的暗间。

他扑了个头碰壁,嘴啃地。吴钩骑到他身上,夺下他的武器。

"哎呀!你是谁?"汤三圆子吓醒了酒。

"吴钩!"吴钩喝道,"你为什么扣押柳梢青大叔,从实招来!"

"我想……打他个杀人犯,再霸占……他的女儿,玩够了……放鹰……"

"狗东西!"柳叶眉啐了一口,把雁翎刀搁在汤三圆子的脖子上,"是谁杀的花三春?"

"是……是……是贾二哈巴。"

"撒谎!"柳叶眉把手上的雁翎刀轻轻一按,切进了皮里肉外。

"哎哟哟!"汤三圆子杀猪一般痛叫,"是花三春先杀死贾二哈巴,又要杀我,我……我才……万不得已……杀了她……"

柳叶眉气得全身抖索,像一株狂风中的小草;她心疼得泪如雨下,骂了声:"你这个恶贼!"手腕子不由自主一用力,汤三圆子的脑袋掉了。

吴钩和柳叶眉抬着汤三圆子的死尸,扔下大河。

"我去招呼同志们上岸!"吴钩向不远处的芦苇荡走去,一边走一边拍着巴掌。

在洒满月光,镀了银似的大河上,传来了芦苇荡中的回声。

柳叶眉返回瓜园,却只见柳荫夹道的大路上人影憧憧,脚步杂乱;她闪到一簇水柳丛中,蹲下来看见,正是她爹柳梢青扶老携幼而来。

"爹!"柳叶眉带着哭声迎上前去。

"眉子,换到酒了吗?"柳梢青兴冲冲大喊。

他一条胳臂拐到身后,背着吴钩的一个孩子,一条胳臂拢在胸前,抱着吴钩的一个孩子;吴大娘拐着一双小脚,一手拉一个,落后柳梢青几步。

"爹,您带着吴大娘一家逃了出来!"柳叶眉眼含着泪花笑道。

"好扎耳朵的字眼儿!"柳梢青脸上老大不高兴,"你爹我连杀两个乡警,搭救了你吴大娘满门老小,得胜还朝,要喝一葫芦庆功酒。"

"爹,原来您早有打算!"柳叶眉又上前搀扶吴大娘,"我吴钩大哥到芦苇荡里招呼他那支人马上岸,一会儿就跟您大团圆了。"

"快去摘瓜待客呀!"柳梢青那闷葫芦放开了连珠

炮,"多圆的月亮,多好的月色,今晚咱们大开园。"

父女俩把吴大娘一家安顿在瓜棚上,就急忙走进瓜垄。

柳梢青滚动着一个又一个青石磙子大西瓜,乐乐呵呵。

柳叶眉摘下一个个白的玉白,黄的金黄,匀溜个儿,滴溜儿圆的香瓜;又摘下一个个花面鬼脸,傻头傻脑,大肚囊儿憨态可掬,逗人喜爱的面瓜。摘着摘着,柳叶眉心中忽然一阵隐隐作痛;她在这片东西八篙宽,南北十篙长的瓜园里长大,心气儿拴着千丝万缕的瓜秧,穷家难舍,热土难离呀!今晚一走,明年再也看不见满园的瓜秧遍地的瓜;那蒲苇铺顶,麦芋熟泥抹墙的瓜棚,也将坍塌倒坏,埋没蓬蒿,谁知道何年何月才能重返家园呢?

柳叶眉吸溜着鼻子,忍不住哽哽咽咽地说:"爹,等打跑了鬼子,赶走了殷汝耕,太平年月咱们还回家种瓜。"

"但愿我能活到那一天……"柳梢青抬头望月,心有所感,眼神里充满沉思。"人死艺不绝,大乱之年不能只靠你这个两姓的孤女。我得把你爷爷的种瓜诀窍,你姥姥的全套武艺,多传授几个外姓人。"

柳叶眉吓了一跳,说:"您生吞了豹子胆,竟敢不守铁打的家规？"

柳梢青从胸膛里发出呵呵的憨笑声，说："眉子，爷爷和姥姥都疼你，有求必应。你先摆一桌瓜供，再加上那一葫芦酒，祭告二位老人家，替你爹求个情吧！"

柳叶眉破涕而笑。

一九八一年二月作，三月改

原载一九八一年第三期《当代》

鱼菱风景

1

且剪取村北两家的三分春色,以小见大,看鱼菱村这二年吉星高照,时来运转,桃红柳绿中喜眉笑眼的风景人情。

早年,北运河上的渔家船户,中途遇上顶头风雨,进退两难,便河边抛锚,老柳拴船,上岸找一道沙岗,搭起窝棚栖身;大家萍水相逢,雨过天晴之后又各奔东西。但是,也有人随遇而安,贪爱这一方白沙绿水,鱼大蟹肥,不愿再四处奔波,就在这道沙岗上落地生根,安身立命了;一家两户,三亲六故,日久天长便形成村落。一百年过去,小小鱼菱村,眼下也不过三五十户人家。

鱼菱村远看像一条卧鱼,近看像一只菱角,村北也就好比是鱼头和菱角尖子;书中两家,正坐落在鱼菱村的门面上。

东院那一家姓杨，西院那一家姓邵，早年两家只隔一道柳篱，来来往往跳篱笆，并不出门入户，好得像一家人。五七年两家失和，拔掉篱笆当柴烧，两院之间垒起墙；两家人出门见面，路上相遇，头碰头撞个青包，谁也不抬一下眼皮。已经冰冻三尺，六六年更结下深冤；院墙长高，高出院界上那棵祖辈传留的皱皮老枣树，墙头上还嵌满玻璃碴子和枣核钉子，像一面断崖峭壁。而且，两家人出门见面，姓杨的仰起脸，姓邵的低下头，路上相遇，姓邵的赶忙闪身路畔，垂手侍立，姓杨的昂首阔步，大摇大摆而过。但是，八〇年一个大喜日，这两家却又扒倒高墙，重归于好；而且，好过早年，不再栽起一道柳篱，东西两院合二而一了。

杨邵两家二十几年中的颠颠倒倒，至少可算是北运河两岸农村生活的一幅缩影。

两家合二而一，必得人财相当。量财是一杆秤，看人是一把尺；鼠目寸光的量财，就像臭棋篓子见子就吃，眼光远大的看人，就像棋坛国手眼观全局，棋走三步。

只见钱而不见人，杨家好像吃了大亏。

这两年，杨家老少六口人中有四口，就像直上青云的风筝，又像一帆风顺的行船，在鱼菱村富得拔了尖儿。他们看准了城里人吃菜紧张,中央书记处和市委都为首都的蔬菜供应问题着急,便打定主意在鲜鱼水菜上下功夫。他们跟大队管委会订下合同,包下几片池塘养鱼栽藕,自留地上种葱、姜、蒜和辣椒,家里大养猪、羊、鸡、鸭,京津路畔搭两间豆棚卖大碗茶,自由市场上鼓捣小生意;每日都有活钱进门,虽不是雪片飞来,却也是细水长流,一年到头就是个不小的数目。而且,大河涨水小河满,鱼菱村生产大队这两年的工值,也是直线上升;年关分红,杨家的几个劳力更分到一大笔现款,鼓囊囊地装满了腰包回家来。

京郊的农民常见大世面,开口吐字,京腔京韵,衣、食、住、行,紧追城里人;眼下,虽不能迎头赶上,可也不是望尘莫及。住房上,这两年,京郊农村只差没有高楼大厦,要看三合院和四合院,早已把北京城里的一般住户比了下去。

杨家在鱼菱村富得拔了尖儿,财大气粗,就想跟城里人比个高低上下;于是,大兴土木,先在"住"字上抢个上风。

这十间大房,高高坐落在鱼菱村北口,一下京津公路,站在运河桥头,远看真像一座拔地而起的青山。一色的扁砖到底,房上游龙起脊,铺盖鱼鳞红瓦,又都是一溜坐北朝南，全长九丈九，一丈五尺五的柁头，屋内柁高一丈，三尺顶棚，格局十分高大壮观。四面虽是泥坯土墙，却是麦芋熟泥挂面，手工又细，平整明光，就像四大块水晶玻璃，镶嵌这座青堂瓦舍的四框。杨家跑马占圈，南北院墙十丈长，整个院落占地三亩开外，等于多得两份六口人的自留地。老头子迷信，偷偷找了个七老八十、运河滩上硕果仅存的阴阳先生看风水；阴阳先生投其所好，赌定砌起一座飞檐走瓴的花门楼，杨家的后辈儿郎，必出文官武将。走进院去，又有一道半人高的矮墙，隔断内外两院，外院满是猪圈、羊栏、鸡窝、鸭舍、柴禾垛，内院只留一条羊肠子小道，两旁是两座菜园，葡萄、黄瓜、豆角、茄子、萝卜、芹菜、西红柿，五光十色，琳琅满目。每座菜园都有一支自来水管子，几朵莲蓬头，浇园像下小雨；鱼菱村家家户户吃自来水，队里免费安装，只收工钱，杨家一口气安装了六处，大占便宜。一亩园十亩田，这两座小菜园的一年收入，足够翻盖旧房的花费。新房的费用，来自其他的生财之道。

十间大瓦房的格局也出奇：正中两间，左右两侧四间一套。正中两间高出左右两侧一头，住的是一家之主的老两口，古色古香，正像灶王爷和灶王奶奶的佛龛，凌驾于小字辈之上，才显出尊卑长幼之分。老两口子的这两间高堂，上窗是雕花窗棂，糊高粱纸，贴红"喜"字，下窗倒是整幅玻璃，却不挂花花草草的塑料窗帘，而是纸帘倒卷，古朴土气；屋里，方炕苇席，墙柜、春凳、八仙桌，一色的老式家具。但是，左右两侧的四间一套，可就是京城风味，现代化的模样儿了。这两套住房的前脸，十三层砖以上，双层开合的玻璃窗，上下都钉起草绿窗纱，流通新鲜空气，室内明光亮堂，还不进蚊子。后山墙一张双人床，不打土炕，头上白灰吊顶，不是粉莲纸糊棚，脚下是溜光的水泥地面，不是方砖墁地。左侧一套住的是主人的儿子，右侧一套住的是主人的女儿。儿子已经成了家，满堂的大立柜、梳妆台、酒柜、沙发、折叠桌椅；虽然是自制土产，可全是北京家具公司的最新样式，乡下人手巧，尺寸上不差分毫。女儿还待字闺中，正在一件一件地筹办嫁妆，所以右侧一套虽不是满堂光彩，却也并非四壁皆空。

相形之下，跟杨家一墙之隔的西院邵家，可就黯然失色了。

这两年，邵家也眼看着步步登高，只不过没有杨家的招数多，也就比不上杨家的财源茂盛。宅院仍然是三间土房，水柳篱墙，但是房上铺起了红瓦，像一个身穿破旧衣裳的人，却头戴一顶华贵的峨冠高帽，土房的前脸满换上了玻璃窗，也算面目一新。邵家手头上本来存有四五百块钱的现款,把三间旧房翻盖一下,也拉不了多少亏空;可是他们却偏偏买了一台十二时的电视机,真叫异想天开,却是出奇制胜。不过,邵家的这个院落,又是一座花果园:水蜜桃、香白杏、雪花梨、火柿子、红海棠、饽饽枣儿、黄元帅苹果、玫瑰香葡萄,都有几棵。每到阳春三月,绿叶成荫,花香四溢,邵家只有风光景色高出杨家一头。

风光不能卖,景色也换不了钱,两家合二而一,岂不是抽肥补瘦,亏损了杨家,便宜了邵家?但是,且慢!杨家的灶王爷花辘轳老头,金箍棒过他的手,都得捋下一层皮,不是本小利大,冷手抓个热馒头,他才不会如此大方。

2

杨家辘轳老头,自幼给地主家当猪倌,没进过学堂,所以只有小名,没有大号。他的小名就叫辘轳,又生得鬼头蛤蟆眼儿,比个头一般高、年龄一般大的小伙伴们花活多,眨巴眼儿就是一个主意,小伙伴们都管他叫花辘轳。运河滩有句俗谚:人不得外号不发家。小伙伴送他这个外号,他不但一点不恼,而且十分得意。这个外号一直叫到他三十岁,才有所变化;那一年正是土改以后,民主政府颁发土地证,小名儿落到土地证上,工作队队长吴钧觉得有失庄严,咬文嚼字了半天,轱辘来轱辘去,忽然灵机一动,把轱辘改成国禄,谐音而另有新意,就像北京城里,把狗尾巴胡同改成高义伯胡同。不过,杨国禄这个大号,后来也很少使用,只在户口本、选民证和工分手册上,端端正正写上这三个字;鱼菱村的大人小孩,面前背后还是管他叫花轱辘,只不过小字辈在花轱辘之后,加上大叔、大伯、爷爷之类的称呼,也不能算是不够尊敬。

这些年,风风雨雨,鱼菱村也气候多变,花轱辘老头不但没有伤筋动骨,脱皮掉肉,而且逢凶化吉,脚步老是走在鼓点上;这全靠他见风使舵,随机应变,一看此路不通,赶快拨马回头转弯子。

有一首民歌,从黑龙江唱到北京,有线广播的大喇叭,一天放三遍;花轱辘老头沾耳朵一听,就学会了两句,唱得很有韵味:

> 大轱辘车呀,
> 转呀,转呀!
> 转呀转……

以下的歌词，他就不再感兴趣；有这两句，足够用了。

以转应变，是花轱辘老头六十年饱经风霜，从酸、甜、苦、辣、咸中得出的一条调合五味的人生哲学。

他给地主家扛长工，从来没有真正卖过力气；耕、耨、锄、耪、收割、打场，就像霜打的黄瓜秧，吊儿郎当，伸不开懒腰。可是，不打馋，不打懒，单打不长眼；他这个人眼观六路，远远瞄见地主的影子，马上手勤眼快，争风抢上，挥汗如雨，一马当先，欢喜得那个地主口口声声夸他是忠臣。

三伏天钻青纱帐耪地，就像笼屉里焖饭，进垄就是一身汗，他却不受这个罪；一垄两头，各耪三丈，精工细作，草刺儿不剩，就像入洞房的新郎官，光头净脸。但是，深入垄间，他可就骑着锄杠跑，雪亮的大锄草上飞，只把青草吓一跳。地主打着旱伞下地查垄，一见他的地头地脑有如大姑娘雕花绣朵，便赞不绝口。他摸透了地主的脾气：身穿纺绸裤褂，脚下皂鞋白袜，才舍不得入垄蒸一趟；所以他虽然弄虚作假，却面不更色。

土改的时候，运河两岸隔河为界，西岸是国民党的地盘，东岸是共产党的天下，沿河村庄，两家拉锯。出头的椽子先烂，花轱辘藏头裹脑不站到风口上，可是天天半夜三更找工作队队长吴钩说体己话；他在地主家从小到大二十年，地主家的五脏六腑都瞒不了他的眼睛，节骨眼儿上给吴钩点明透亮，吴钩也同意他躲在幕后，于是顺藤摸瓜，把地主家隐藏在耳朵眼里的浮财，都挖得一干二净。他唱完了红脸又唱白脸儿，装神弄鬼又到地主家通风报信，把工作队的一些芝麻绿豆大的机密，掺糠拌水，真真假假，透露给地主家一星半点，少吃了几回眼前亏。土地分到了手，他偷偷去见老东家，扮出一副不忘旧主的憨厚模样儿，面带愧色地说："这几亩地虽然分给了我，我可只当是您的佃户；完秋之后，我必有一份人心。"那个老地主十分满意，笑眯着肉泡子眼，说："咱们老东旧伙，不姓一个姓，可像一家人；等那几亩地打下粮食，二五平分吧！"还乡团从河西岸反扑过来，没有一家贫雇农不遭殃，只有他的门上贴着老地主的护身符，一根鸡毛也没有损失。等到完秋，国民党已经大势去矣，还乡团灰飞烟灭，他一粒粮食也没有交给老东家。

　　手上有几亩地，就有人给他保媒：一个是贫雇农家的黄花闺女，人过门地不过门；一个是河边渡口开鸡毛小店的年轻寡妇，不但随身带着八亩好地，扒倒小店还有几间的砖瓦木料，可就是名声不大好听。他过了秤又过了尺，加减乘除，还是招财进宝，娶了那个作风不正的小寡妇。小寡妇进门以后，他施展水磨功夫，有文有武，有软有硬，斩断了小寡妇跟那些旧日情人的藕断丝连，改邪归正。这一来，他人财两得，如鱼得水，小日子过得火盆似的，在鱼菱村的穷哥们中也算出人头地。

当年那个土改工作队队长吴钩，解放以后进了京，当上市委农村工作部的政策研究室主任，下到鱼菱村试点办社，跟花轱辘磨破了嘴皮子，劝他出马带头；花轱辘一会儿嘻嘻哈哈，一会儿哼哼唧唧，虚晃一招，就跟吴钩转影壁。强扭的瓜不甜，吴钩也不想赶着鸭子下河；他仍旧一心直奔三十亩地一头牛，妻儿团圆热炕头。谁想，吴钩被打成"小脚女人"，他见势不妙，赶快入社。又过了两年，吴钩忽然被划了右，他跟西院的邵正大搭伴，左手提着一只肥母鸡，右胳臂挎一柳篮子鸡蛋，到北京看望吴钩。他们一进门，就被整风反右办公室扣留，要把他们带到会场上，面对面把吴钩数落一顿。邵正大是个牛脖子脾气，大吼一声撞开门就走；他吓得腿软，乖乖上阵，跟吴钩撕破了面皮。

回到运河滩，邵正大早在鱼菱村口等候多时，两人一言不合动了手，邵正大把他打得鼻青脸肿，三天下不来炕。几辈子的邻居，一个长工棚子里滚大的弟兄，翻脸成仇了。

吴钩被发配到运河滩的一个农场劳改,又是八九年过去,天下大乱,从北京下来一伙造反小将,大造农场的反。吴钩被关在牛棚里打得死去活来,邵正大带着儿子邵火把,夜入牛棚,抢救九死一生的吴钩,躲进青纱帐。造反小将追到鱼菱村搜捕,花轱辘的儿子杨吉利,正想大出风头,就加入北京战友的行列,把邵家砸了个稀巴烂。几天之后,造反小将得胜回京,邵家父子也从青纱帐回村,杨吉利已经拉起一哨人马,就给邵家父子挂上黑牌,戴上尖帽子,敲锣打鼓游街,给他爹出了气。

杨家走十年红运,邵家走十年背字儿。本村有个俊俏姑娘叫于芝秀,偷偷跟邵火把相好已经五六年,只因邵家是个黑牌户,爹娘犯嘀咕,两人订而不定。杨吉利也看中了于芝秀生得俊俏,就托人到于家说媒。于芝秀的爹娘只看杨家眼前兴旺,就答应了这门亲事。胳臂拗不过大腿,于芝秀只得嫁到杨家去;木已成舟,邵火把也只得打掉了牙咽到肚子里。于是,两家的怨恨,父传子了。

天有阴晴,月有圆缺,被打下去二十多年的吴钩,伴着天晴月圆,当上农民报社的社长,又是个大人物了。

花轱辘老头儿慌了神儿,邵家父子跟吴钩是生死换命之交,必定倚仗吴钩的势力,跟他清算陈年老账,如何是好?他关门闭户,憋在屋里转磨,砖墁的地面,被他转出了迤逦歪斜的脚印；这一天，左思右想，忽然心头一亮，一拍大腿，情不自禁喊出来："宰相肚子里能撑船，我到吴钩门前请罪去！"他背起捎马子，鼓鼓囊囊装满了黄瓜、茄子、扁豆、青椒，又左手提一只肥母鸡，右胳臂挎一柳篮子鸡蛋，到北京找吴钩去也。

花轱辘老头是个沁头汉子，五尺五的大高个儿，却又水蛇腰。走路不抬头，眼盯着脚尖，轻提脚根，飘动脚步，好像生怕一脚下去，踩死一只蚂蚁，又好像沿路寻找遗落的散碎银子，说起来，都不是；他这个人喜欢一边走路一边盘算，又不愿被人看破形迹，才耷拉着脑袋，蹑手蹑脚而行。

走上京津公路，迎面一辆草绿色的北京吉普车疾驰而来；他心事重重，耳朵失灵，吉普车在他面前紧急刹住，吓得他慌张急忙躲闪，一屁股坐在了地上。

车上跳下一个老干部，无巧不成书，正是吴钩突如其来。

吴钩已经六十多岁，瘦骨嶙峋，花白了头，夕照青山了，但是目光炯炯有神，一双眼睛还像二十多年前那么清澈明亮。

"吴……吴大哥，我……我对不起你！"花轱辘老头咧着嘴哇哇大哭，一边哭一边打自己的嘴巴，"五七年，我可不是……存心害你。"

"老轱辘,把这些陈谷子烂芝麻沤肥去吧!"吴钩哈哈大笑,"我带着酒肉,就是来找你跟正大一块喝两盅儿。"

"你……得替我……向他求情哩!"花轱辘老头眼泪婆娑地说,"只怕他……跟我话不投机半句多。"

"酒逢知己千杯少,我这两瓶红粱大曲不够喝的!"吴钩把花轱辘老头拖上车来,打手势叫司机开车,"我们这张农民报,七月一日复刊,宣传党中央关于农村工作的新政策;我要在鱼菱村召开一个座谈会,你跟正大得给我捧场。"

"我……我怎么给你捧场呢?"花轱辘老头瞧了瞧自己那两只长满老茧的大手,"又不会……绘画……绣花……作文章。"

吴钩把他这一双粗糙而又灵巧的大手紧紧握住,深情正色地说:"我只要你跟正大不再心有余悸,在鱼菱村带头富起来。"

"有你给我壮胆……"花轱辘老头挤咕着眼睛,胡髭下狡黠地一笑,"我就敢转……转呀转……转弯子!"

"老轱辘,老轱辘!"吴钩连叫了两声,眼眶潮湿了,"是党的十一届三中全会,给我们大家造福呀!"

车进鱼菱村,司机问吴钩道:"社长,到谁家门口停车?"

"当然是我家!"花轱辘老头抢先答话,遥指自家门口。

吉普车停在杨家门外,吴钩下车,拍了拍花轱辘老头的肩膀,笑道:"叫你家锦囊娘子煎、炒、烹、炸,预备酒饭,我去恭请正大,出席盛宴。"

花轱辘老头脚下驾云进家门,站在两家分界的那棵皴皮老枣树下,耳朵贴住高墙,提心吊胆,等候佳音。

"老吴,我不认得姓杨的!"突然,隔墙一声大吼。

"正大,不要小肚鸡肠……"吴钩轻声低语。

"你没心没肺!"邵正大吼声如雷。

花轱辘老头就像雷殛了顶,蔫溜溜软瘫墙下,两眼直勾勾发呆,嘴唇嗫嗫嚅嚅:"老正大这个家伙,犯起牛脖子来,十八匹马……也拉不回头,吴钩到了儿还得……站到他那边。"

"你这个老花轱辘呀,怎么刚遇上个甩洼就转不动了?"他的老伴,从灶上一阵风走出来。

这位当年开鸡毛小店的年轻寡妇,原名锦囊娘子;岁月不饶人,似水流年三十载,她已经红颜褪尽霜染头,变成了一个干巴精瘦的小老太婆,村里人也就叫她锦囊大婶了。

锦囊大婶走到花辘轳老头身边,咬住老伴的耳朵,喊喊喳喳,眉眼乱动。

"着,着,着!"花辘轳老头鸡啄米似的点头,满脸云开雾散,"妙计,妙计!"

3

三十五岁以上的人都记得,当年运河滩渡口,青青河畔草,葱茏杨柳岸,有一家鸡毛小店;也更难忘,小店瓜棚豆架下,那位身穿水红的小衫,葱心绿的肥裤,鬓角簪着一朵粉莲花,当垆卖酒的锦囊娘子。

鸡毛小店坐北朝南,泥棚茅舍三合院,每座棚舍对面两条大通炕;过往贩夫走卒,天黑路远,风雨路断,便都前来鸡毛小店投宿。花几个小钱,占大炕二尺宽窄一席地,一灯如豆掷骰子,头枕炕沿酣然入梦。小店里也有伙食,清一色的饭菜:三九天是窝头白菜汤,白菜汤里洒满辣椒油,吃得红扑涨脸,满头大汗;三伏天水捞轧饸饹,生拌腌黄瓜,吃下去饱肚子又败火。腰里硬的,买一碗兑水的烧酒,啃两条野鸭子大腿。这些都是锦囊娘子的手艺。

这家鸡毛小店的老板，是运河滩上的一个青皮泥腿，外号翻天印。此人脚走明暗两条路，阴阳正反两张脸：他跟人贩子合伙做生意，却又是妙峰山进香的香头；他给土匪做眼线，却又当赎票的捎客；他出入日伪军和还乡团的炮楼，称兄道弟拜把子，却又给八路军刺探情报，套购军用品。他一直不要家室，人贩子在鸡毛小店的后院存货，他看中了哪一个女人就扣留下来，过上三五个月不顺心，再交还人贩子转卖。翻天印三十八岁那年，有个十五岁的少女名叫锦儿，被人贩子拐骗，存放在鸡毛小店，又被他霸占；一连三年遇不见更中意的女子，就把锦儿收了房。这个锦儿，就是后来的锦囊娘子。

鸡毛小店是一座染坊，汉白玉也能沤得黑，锦儿跟翻天印搅混了十个年头，学会了翻天印的几套花招儿，自个儿还有满腹的鬼点子；连翻天印都高挑大拇指，夸她七窍八孔满是锦囊妙计。于是，众人随缘凑趣儿，锦儿就落了个锦囊娘子的封号。

锦囊娘子一想自己这朵鲜花插在了狗屎上，就恨不得一刀一刀活剐了翻天印。可是她自打十五岁被翻天印揉圆了又搓扁，折磨得怕入骨髓；而且深知翻天印一肚子狼心狗肺，凶狠毒辣，只得低眉顺眼，不敢轻举妄动。土改运动要过三查关，翻天印作恶多端，害过几条人命，吓得急火攻心中了风,一摊烂泥瘫痪在炕上,爬也爬不动,坐也坐不起,有嘴不会说话,连张口吃饭都得一勺一勺喂下去,这下子可落在了锦囊娘子手里。十年的怨恨要出气,打他是个活尸,不知疼痛,骂他自个儿伤神,反倒不上算,饿他一死,一时痛快,却又便宜了他,都不是高明手段;软刀子割肉最难受,锦囊娘子就在翻天印的眼前招野男人,细水长流整一年,翻天印才气死。

气死了翻天印这个恶棍,锦囊娘子孤身一人,年轻寡妇开店,招蜂引蝶,也不是长久之计,于是她赶快找主儿改嫁。

嫁给花轱辘,棋逢对手,将遇良才,锦囊娘子感到称心如意;可是,过去的那几个情人仍旧死皮赖脸,纠缠不休,婚后几个月不得安宁。

花轱辘沉得住气,自有安排;他一面对锦囊娘子百般温存,一面打听这些旧日情人的真名实姓,心中有底,这才动手。他打发人兵分几路,到那几个旧日情人家去,假作替锦囊娘子捎信;只说花轱辘外出,约那个人夜晚前来鱼菱村幽会。花轱辘在家里,找来力大如牛的邵正大当帮手,暗中埋伏已定,只等关门打狗。

月黑天,三更时分,这些家伙一个个先后到来,进门一个,花轱辘和邵正大就一拥而上,放倒在地,捆猪一般绑住手脚，嘴里填进烂棉花团子，扔到鸽子笼小棚屋的土炕上；一个又一个，小炕上堆起了人垛，便关紧了屋门，堵严了窗户，在外间屋的灶膛里点起老树杈子，干锅爆螃蟹。

正是暑伏天气，关门闭户的鸽子笼小棚，闷热得像扣屉的蒸笼；硬柴又把土炕烧得滚烫，不到一顿饭的工夫，这几个家伙便满身燎泡，皮开肉烂。花轱辘不慌不忙，支起窗户打开门，兜头泼下几大筲水，一个一个松绑放生；这几个家伙不死只剩一口气，各自四脚落地爬回家去，全都根除了邪念。

一年之后，锦囊娘子生下一个粉团似的大胖小子，也就不再三心二意了。

锦囊娘子喜欢劳心，不爱劳力，嫁到杨家，又入社多年，从不下地。她是河边渡口的鸡毛小店出身，眼皮子杂，嘴皮子巧，心路宽，门路广，不愿吃闲饭，就做小买卖。运河两岸四乡八镇的集市，她是穆桂英大破天门阵，阵阵出马，每趟都沾手三分肥；一年到头，锦囊娘子抓回家来的活钱，顶得上三个花轱辘死挣工分。

天下大乱那十年，京郊的集市被横扫一空。锦囊娘子已经很不年轻，早被村里人尊称锦囊大婶，可是手长脚快，不减当年；她跨出北京地界，跑河北省境内的自由市场。鱼菱村的工值，年年落价，一个强劳力，还不如一只老母鸡；杨家老少几口，没有锦囊大婶东奔西忙，吃穿得愁断肠。

要想走出围、追、堵、截的鱼菱村口，头上得撑起一柄大红伞。锦囊大婶虽然是自由市场的老客，却不忘驱赶老伴和儿子跑在学大寨的前列；花轱辘老头当上活学活用的标兵，他们的儿子杨吉利更当上政治队长，锦囊大婶跑自由市场也就四面八方，畅通无阻了。

支农代表和学大寨工作队，都把杨家当成堡垒户，进村先派他家的饭，这可烦死了锦囊大婶。她一怕露馅，二怕麻烦，眉头一皱，计上心来：河滩上挖野菜，园子里捡烂菜帮子，大锅一熬，吃忆苦饭，支农代表和学大寨工作队一上饭桌子，不禁心里发呕，却又不得不装出庄严沉痛的神色，硬着脑皮，捏着鼻子喝几碗。等他们一走，锦囊大婶插上门闩，顶上门杠，切面、烙饼、包饺子；忆完了昨日的苦，全家另享今日的甜。从此，支农代表和学大寨工作队不敢再到杨家派饭，还得夸杨家阶级觉悟高。

锦囊大婶虽然已经是个干巴精瘦的小老太婆，但是仍然残存着昔日的风韵神采，穿着打扮也不肯土气；女儿天香穿旧的衣衫，她都照搬在身上。这些衣衫买自北京王府井百货大楼，又是上海服装店出品，描得出少女婀娜的身姿；风吹日晒褪了色，花儿草儿的还有几分鲜艳。有钱难买老来瘦，锦囊大婶五十几岁不发胖，穿起时装正合身；若再蒙上女儿天香那藕荷色的头纱，冷眼一看后影，还只当是谁家的新媳妇。锦囊大婶也真是人老心不老，花轱辘老头喜欢穿农民的老式裤褂，被她指鼻子剜眼一顿数落，只得四季都穿儿子杨吉利的剩货，外貌颇像城里工厂的老师傅。

心快眼尖钻空子，是锦囊大婶的独到之处，花轱辘老头也不能不佩服她棋高一着。

这时，高墙那边的西院，邵正大跟吴钩大喊大叫，吴钩劝不转这头十八匹马也拉不回头的犟牛；花轱辘老头乱了方寸，锦囊大婶却十分镇静，想出了妙计安天下。

"兵贵神速！"锦囊大婶把花轱辘老头从地上搀架起来，拍了拍他身上的泥土，"快把吉利找回来，叫他给老正大服个软儿，老正大这个人脸热，不会跟晚生下辈一般见识；两家讲和，咱们也不失身份，没丢面子。"

花轱辘老头遵旨，跑出门去。

"小师傅，有劳你的大驾。"花轱辘老头满脸堆笑，向吉普车的司机点头哈腰，"我要把我的儿子接回来，跟你们的吴社长，他的吴大伯吃顿团圆酒饭，求你开车跑一趟。"

"大伯,上车吧!"年轻的司机爽快地答应。

花轱辘老头坐着汽车接儿子,从北到南穿过鱼菱村的一条街,神气十足。

4

杨吉利已被削职为民,不再当政治队长;从高人一等,落到等外劳力,低人一头了。

过去,嘴皮子开花,舌头尖子取贵;溜溜达达,十分到家,游游逛逛,工分上账。丢了乌纱帽,就得下地卖力气,他可舍不得劳其筋骨,汗珠子摔八瓣儿;便自己落价,跟花甲古稀之年的老人一起遛马,每日只挣六分。拉了秧的黄瓜卸了任的官,杨吉利仕途失意,整天愁眉苦脸,愤愤不平,一脑门子丧气。

花轱辘老头和锦囊大婶,自打杨吉利落生之日,就顶在头上,捧在手里,甘当儿子的牛马,把杨吉利娇惯得咬群抓尖儿,自命不凡,好出风头。他念中学,造反起家,回村以后,又以鹦鹉学舌,左嗓子唱小靳庄的高调儿,写诗成名;不费吹灰之力,扶摇直上,荣任政治队长,更不知天有多高,地有多厚,梦想平步青云,一步登天,当上"全民所有",不吃毛粮,铁杆庄稼,旱涝保收,货真价实的长字号人物。明明是碟子里孵出的豆芽儿，却自以为是一棵栋梁之材的大树。

杨吉利眉眼透着鬼头，其实不到家；前扑后咬得罪人找他，大学选拔学员，工厂招收壮工，全都没有他的份儿，还美其名曰工作需要，对他重用。连花轱辘老头和锦囊大婶都看出了其中有鬼，他却鬼迷心窍，还呵斥他的爹娘私字当头，没有公心。

儿子走了背字儿，花轱辘老头和锦囊大婶只觉得满腹委屈，怨天尤人；生怕儿子一口气窝在心里，得了臌症，有个三长两短。轿车的骡子单喂，吃穿都把杨吉利供在上席，老少三辈拔头份儿。但是，杨家毕竟已经今非昔比，灶王爷和灶王奶奶虽是一家之主，却也不是金口玉言；两片刀子嘴的女儿天香，一身占全骄娇二气的儿媳妇于芝秀，都不给杨吉利好脸色，杨吉利吃口东西，也是打脊梁骨下去。

花轱辘老头乘坐吉普车，指手画脚，穿村而过；就像官轿行街，惊动了家家户户，男男女女都跑出门来观看，沿街一条人巷。

"看见我家吉利了吗？"花轱辘老头从车窗里探出身子，逢人便问。

"这是谁的汽车呀？"人们反问他。

"是公安局的逮捕车吧?"有人跟他开玩笑。

"这是他吴大伯的专车!"花轱辘老头眉飞色舞,"他吴大伯要找他谈话。"

"你家吉利哪儿来的吴大伯呀?"有人迷惑不解,也有人明知故问。

"就是当年土改工作队的吴队长呀!"花轱辘老头大声吆喝,"卧龙出山,老将出马啦!"

吉普车带着一缕尘烟驶出村外,花轱辘老头心里明镜似的知道,儿子喜欢在河湾子的柳林中拴马,便又指引吉普车向河湾子驶去。

从鱼菱村西口向南,运河甩了一个大弯;河湾和长堤之间,是一片茂密的柳棵子地,洒满野花,水边绿苇丛中鸣禽啼啭,罕有人迹,是鱼菱村外一个十分背静的角落。杨吉利遛马,跟花甲古稀的老年人话不投机半句多,便孤家寡人,独往独来;把两匹挂了驹儿的骒马拴在河湾子的大柳树上,自己钻入柳棵子地里,白沙地上铺开一张大花塑料布床单,不是睡大觉,就是看小人书,还常常在柳荫深处摆下赌场,招来几位酒肉朋友打扑克赌钱。杨吉利别无一技之长,只有在赌钱上玲珑剔透,手眼精明,十局九胜;所以他花钱大手大脚,一支接一支地吸过滤嘴香烟。

吉普车在河堤上停下来,花轱辘老头跳下车去,走下河坡,只见柳棵子地上空,香烟缭绕,柳丛里吵蛤蟆坑似的吆五喝六;一架录音机播放着令人骨酥肉麻的港台歌星的流行歌曲。

杨吉利跟他的朋友们正在狂赌。

"吉利!"花轱辘老头叫道。

没人理睬,只有港台歌星在嬉皮笑脸地打情骂俏:

> 好花不常开呀,
> 好景不常在……

"警察抓局来啦!"花轱辘老头大喝一声。

柳棵子地里一阵大乱,鸡飞狗走,抛下了港台歌星,几声抽泣,几声凄厉:"……今宵离别后,何日君再来?……"

花轱辘老头捧腹大笑。

"爹,谁打发您前来诈尸?"从柳棵子地中冲出一个花花公子,横眉立目地向花轱辘老头大发脾气。

此人便是杨吉利。

杨吉利三十一岁,生得细皮嫩肉,唇红齿白,不带一点农村的土气;他留的是大鬓角,嘴唇上一抹小胡髭,鼻梁上架一副贴着商标的蛤蟆镜,上身穿一件套头紧身尼龙衫，下身穿一条米黄色的喇叭裤，十足的港式派头儿。

也许有人不相信，这副打扮，城里也并不多见，京郊农村怎么会出产这类角色？

京郊农村的每个大队，差不多都有放映机，放映员到公社电影站租片子，每场只花一至五元；不到三夏三秋大忙时节，乡下人晚上收工，闲着没事，大队就放映电影，至少隔一天演一场。而且，大队部还有一台二十吋的电视机，更是每晚都要开放。某些香港和国产仿洋牌的影片，以及花里胡哨、光怪陆离的电视剧，造就了杨吉利这一类的浮浪子弟。

"你跟谁在一块打扑克？"花轱辘老头笑眯着眼睛问道。

自幼把儿子娇惯得野腔无调，打天骂地，花轱辘老头被儿子当头棒喝，也是自作自受；不过，习以为常了，倒不觉得脸上挂不住。

"北京来的哥们！"杨吉利脸上放着亮光。

花轱辘老头一听儿子结交上北京的朋友，只觉得他家又多开了几条门路，忙问道："他们都在哪儿上班？"

"人家是争取人权自由同盟的。"杨吉利打开雕花镀镍的烟盒，抛给花轱辘老头一支，"这是人家刚送给我的外国香烟，您尝尝。"

花轱辘老头听着耳生，追问道："这是哪一行的单位，你怎么跟他们认识的呀？"

"我前些日子进京，跟他们在民主墙结成战友。"杨吉利摇头晃脑，自鸣得意，"连外国人都佩服他们！"

花轱辘老头倒吸了一口冷气，说："吉利，京油子可沾不得呀，你别吃不着羊肉反惹一身膻气。"

"您一个土老帽儿，懂得什么？"杨吉利不耐烦地挥手，"去，去，去！"

"快跟我回家！"花轱辘老头一指河堤上的吉普车，"你吴大伯特派汽车来接你，要跟你谈谈话。"

"您打哪儿给我捡来一个吴大伯呀？"杨吉利翻着白眼。

"就是吴钩呀！"花轱辘老头的得意神气，不下于儿子，"人家又当上了报社的社长，大老远地从北京下来看我。你不是会写诗吗？正跟他对工，求他提拔提拔你。"

"原来是那个老右呀，不见！"杨吉利嗤之以鼻，"二次革命一来，还得给他戴上帽子。"

"什么，什么？……还要折腾呀！"花轱辘老头惊慌失色，直打寒噤。

"眼下的这些政策，都是要使党变修，国变色，不折腾行吗？"杨吉利恶狠狠地嘶叫，"什么叫让农民富起来,分明是要使贫下中农再吃二遍苦,再受二茬罪!"

"放屁!"花辘轳老头头一回跟宝贝儿子发这么大火,"我土埋大半截,穷够了!临死之前,非要富一下子不可!"

他气昏了头,转身就走,上堤坐车,原路而回。

"我警告你们!"杨吉利跳着脚,"不许跟吴老右勾勾搭搭,丧失阶级立场。"

花辘轳老头气呼呼回到家,锦囊大婶急不可耐地问道:"怎么没把吉利接来?"

"小兔崽子还是头上长角,身上长刺!"花辘轳老头听见墙那边吴钩大说大笑,急得在院里来回转磨。

"我,还有一条妙计。"锦囊大婶牵着嘴角一笑,酸溜溜压低声音,"打发芝秀过去赔情,这把钥匙一定打得开那把锁。"

"唉呀,这……这……"花辘轳老头面带难色,"咱们也太下作了。"

锦囊大婶脸一沉,下令:"快去接芝秀!"

就在这时,收了工的儿媳妇于芝秀,怀抱着从幼儿园接回的小女儿,风摆杨柳走进门。

5

于芝秀虽然已经狂风落尽深红色,绿叶成荫子满枝,仍然在鱼菱村的年轻女人中拔尖儿,豆蔻梢头二月初的姑娘少女,也比不上她的花光草色。这两年,她的小姑子杨天香像一朵碧水新荷,崭露头角;可是,那丫头整天一副冷若冰霜的脸子,又是两片刀子嘴,没有一点春水柔情,温馨气味,还是她更引人注目。

她的爹,十三岁进京学生意,眼下是北京大栅栏百货商店的老售货员,比她娘大十八岁,节假日替人顶班,也不回家。家里,她娘带着她和两个弟弟过日子,每到月头,她娘就打发她到北京去,替她爹领取工资,然后给她爹买下十五块钱的饭票,剩下的五十四元三角二分,整个儿带走。

于芝秀的娘,是个小肉头户的女儿,年轻时候也长得像三春的桃李,炕上地下又是一双巧手。她家只雇一个孤儿扛小活,只管吃穿,不给工钱,一年四季都住在她家里,不知道的只当他们是一家人。八年朝夕相处,耳鬓厮磨,两人就有了情,柳棵子地里私订终身;芝秀娘的老爹哪里肯把女儿嫁给一个穷小子,就串联同姓的男子,要把那个孤儿打断了腿,一根麻绳勒死芝秀娘。那个孤儿只得连夜逃走。大军南下过江那一年,那个孤儿已经当上连长,路过运河滩,打听芝秀娘的下落,才知道芝秀娘被老爹闹坏了名声,忍辱含冤,被迫嫁给了比她大十八岁的芝秀爹。现在,当年那位孤儿,在外省的一个县里当武装部长。所以,芝秀娘不但恨自己的老爹,三十多年不回娘家;而且也看不上芝秀爹那见人点头哈腰矮三辈儿,树叶飘下来也怕砸破头的老买卖人习气,三十多年同床不一心,到老仍是冤家对头。

芝秀娘本来打定主意,不能再叫女儿走自己的老路,要叫女儿自己找个称心如意的人;芝秀跟邵火把相好,半夜三更出去,也不闻不问。然而,她最后却屈服了政治的压力和世俗的偏见,竟比自己的老爹当年还残忍,插圈弄套,诓骗女儿抛弃了心爱的火把。

于芝秀和邵火把的爱情,原是从青梅竹马,两小无猜开始。于家住在村西口,跟邵家并不是邻居,但是芝秀和火把从上小学到初中,都坐同桌,就像天作之合。杨吉利自幼就是个捣蛋家伙,上小学三四年级的时候,就对男女之事大感兴趣,一见芝秀和火把的面,便挤眉弄眼儿,尖着嗓子叫:"哥俩好,天仙配,双推磨呀!"满嘴都是他看过的电影片名。邵火把气得涨紫了面皮,瞪圆了眼睛,挥着拳头追打杨吉利。于芝秀却双手叉腰,甩动两条扎着花蝴蝶的小辫儿,花骨朵小嘴敲梆子:"就是哥俩好,就是天仙配!就是配得好,好得双推磨!"一边还雨点似的呸呸乱啐。

鱼菱村那时候还没有小学,他们要到八里外的村庄念书;天蒙蒙亮动身,还要带一顿饭,中午不回家。芝秀娇气,她娘又分外疼爱她,就手提一盒什锦糕点,两瓶二锅头酒,找到邵家门上;求邵正大答应,火把每天上学下学,陪伴芝秀来去。

至今,回首往事,邵火把的心还不能平静,于芝秀更是泪水盈盈,两个人都觉得恍如隔世。

黎明,田野静悄悄,水雾像一匹遮天盖地的轻纱,笼罩着小小的鱼菱村;鸡啼声声,邵火把肩挎一只装着纸笔墨砚的布袋子,双手捧着一块冷饽饽,到于家去找芝秀。

"于芝秀,上学啦!"火把站在于家门外,啃着冷饽饽喊叫。

"火把,你进屋来吧!"芝秀娘走出来,拉开门闩。

于家每月有五十几块活钱进门,在鱼菱村虽不是首富,却也算得上是个上等户;五间大房,四围青砖花墙,不垒柴灶,长年烧煤球炉子,生活习惯带有三分北京风味。

邵火把走进屋去，于芝秀还裹着水红洒花的被子粘在炕上，她娘唤她快起，她还大发脾气："催命呀！我再睡一会儿。"

"火把，你给我把她扯起来！"于芝秀的娘笑着说。

邵火把便把两手伸进被窝里，抓挠芝秀的胳肢窝；芝秀带着一串笑声，骨碌爬起来，却又睡眼惺忪，懒得穿衣裳。

火把起了急，喊道："我走了！"

"你别走，别扔下我呀！"芝秀慌了神儿，"把衣裳递给我。"

火把递给她裤子，再递给她褂子，还得递给她袜子，服侍她穿鞋下炕。

于芝秀从小就知道自己长得好看，喜欢打扮，她坐在靠山镜前，她娘给她端来一碗稀粥和两个馒头，她一边对镜梳妆，一边吃饭；火把跺着脚催她快走，她回头一笑，把一个馒头捅进火把的嘴里。

好不容易才起驾，两人走出村口，走在田间的小路上，又沿着河边的柳巷，披着玫瑰色的霞光向远村走去。

河边柳巷留下了他们童年的足迹，也留下了他们想起来心酸的回忆。

这条窄窄的柳巷，两边都是缠绕爬满野花藤萝的河柳，小鸟儿站在枝头，一边吸饮喇叭花里的露水，一边振翅引颈啼鸣；早晨的花香，清凉清凉的沁人心脾，早晨的鸟语，甜脆婉转，悦耳动听。

火把和芝秀，也像两只鸟儿；火把像一只翅膀还没有长硬的鹞子，芝秀像一只羽毛华丽的花翎子。

人生的道路如果就是这一条长长的柳巷，这两个孩子也就永远不会分离；然而，人生的道路九曲十八弯，走出柳巷，度过童年，他们便遇见了意想不到的崎岖坎坷。

考中学是一道难关，杨吉利小聪明过人，念书却是一盆糨糊，连小学毕业证书都没有混到手；只得以同等学力报考，全凭眼观六路，打小抄榜上题名。邵火把虽然眉眼憨气，却十分内秀，不但在本校年年考第一，就是全公社会考，也是年年第一名；于芝秀有他给临阵磨枪，考取了旁听生。

中学离鱼菱村十五里，于芝秀的爹给她买了一辆自行车，她每天骑车上学。运河滩上的姑娘少女，于芝秀头一个敢穿短袖汗衫，头一个敢穿花裙子，自行车奔驰起来，她像一只翻飞的花蝴蝶。邵火把的娘死得早，身上的裤褂脚下的鞋，都是他爹邵正大那粗针大线的手艺，上了中学还是一身打补丁的衣裳；每天穿青纱帐抄近路，跑步上学。芝秀本想叫火把也学会骑车，上学的时候，她坐在后架上，火把骑在前边带着她；可是，火把大了，自尊心很强，他不愿被同学们戳脊梁骨，死活也不肯依她。于是，两人分道扬镳；柳巷走完了，童年已经过去。

可是，有一回傍晚放学，大雨滂沱，雨脚就像藤杆子抽人，道路泥泞，自行车转不动；芝秀站在校门口掉眼泪，火把就把自行车扛在肩上，陪她回村。风雨中，火把头戴一顶破草帽，扒光了脚丫子，扛着自行车顶风冒雨，芝秀身穿桃红色的塑料雨衣，脚穿草绿色的高勒雨靴，像一朵雨中的莲花，牵着火把的后衣襟儿，路上只有他们两个人。天大黑才回到家，火把已经累得精疲力竭，黑暗中芝秀在他脸上嘬了一下。这雨中相伴，门前吻别，他们都不敢回忆；回忆起来，令人伤情。

芝秀早熟，越长越俏丽，她的心就更不放在书本上。她的手巧，学会自己裁剪缝衣裳，花样翻新打毛衣，还学会了煎、炒、烹、炸，五花八门做吃食；可是上课就走神儿，大考三门主课不及格，降班又爱面子，干脆退了学，下地劳动当社员。她人虽娇气，却有一双快手，一出马就挣上头等工分；不过，一年四季头上蒙罩着面纱，怕晒黑了脸。

那一年，邵正大和邵火把从牛棚里把吴钧抢救出来，隐藏在青纱帐里；天黑收工，芝秀想到地里割一抱菟丝豆子，回家喂羊，不提防从豆棵下站起来火把，直眉瞪眼地吓了她一大跳。

"呀！你……"她倒退了两步，"你快远走高飞吧！杨吉利他们正四处抓你。"

"你想告密吗？"火把冷笑一声，"我得把你扣留，等我们转移，再放了你。"

她受了委屈，一头撞在火把怀里，哭道："你长个子不长心，我能害你吗？"

"那么，你听着！"火把硬邦邦地下令，"赶快回家做点吃的送来，我在河边的那棵老龙腰河柳下等你。"

芝秀的心突突乱跳回到家，她娘已经做得晚饭，她却又和面烙饼，支起炒勺摊鸡蛋。

"你这是给谁做饭？"她娘提心吊胆地问道。

"给我的野汉子！"她心焦如焚，脱口而出。

她娘变了脸色，追问道："那个人……是不是……火把？"

她忍不住扑哧一笑，说："您等着瞧吧！谁拐跑了我，就是谁。"

她提着一只饭篮，夯着胆子，趁着伸手不见五指的夜色，来到河边，火把已经在老龙腰河柳下等候很久。

"吴钧同志都饿昏了！"火把抢过饭篮，转身就走。

"也不道一声谢呀？"她噘起了嘴。

"哪里顾得上这么多讲究!"火把头也不回,"明天还是这个时候送饭来。"

"你呀你!……"她怨声怨气。

吴钩脱险,邵家父子被挂上黑牌,戴着尖帽子游街;杨吉利一边敲着铜锣,一边大呼小叫:"各家各户,出来瞧呀出来看!谁不看游街就是同情反革命。"芝秀一脚门里,一脚门外,抱着门框,看见邵火把被打得满脸鞭痕,禁不住失声哭叫,跑回屋去,趴在炕上,蒙住被子,哭肿了眼睛。

过了几天,她在河边跟火把相遇。

"你真软弱!"火把笑道,"我掩护了一位老革命,游街示众,脸上增光,你该给我喝彩。"

"我也掩护了你呀!"芝秀撩他一眼,"我的脸上也借了光。"

河边正有一朵血红的野花,火把采下来,插在了芝秀的鬓角上。

芝秀也算出身好,杨吉利的造反团招兵买马,没有多少人愿意投到帐下,就发出一道道通令和勒令,强拉壮丁,芝秀被迫加入了造反团。她偷偷去看火把,哭了。

"跟我划清界限吧!"火把叹了口气,"我不怪你。"

芝秀拉着火把的手,按在她那已经隆起的胸脯上,说:"我脸上跟你冷,这颗心跟你热。"

谁想,又来了个清队运动,芝秀的爹从北京被押解回村,还剃了个阴阳头。原来,芝秀爹虽然是下中农出身,店员成分,但是当年觉悟低,三五反运动里替他的东家隐瞒偷税漏税的罪行;现在一查档案,被打成资本家的狗腿子,遣返原籍,监督劳改。"老子反动儿混蛋",芝秀被开除出造反团,家门口钉上黑牌子;火把无独有偶,又跟芝秀天作之合了。

芝秀娘哭天抢地,痛不欲生,又打又骂芝秀的爹;家里乱成了一锅粥,芝秀逃到了河边去。

火把正在河边的看水窝棚里,一个人加班看畦口。

这两个清白无辜的社会孤儿,像被驱赶得无枝可依的鸟雀,在这座孤悬村外的河边稻田看水窝棚里,相依为命了。芝秀枕着火把的胳臂,搂住他的身子,秋雨连绵的泪水,都流进了火把的心井里。

天亮之前,芝秀才不得不回家去。

她爹像一根烧焦的树桩子,孤苦伶仃地坐在房檐下,她娘不许老伴进屋。

"芝秀……"她爹胆怯地叫了一声,可怜巴巴地看了她一眼,又赶忙低下头去。

"芝秀,不理这个资本家的狗腿子!"屋里,她娘怨恨地喊道,"老东西害了我一辈子,又连累你一朵鲜花还没开就遭了灾,咱们娘儿俩跟他铁面无情。"

芝秀走进屋去,她娘像大病一场,目光失神地坐在炕沿上,一夜之间老多了。

"娘!"芝秀挨坐在她娘身边。

"你……到哪儿去了?"她娘木呆呆地问道。

芝秀扯了个谎,说:"我想跳河寻死,火把救了我……"

"火把也是生来命苦。"她娘叹了口气,"等他时来运转,我成全你们。"

芝秀含着眼泪笑了,说:"他是一颗明珠土里埋,早晚得出头。"

从此,在青纱帐的坟圈子里,在河滩坍倒的窑地柳丛中,芝秀和火把明来暗去;她娘睁一只眼,闭一只眼。

然而,邵火把时来运转遥遥无期,前途一片渺茫;芝秀爹却被落实了政策,接到通知,重回北京大栅栏百货商店,还补发了工资,不但不再是人下人,而且一口吃成个胖子,一家人欢天喜地。

"娘,我跟火把……结婚吧!"芝秀羞答答地说出口,忙把脸埋在娘的怀里。

"芝秀,听爹一句……良言相劝……"她爹怯怯生生，嗫嗫嚅嚅，"爹虽说给解放了，可是还……留着尾巴，千万不能跟……永世不得翻身的黑牌户沾边。"

"丝瓜瓢子的舌头，少插嘴！"芝秀直通通把她爹噎了回去。

"芝秀，你得掂轻簸重，前思后想呀！"她娘三十年头一回跟老伴一个腔调，"你爹再吃了邵家的挂累，不光每月断了几十元的活钱，就连这笔补发的工资也得整个儿吐出来。"

芝秀只觉得一阵冷风寒气，这太可怕了。

一得解放，双喜临门，政治队长杨吉利马上吸收芝秀入团，还封她当妇女队的政工员。

这可招恼了火把。

"染缸里拉不出白布！"河边相会时，火把大发雷霆，"不许你跟杨吉利蹚浑水。"

"火把，听从我的忠告吧！"芝秀也真是近朱者赤，近墨者黑，立竿见影，不知不觉传染上杨吉利的行腔吐字，"你不要再逆潮流而动，可教育好的子女也给出路。"

"哪个是可教育好的子女？"火把怒气冲冲。

"人贵有自知之明呀！"芝秀半开玩笑地说。

火把竟暴跳如雷，打了芝秀一拳。

这时候，春风得意的杨吉利，却接二连三失恋；三个眼看到手的对象,一个被选拔上了大学,一个被提拔当上公社的干部,一个被工厂招收当了徒工,都像煮熟的鸭子,又从桌子上飞了。吃一堑,长一智,杨吉利不想再好高骛远,收回了放风筝的目光,落在了如花似玉的于芝秀身上。他很会玩几套花活儿,又有他娘锦囊大婶当军师,先在芝秀娘身上下功夫;然后再里应外合,两下夹攻于芝秀。

自从芝秀的爹被遣返原籍,到头来虽是一场虚惊,芝秀娘却吓破了胆;这个小肉头户的女儿,眼光本来就不远大,如此一吓,越发只见眼前三寸了。杨吉利甜言蜜语,锦囊大婶天花乱坠,芝秀娘便被俘虏,甘当内应了。

一天夜晚,芝秀娘跟女儿枕一条长枕,头并头说体己话。

"咱们鱼菱村,数来数去,杨家的日子比谁家都富足。"芝秀娘在女儿耳边吹风,"杨家拔一根汗毛,也比邵家的腰粗。"

芝秀暗暗对比了一下,邵家只有三间泥棚土屋,室内空空,房顶上冒穷气;杨家当时虽不是十间大瓦房,却也是砖房五大间,屋里满满当当,连猪圈鸡窝都好像油汪汪地放光。可是,她咬定牙关,说:"我不嫌贫爱富。"

她娘又说:"人中吕布,马中赤兔,人家吉利生得一表人才,又脾气绵柔;看那火把,呆头呆脑,只比石人石马多一口气。"

芝秀的眼前,闪过杨吉利和邵火把的面影。杨吉利风吹不着,日晒不着,细皮嫩肉,有一张女人一般的粉白脸子;她跟杨吉利到公社开会,上县里看样板戏,杨吉利像贴身使唤丫头似的服侍她。而邵火把,铁青着脸,粗声大气,一点也不知道温存,这么多年没听见他一句柔言软语。

可是,芝秀还要犟嘴,说:"人不可貌相。"

"人往高处走,鸟奔高枝飞。"她娘絮叨不止,"人家吉利官星照命,脚踩祥云走红运;火把的光景,命中注定,一辈子脸朝黄土背朝天。"

芝秀心中一动,默不作声。

是的,她早已风闻,杨吉利将来是公社书记的接班人;火把只知道收工之后,埋头读书,可是书读得越多越蠢,更得不到看重,却一条道走到黑,死心眼子钻牛角尖,不会活学活用,顺风使船。

"儿呀!"她娘伸出胳臂,想把女儿搂在怀里,"你难道就没有个眼尺心秤?"

"哎哟!"芝秀一声痛叫。

"你……怎么啦?"她娘吓得缩回了手。

"火把,他……"芝秀揉着伤处,"打了我。"

"这个小丧种,挨千刀的!"她娘心疼得一连声咒骂,"你刚跟他相好,就这么心黑手狠,嫁过门去,还不一天揭下你一层皮。"

芝秀幽幽咽咽哭起来。

她和火把之间,仍然千丝万缕,藕断丝连;直到七六年清明节,火把夜奔北京天安门广场献花,一去不回头,才棒打鸳鸯两分飞。

芝秀在炕上打着滚儿哭,不吃不喝,寻死觅活。

"芝秀!"杨吉利站在炕沿下,轻声柔气,"公安局来人调查,你是不是邵火把的同谋犯?我替你担保,你跟他是两股道上跑车,走的不是一条路。"

"把我也抓走吧!"她发狂地喊道。

"你放心!"杨吉利满脸骄色,"他们会给我留面子。"说罢,飘然而去。

芝秀娘把女儿的哭闹平息下来,一边抹着眼泪一边劝道:"儿呀!你也二十大几了,花无百日红,眼看就挑水的回头过了景(井),难道你当真要给火把守一辈子望门寡?"

"娘呀!"芝秀啼哭,悲悲切切,"我的身子……早是他的了。"

"快别说出口!"她娘慌忙捂住她的嘴,急赤白脸,"趁吉利香迷了心窍花迷了眼,你抓个利市嫁他吧!"

杨吉利一天到晚溜溜达达,游游逛逛,每日三出三进于家的门;他一张笑脸儿,耐着性子赔小心,在芝秀身上巧妙用功。他娘锦囊大婶更是精打细算,紧锣密鼓,跟儿子一唱一和,能把石人磨得也点头。芝秀只觉得山穷水尽,看不见柳暗花明,便答应了这门亲事。

杨家大摆喜宴,四下撒请帖,全村随份子,一连三日喝光了两缸酒;喜事办完一结账,净赚几百元。

芝秀过门二年,几个回合就把杨吉利擒下了马,接着又斗败了锦囊大婶,杀下了花轱辘老头的威风,只跟小姑子杨天香分不出高低上下。

杨吉利是个银样镴枪头,又贪恋芝秀的姿色,就像被芝秀捏成的糖人儿,百依百顺;新盖的茅房三天香,两人也热火了一阵子。日久天长,芝秀看够了杨吉利那细皮嫩肉的小白脸子,厌烦了杨吉利的甜腻腻和软绵绵;这个绣花枕头满肚子草料的杨吉利,怎比得上火把那一身硬骨头,满腹的学问?她感到空虚、寂寞、烦躁、懊悔,日夜思念火把。

岂止时来运转,更是改天换地,邵火把胸前佩戴着光荣花归来,杨吉利却被公安局的吉普车押走,芝秀哭回了娘家。

三年的铁窗生活,邵火把磨炼得越发深沉;他在家里没有歇息一天,又到河边稻田看水窝棚去,并不大吹大擂。

夕阳西下,他独自一人收工回家,路过河滩那座坍塌的破窑,柳丛中走出了于芝秀,一见他的面,便晕倒地上。

……他们躺在柳棵子地里,芝秀泪洗火把的衣衫。

"火把,你出来!"突然,邵正大那低沉嘶哑的声音,在不远处唤道。

火把挣脱开芝秀紧箍住他的胳臂,走了出去,说:"爹,我马上回家。"

"下流坯子!"邵正大跳起脚,左右开弓打儿子的嘴巴,"咱们跟杨家冤有头,债有主,欺侮他家的女人,天理不容!"

"爹,是芝秀来找我……"

"住口!"邵正大又踢了火把两脚,"她是个有丈夫的女人,你这是犯法!"

芝秀顾不得脸面,走出柳棵子地,跪在邵正大面前哭道:"大叔,我对不起火把……"

"芝秀呀,芝秀!"邵正大把芝秀拉扯起来,"人的名儿，树的影儿，脚步要直正，心得放正中呀！你撇下火把，我不怪你；那时候谁知他是死是活，连我也不敢想他还能回来。可是，眼下吉利刚被拘留传讯，你又变了心，就是不守妇道，水性杨花了。"

"大叔，我要跟杨吉利离婚……"

"傻话！"邵正大喝道，"吉利千差万错，到底人还年轻；我看如今党的政策，不会再有冤案，一夜夫妻百日恩，你还得牵着他的手，改邪归正。"

邵正大亲自把芝秀送回家去。

但是，芝秀并不死心，仍然追前赶后，草丛柳棵子里跟踪邵火把；直到她发现小姑子杨天香正一步步跟火把接近，她才心灰意冷。

杨吉利被拘留，是因为他过去结交的一个小哥儿们犯了案，他被贼咬一口，入骨三分；拘留半个月，真相大白，被训教一顿，也就把他放了。

他到岳母家，跪走爬行，以头抢地，芝秀的心被他沤软了，只得又跟他回去过日子。几个月后，芝秀生下一个女儿，整个神思都扑在女儿身上；暗下决心，再不能叫女儿重演自己的悲剧，也就不想旧梦重温了。

芝秀下地也像走亲戚，花的确良汗衫，隐条涤纶的裤子，丁香紫的面纱蒙头遮脸，抱着孩子走路也像春风摆柳。

锦囊大婶满脸谄笑迎上前去，低声下气地说："芝秀，你到西院走一趟，请你正大大叔跟火把兄弟，到咱家来，陪你吴钩大伯喝酒。"

"我不去！"芝秀脸上一阵红，一阵白，"我一不欠情，二不亏理，才不替你们低三下四。"

锦囊大婶一脸哭相儿，说："他家那把锁，只有你这把钥匙打得开呀！"

"找你们的女儿去吧！她可愿意当钥匙。"芝秀说罢，一阵风回到自己屋里，又摔帘子又打门。

"倒打一耙的小媳妇儿！"锦囊大婶咬牙切齿地低声咒骂了一句，又提高了嗓子，拉长了声，"芝秀，你做饭炒菜，我去找天香。"

6

杨天香在杨家，头上长角，身上长刺儿；软不吃，硬不吃，爹不怕，娘不怕，从小就跟花轱辘老头和锦囊大婶唱反调，长大更是犯上作乱，在家中造反有理。

锦囊大婶生下天香没有奶水，那时正跟邵家好得像一家人，火把娘恰巧刚死了个不到百日的女儿，就把天香抱过来顶缺。火把娘心肠滚热，疼爱天香胜似自个儿身上掉下来的肉；邵正大粗手大脚，却喜欢天香的燕子呢喃，两口子反倒把亲生儿子火把冷落了。

天香一直到三岁还住在邵家，干爹干娘偏疼她，有点横行霸道，不把干哥放在眼里；火把气不忿儿，免不了跟她招猫逗狗儿，她就又抓又咬，常被她抓咬得处处伤痕。火把忍不住一还手，还要挨爹的大巴掌，娘的笤帚疙瘩；火把恨不得揪住她的黄毛小辫儿，隔着篱笆扔回杨家去。

就在这一年，火把娘死了；天香被锦囊大婶接回家去，火把又舍不得她了。

杨吉利吃惯了独份儿，不愿多一个天香跟他平分秋色，就找碴儿打骂天香；天香在邵家也已经娇惯成性，跟杨吉利正是针尖对麦芒儿，于是又抓又咬。然而，此一地，彼一地，花轱辘老头的大巴掌和锦囊大婶的笤帚疙瘩，却落在了她的身上。火把一见干妹子受杨吉利的欺压，挺身而出，抱打不平；火把虽然比杨吉利小一岁，力气却大，三拳两脚，杨吉利便屈膝乞和，向天香低头认罪。所以，亲兄妹像水火，干兄妹心连心。

五七年两家失和，天香才四岁，失去了干爹的疼爱，干哥的护卫。

天香在爹娘的白眼和哥哥的欺压中长大,一脑门子反骨。六六年她正念完小学,中学被砸成一片废墟,两年不招生,她就下地干活;只凭一条横心,一股野性,手巧而又肯卖力气,三年就挣上了妇女的头等工分。

这一来,她更加目无长上。有一回,跟她爹娘吵翻了脸,跺脚就走,自立门户。

村东口有一座凶宅,这家人的男子,切菜刀抹脖子没有死,又在门楣上拴绳上了吊;女人带着儿女,改嫁到本村另一家。留下三间荒屋寒舍,满院蓬蒿,没人敢住,也没人敢买,都怕砖瓦柁檩,沾有鬼气;杨天香胆大包天,搬了进去,打扫尘土铺炕席,点起柴灶就做饭,夜晚睡觉,身边一把鱼叉。有个坏小子,还是杨吉利造反兵团的二把手,半夜三更想占杨天香的便宜,被她的鱼叉刺穿了左腮帮子,落下一张鬼脸儿,一直娶不上媳妇。

花轱辘老头和锦囊大婶害怕发生意外,双双来到凶宅劝驾,杨天香却八抬大轿也抬不动;老两口子只得请出本村的几位头面人物,口干舌焦,嘴皮子磨出了白泡,才劝动了杨天香,得胜还朝。

杨天香折服了爹娘,又造她哥哥的反。杨吉利身不动膀不摇,只靠嘴力劳动挣分,每天打扮得像个花花公子,人前显贵;杨天香便雨打芭蕉,滚木擂石,夹枪带棒地挖苦杨吉利，当众刮破杨吉利的面皮，威风扫地。杨吉利气得真想将她一顿暴打，又怕天香手黑，鱼叉穿腮帮子，只得躲她远远的不照面，井水不犯河水。

一年年大了，杨天香并不知道自己长得好看，也不喜欢梳妆打扮；十八岁的大姑娘，还穿一件十五岁时的粗白布旧汗衫，后背上打个四方大补丁，汗衫里也不穿个围胸。有一回，河边插秧，她只觉得一阵阵芒刺在背，肉皮子发紧；东张西望，远瞧近看，这才发觉，原来是汗水湿透了窄小的粗白布汗衫，裹在了身上，就像裸露出上半身，小伙子们都从四面八方斜着眼睛，偷看她那两只白玉兰香瓜似的乳房。她臊得一蹦三尺，大叫一声，跑回家去，翻箱子倒柜，抓一大把钱票布票，蹬上自行车就走。

"你风风火火的到哪儿去呀？"锦囊大婶追赶着问道。

她凶眉恶眼回过头，说："少管闲事！"

杨天香一阵风来到县城，一连气挑选了一件素花的确良汗衫，一件半透明的白特利灵短袖汗衫，一件马甲，一件胸褡；返回家来，关在屋里叮叮当当洗身子，脱下旧衣换红妆，对着镜子一照，自个儿都目瞪口呆，镜子里这个花姑娘，一点也不比于芝秀逊色。

她穿上素花的确良汗衫一亮相，可不得了，百鸟朝凤的媒人挤破了杨家的门框,连城里吃商品粮的也有人来求婚;花轱辘老头和锦囊大婶应接不暇,眼花缭乱,老两口子看中了整整一打。一问女儿的意见,天香只有一句:"我都看不上眼。"

"塔尖上开天窗,好高的眼眶子!"锦囊大婶从鼻孔里哼了几声,"你这个彩球,要抛到谁身上?"

天香咯咯一笑,说:"我要学那王三姐儿。"

锦囊大婶马上说:"我可不答应。"

"那咱们就唱一出《三击掌》!"天香心里早有一个朦朦胧胧的念头,要嫁也嫁给干哥邵火把。

两家失和积怨,隔墙鸡犬相闻,多年不相往来,她跟邵火把面上生分,心却相连。要嫁邵火把的念头像春草萌发,她这才抬头睁开眼,发觉干哥跟于芝秀早就打得火热;于是,生出一股怨气,恨邵火把,更生出一股妒火,要把于芝秀比下去。

于芝秀买一件新衣裳,她就买一身,于芝秀穿红,她就挂绿,只是不用面纱包裹头脸;她那晒得黑翠翠的秀色,别有一番风韵。但是,这一切,邵火把却都没看见,他的眼里只有于芝秀一个人;杨天香在他眼里,仍然是那个抓人咬人的小黄毛丫头。

邵火把被捕,下落不明,于芝秀嫁到她家,她又恨又喜；恨的是于芝秀无情无义，喜的是火把到她手了。要是火把丧命身亡，她耳闻北京的寺院为了外事工作需要，打算招收一批和尚尼姑，她就剃了光头去投考。

万一考不上，她就跟自家一刀两断，搬到邵家服侍干爹到老，替火把尽孝。这虽然好似异想天开，杨天香却是说一不二，只要她把心一横，什么都做得出，火坑敢跳，油锅敢下，可不像于芝秀满口空话。

她正要采取行动，邵火把光荣归来。

兵贵神速，快刀斩乱麻，有一天火把到河边稻田上夜班，她已经在看水窝棚里恭候多时。

正是月上柳梢头时分。

"干哥！"她从窝棚里一跃而出。

"啊！"火把跟她多年不说话，事出意外，不免大吃一惊，"你……要干什么？"

"还债！"天香目光大胆放肆，直盯火把的眼睛。

"你并不欠我一分一文呀？"火把迷惑不解。

"杨吉利抢走了于芝秀，我来嫁给你！"天香粗野而又娇媚，"丢了一个残花败柳，得到一个清白女儿身，你吃小亏占了大便宜。"

邵火把勃然大怒，大喝道："你头脑发昏！"

杨天香的嗓门更高："我神志清醒！"

"天香,你可真有鬼点子!"火把发出苦笑,"全国都要讲安定团结,我不报夺妻之恨的个人私仇!"

"你的眼睛长在脚掌子上!"天香气恨得真想又抓又咬,"我不是替杨家赎罪,自打十八岁就想嫁给你啦!"

火把摇摇头,神情沮丧地说:"我的心……死了。"

"难道我不比于芝秀漂亮吗?"天香看过法国电影《巴黎圣母院》,学那位吉卜赛舞女埃斯米拉达的神态,双手叉腰,挺起丰满高耸的胸脯,歪着头,也斜着眼睛。

火把匆匆看了她一眼,红涨着脸倒退一步,说:"你比她纯洁无瑕。"

"那你为什么不娶我?"天香逼上前去,"我一不跟你要房子,二不要你的彩礼,结婚证都不用你掏钱,你还不赶快把我娶走?"

天香步步进逼,火把连连后退:"我……我……"扑通一声,仰面朝天,跌下河去,水下逃走。

躲在柳棵子地里跟踪火把的于芝秀,目睹又耳闻,哑巴吃黄连,有苦说不出。

锦囊大婶聪明一世,糊涂一时,还被蒙在鼓里。

锦囊大婶一路小跑,到河边稻田来找天香;天香也已经收工,不过又剜了一柳筐猪菜,娘儿俩在半路上遇见了。

"天香,火把还在河边吗?"锦囊大婶劈头就问。

"咱家火上了房,找他救火;还是芝秀跳井,找他捞人?"天香一出口就钺她娘的嗓子。

锦囊大婶溜瞅一下四外,咬着女儿的耳朵,如此如此,这般这般,问道:"你愿当这把钥匙吗?"

"您这是拿自己的女儿钓大鱼!"天香冷笑道,"我打开他家的锁,就进了他家的门,一转脸儿给您抱出个外孙子。"

"死丫头,你好不要脸!"锦囊大婶啐道。

"不要脸,没良心,是咱们杨家的门风!"天香的舌头不但带刺,而且挂钩儿。

锦囊大婶搜索枯肠,再也无计可施,只得忍痛孤注一掷,说:"娶媳妇就得拜丈人,你快把他擒到杨家来!"

天香把装满猪菜的柳筐交给她娘,抻了抻身上那件半透明的特利灵短袖白汗衫,拢了拢散乱额前的头发,阳光下照了照影子,走着比于芝秀那风摆杨柳还优美的脚步,到看水窝棚去。

7

邵火把已经二十九岁了。

他的爹娘,泥土本色,一对土命人;他是土命人的儿子,本色也像泥土。

他在泥棚茅舍的小炕上呱呱坠地,当时吴钩正从县委副书记调任市委农村工作部政策研究室主任,来到鱼菱村跟老朋友告别,赶上他落生,就给他起了火把这个名字。

火把六岁死了娘,邵正大为人粗犷,哪里有慈母心肠?他每天吃的是烧煳的夹生饭,常年穿的是打补丁的破衣裳,一开春就光脚丫子,不上大冻不穿鞋。文盲世家,邵正大并不看重识文断字;只因吴钩被发配到运河滩农场劳改,火把得到吴钩的关心和指教,邵家才破天荒,出了他这个文化人。

吴钩把他的藏书,从北京运到鱼菱村邵家,邵家的西屋,便是他的个人图书馆;只要能从农场抽身一个小时,就到邵家来看书写字,火把也跟着沾光。

天下大乱初起,北京焚书的消息传来,吴钩和邵家父子挖了个地窖,把这些书深藏密存。杨吉利带领北京造反小将抄家,砸烂邵家的坛坛罐罐,藏书却没有损失一册一页。后来,吴钩被押送边疆的五七干校,这一窖书就全归火把享用了。

鱼菱村的男女老少,都知道火把有学问,可就不知道火把的学问从何而来;火把怕露了馅,一出家门就呆头呆脑,像一只没嘴儿的闷葫芦。

天香的心目中，火把是一位天生的奇人，上天下界的文曲星。

来到看水窝棚，天香不见火把的人影，却听见河坡下的水柳丛中，火把嘴里叽里咕噜。

她拾起半块砖头，一道流星投下河去，河水飞花，溅湿火把一身。火把逃上河坡，急不得，恼不得，皱起眉头说："天香，你光知道淘气！"

天香吃吃笑，问道："你念的是什么咒语呀？"

"英文！"火把亮出一块砖大小的厚书，那是英汉大词典。

"哟！你的肚子里开了个杂货铺。"天香伸了伸舌头，大惊小怪，"还有外国货。"

"坐牢这三年，同号有个科学院的助理研究员，他怕荒废了学问，天天给我上数学、物理和英语课。"火把微笑着，把大词典递给天香，"你随便翻一页，随便点一个汉语词汇，我能说出这个词汇的英语。"

"你跟我回家拜丈人，叫老丈人当面考你！"天香接过大词典，顺手牵羊扯住火把的胳膊，"你那个老丈人杨花轱辘，也会叽里咕噜说洋文。"

"天香，你这个杨排风！"火把挣扎着，"我想上学，不想恋爱。"

天香哼了一声，说："过年你就三十了，别忘了男大当婚呀！"

"过年我就三十了，大学不要我们超龄学生了。"火把凄然地苦笑了一下，"可是听说明年农学院经济管理专业招收研究生，报名的人不会多，我想拼命准备一年，明年碰一碰。"

"牛不喝水，我也不强按头。"天香故作冷淡神气，"只因是吴钩大伯作媒，把我许配给你，两家言归于好；我不敢扫他的面子，才好像跟你死皮赖脸。"

"吴钩大伯！"火把跳了起来，"他还活着？他当真来到咱们鱼菱村？"

"耳听为虚，眼见为实。"天香更把脸一沉，"人家又当上大官，大老远从北京下来，为的是解决咱们两家的老大难问题；你房顶开门，六亲不认，那就出面把他噎回去。"

这时，跟火把换班的小伙子，酒足饭饱来接班，大喇叭嗓子高唱电影《小花》的插曲：

  妹妹找哥泪花流……

"咱们快去见吴钩大伯。"火把压低声音，"你走南路,我走北路,别叫这个家伙看见。"

"我偏要公开表演!"天香愤然作色,"你搂住我的腰,我枕着你的肩膀,胳臂腿儿粘在一块走,为什么咱们就要比电影明星的脸皮儿薄?"

火把急得打转,半天憋出一句话:"这是鱼菱村,你得因地制宜呀!"

"那你亲我一下!"天香仰起黑翠翠的秀脸儿,又娇媚,又无赖。

火把看她那野性十足的神态,怕招恼了她,又抓又咬,只得弯腰亲了一下她的脸蛋儿,便马上搡了她一把,说:"快走!"

天香抚摸着发烧的脸颊,忽然变得含情脉脉,羞答答地说了声:"你在我脸上盖了章!"一只山雀儿似的飞走了。

火把交了班,大步流星回村;村口,天香正等他,火把只得跟她并肩而行。但是,走出不远,火把又站住不走,难为情地说:"我见了你爹娘,可怎么张口?"

"你拜我为师,学唱我的样板戏!"天香嘻笑道,"咱们先到你家去,看我怎样拜公公。"

他们蹑手蹑脚,绕道走进邵家;邵家满院绿树葱茏,他们站在一棵海棠树下,先听听动静。

邵正大关门闭户，死守三间泥棚土屋，不许吴钩入内；吴钩手夹着一支香烟，在窗下走来走去，就像来回拉锯，要锯开邵正大这个榆木疙瘩。

"正大呀，正大！党中央号召咱们向前看，你怎么长了个申公豹的脑壳，脸朝后方？"

"吴钩，你不必跟我白费唾沫了！"邵正大闷声闷气，"我一回被蛇咬，十年怕井绳。"

火把怕老哥俩吵崩了，连忙喊了一声："吴大伯！"跑了过去。

"啊，火把！"吴钩跟火把猝然相见，打了个愣怔，鼻子一酸，热泪夺眶而出。

天香也喊道："吴大伯！"一步抢先，赶在火把的前面。

"你……是谁家的姑娘？"天香在吴钩的记忆里，并没有留下印象，十分眼生。

"吴大伯，您刚才并没有见过她呀？"火把又瞪住天香，"你说吴大伯保媒，原来是骗我！"

"这叫先斩后奏！"天香站在吴钩面前，大大方方，面不更色，"吴大伯，我是杨家的女儿，跟火把情投意合，求您当个媒人，您赏光不赏光？"

吴钩大笑道："你们这是抬举我。"

"我不同意!"邵正大在屋里咆哮。

"婚姻自主,您老人家还是顺水推船,锦上添花吧!"天香走到窗前,拍打窗户,"我的干爹,火把都给我盖章了。"

"那我就不认他这个儿子!"邵正大气得颤抖,"天香,想不到你小小的人儿,也学会了你爹那一套花活儿鬼点子。可恨我前世造孽,生下个儿子软骨头;小子无能真无能,情愿更名改姓,你就把他带回家去倒插门吧!"

天香一串脆笑,说:"喜儿唱得好,'鸟成对,喜成双,半间草屋做新房',我跟火把到看水窝棚拜花堂。"

"滚,快滚!"邵正大大叫。

吴钩哈哈大笑道:"正大,杨六郎惹不起穆桂英,你还是收起那'辕门斩子',开门认儿媳妇吧!"

"我放火烧房!"邵正大在炕上大跳,跳塌了炕面。

吴钩知道邵正大牛脖子难拐弯,不如先把他挂起来,放一放,冷处理;便说:"火把,天香,你们的爹牵着不走,打着倒退,我只有当你们的代理家长,包办一切,咱们喝喜酒去!"

东院,于芝秀掌灶,锦囊大婶帮厨,荤、素、冷、热,八盘四碗,摆满一桌。

天香到灶上,挑选了几样菜,装进柳篮,又拎起一瓶酒,送到西院去。

听得见,邵正大有如吴牛喘月,呼呼生气,火气吹得窗纸哗哗响。

"爹!"天香敲敲屋门,"您肝火旺盛,伤神气虚,大碗喝酒,大块吃肉,补一补身子。"

"拿回去!"邵正大冷冰冰地说,"我不吃你们杨家的饭。"

"您开门,我做邵家的饭,咱们爷儿俩吃。"

"你还是回家吃酒席去吧!"

"好马不吃回头草!"天香喊道,"我饿死在邵家屋门口,您得给我偿命。"

邵正大只得开门放天香进屋,天香扑到他怀里放声大哭。

"儿呀,你哭什么,哭什么?"邵正大慌了手脚。

"狠心的爹呀!"天香哭道,"我小时候,您跟干娘多么疼我,如今却铁石心肠……"

邵正大被感动得肺腑一阵疼痛,老泪横流地连连说:"儿呀,爹人老眼发昏,棍扫一片,误伤了你。"

爷儿俩吃了一顿粗茶淡饭。

东院的酒宴,一直吃到太阳落山;火把到河边看水窝棚换班,吴钩挣脱了花轱辘老头和锦囊大婶的挽留,又回到西院去。

"我睡了!"邵正大跟吴钩余怒未息,"小庙里装不下大神仙,你还是到东院睡那高房大炕,才不辱没了你的官体。"

吴钩在房檐下一坐,说:"打鬼子,闹土改,办合作社,此处都是我的堡垒户,看谁敢把我扫地出门?"

邵正大不吭声了,过了半晌,忽然从窗里飞出一件棉袄,落在吴钩身上,怒而又怨地说:"灌满了一肚子猫儿尿,别再着了凉,快披上搪一搪寒气吧!"

吴钩却拿起扫帚,在窗下打扫一片净地,铺上一块席头,仰面朝天躺下,邵正大又扔出一床被子。

"月是故乡明,人是故人亲啊!"吴钩慨叹一声,"想当年,咱俩常常头并头睡在院里;院里风大没有蚊子咬,整宿半夜地掏心窝子呀!"

"唉!当年,当年……"邵正大悲怆地呜咽,"吴钩,你能把当年找回来吗?"

"你开门走出来,在我身边躺下……"吴钩咽下辛酸的泪水,"……我们温故而知新。"

屋里,呱嗒一声响,门闩落下来。

8

杨家包产到户,家里又有分工;于芝秀和杨吉利,承包几片养鱼栽藕的池塘。

杨吉利结交北京那些身份不明的狐朋狗友,这几个家伙打着冠冕堂皇的旗号,暗中大搞盗窃、走私、里通外国的勾当,被一网打尽;杨吉利也背上黑锅,拘留半月,在看守所里被剃光了大鬓角,刮掉了小胡髭,改头换面而归,也大减了歪风邪气。

于芝秀的心在火把身上,越看越觉得杨吉利面目可憎,常常十天半月的不搭理他。杨吉利就像丢了魂儿,下跪,啼哭,打嘴巴……都不管用,就主动"劳改";白天黑夜挖塘泥,卖到队里记分,吃饭也不敢上桌面,而且只吃全家的残羹剩饭,苦累得眼窝塌陷,一天比一天枯瘦。杨吉利既有他爹的转功,又有他娘的巧妙;大热天的睡觉,他给于芝秀打扇扇风,于芝秀在风凉中安睡,他可累出了满身大汗起痱子。念他"认罪"态度良好,于芝秀心软下来,才又跟他同床共枕。

承包鱼池藕塘,于芝秀是一把手,杨吉利是被管制分子。

他出外卖鲜鱼、荷叶、莲蓬、嫩藕,临走过了秤,堆着笑脸请示:"鱼卖多少钱一斤,荷叶卖多少钱一张,莲蓬卖多少钱一只,藕卖多少钱一条?"

于芝秀说出数目儿,又叮嘱道:"上下涨落别超过三五分,给你一元二角的饭钱,不许喝酒。"

杨吉利谨遵"圣旨",一丝一毫也不敢走样儿,他做生意是个行家,到自由市场,卖出的价钱都超过于芝秀规定的最高价格,而且白赚一顿饭;他一分钱也不敢私入腰包,回家全数交给于芝秀,只想讨芝秀一个笑脸儿。

"你可不许哄抬物价呀!"芝秀沉着脸,"你再叫公安局抓去,我还有什么脸活在这个人世?"说着,眼泪像两串滚珠似的淌下来。

杨吉利悔恨交加,哭丧着脸说,"芝秀,你是一朵鲜花插在了我这摊牛粪上,委屈你一辈子;我只有痛下决心,重新做人,虽不能使你脸上光彩,也不能再给你脸上抹黑。"

于芝秀叹了口气,跟火把破镜重圆,今生难以如愿了,只有收心拢性,认命跟杨吉利搭伙吧!她看到,天香粗中有细,将火把捏在了手心里;她十分纳闷,这个头上长角、身上长刺的野丫头,从哪儿学会如此美妙动人的狐媚子手段?

每天晚上收工,天香就跑到西院做饭,然后像赶马上路,催逼火把打开电视机上课;她在火把身边相伴,手里也不闲着,不是给邵家爷儿俩拆被褥,洗衣裳,就是编筐织篓。筐篓卖钱,只算邵家的家庭副业收入,分文也不拿回杨家。上课的时候,邵正大不愿打扰儿子,就到他带着几个老头包下的十亩果园去,房中只剩下这一对热恋的情人;火把越看天香越爱,忍不住想动手动脚,天香早有提防,抽出编筐织篓的柳条子,挥舞自卫,打得火把不敢再生邪念。可是,等到课间休息,电视屏幕播送文艺节目,天香就跳到火把的腿上去,搂着他的脖子看演出,就像青藤缠绿树。

于芝秀承包这几片池塘,联产计酬,超额得奖,所以十分精心;她打发杨吉利到县城的新华书店,买了几本养鱼栽藕的书籍,还订阅了一份杂志。这一天,正交中伏,天热得像头上吊着个火盆子,杨吉利起早到北京朝阳门菜市场卖鱼,于芝秀中午看守池塘。她坐在一棵翠柳下,只穿一件肉桂色紧身背心,手捧一本新买的书,正看得入神;忽然一阵铃声吵人,她抬头一看,原来是小邮递员跟她调皮捣蛋。

小邮递员十八九岁,非常喜欢跟于芝秀打牙逗嘴儿,服务态度热情周到。

"芝秀嫂子，杂志！"小邮递员叫了一声，又抽出一个大红信封，嬉笑着在于芝秀眼前摇晃，"邵火把考上了农学院的研究生，请你转交他，我这是偏向你，你得敲他一笔竹杠，勒令他给你买二斤喜糖。"

于芝秀一声惊呼，脸色煞白，接过大红通知书紧贴胸口，痴呆呆僵立。

"号外，号外！"小邮递员跨上自行车，飞驰呼叫，"邵火把进京赶考中进士啦！"

于芝秀在翠柳下翻过来掉过去看那封大红通知书，触景伤情，百感交集，泪水潸潸，眼前就像烟雨迷蒙。

"芝秀……"火把在于芝秀的泪眼蒙眬中走来。

于芝秀抹下一大把泪水，有气无力地笑了一下，说："恭喜你。"

火把不敢看她那凄惶的神色，躲避她的目光，说："这一年你也有不少新气象。"

"多么想再从头活一回呀！"于芝秀悲凉地一声长叹，"……晚了。"

他们沉默无语；池塘里鱼儿在荷叶下戏水，红翅膀的蜻蜓成双成对地落在荷尖上，一只青蛙扑通跳入水中，把他们惊醒。

"芝秀，给我通知吧！"火把小声说。

于芝秀把洒满泪痕的大红通知书递到他手里,问道:"你一步登天,还看得上天香那个野丫头吗?"

"难道你愿意我做个忘恩负义的小人?"火把冷峻地反问道。

"不……要……学我。"于芝秀掏出手帕蒙住脸,挥了挥手,"快去向天香报喜吧!"

杨家的自留地,六口人一亩八分,水柳篱笆夹成一块菜园,大蒜已经收成,又种上秋菜,鲜姜也已经刨出,新栽晚黄瓜,大葱翠绿挺拔,红辣椒在菜畦的密叶中像朵朵火花。园中打了一口井,土井上搭一架葡萄,井旁野花丛生;天香一边摇着辘轳把浇园,一边吸溜着鼻子啼哭。

"天香!"火把从水柳篱笆上跳进园去。

天香松了手,绞到半路上的柳罐斗又砰地坠落井中。火把三步两步来到她身边,扳住她那抽搐的肩膀,两人脸对脸儿,含泪相望。

"你……熬出了头……"天香闭上一双泪眼,"我……不累赘你。"

火把一把撕开身上的汗衫,露出他那宽厚的紫糖色胸脯,说:"天香,你的眼睛是镜子,照得见我的心。"

天香哭笑着投入火把的怀抱。

这时,村北口的杨、邵二家,正发生一场吵闹。

邵正大在十亩果园，也听到小邮递员广播火把考中农学院研究生的喜讯，几位老兄弟起哄叫他请客；他跑回家开柜取钱，打算到小卖部买一瓶好酒，几样下酒菜，老哥们在果园里庆贺一番。锦囊大婶哭哭啼啼走进来。

"正大兄弟，你给我们作主呀！"锦囊大婶迎门当户跌坐在一棵雪花梨树下。

这两家虽然已经结亲，老人之间却还没有完全解开疙瘩，并未正式复交。

"嫂子，你是来滚车道沟子吗？"邵正大以为锦囊大婶前来无理取闹，虎起脸，瓮声瓮气地问道。

"你家火把金榜题名，嫌弃我家天香啦！"锦囊大婶鼻涕一把，眼泪一把，"天香是个血性子，万一有个三长两短，只求你把她葬在邵家坟地，也不枉她一片痴情。"

"你听说火把变了心？"邵正大的眼睛瞪得铜铃大。

"全村都轰动了。"花轱辘老头也蔫头耷脑地走进来，"正大，哥哥在你身上亏了心，认打认罚；我把天香嫁给火把，四间新房当陪嫁，也是为了立功赎罪。"

"大哥，大嫂，你们放心！"邵正大面皮紫涨，乱蓬蓬的胡髭挓挲开来，"我去找那个小畜生！他胆敢跟天香变了心，我打折他的双腿，叫他走不进大学堂的高门槛。"说着，就像一头牛，横冲直撞而去。

这本是花轱辘老头和锦囊大婶作弄的活局子,直肠子的邵正大中了计。

"正大,正大,你可不能下毒手呀!"花轱辘老头和锦囊大婶紧追慢赶,"门婿半个儿,你打坏了火把,就是要了我们的半条老命。"

邵正大一马当先,花轱辘老头和锦囊大婶流星赶月,村道上尘烟四起。

路过杨家自留地菜园,只听葡萄架下,天香和火把笑声盈耳,相依相偎在绿荫中。

邵正大还要闯园问罪,花轱辘老头和锦囊大婶赶上前来,一人扯住他的一条胳臂,架着他向后转,老少两辈皆大欢喜。

当天夜晚,月白风清,两家扒墙,也不再夹起水柳篱笆,合二而一了。

明眼人一看便知,杨家并不吃亏,邵家也没有占便宜。

一九八一年五月至六月
原载一九八一年《北疆》创刊号

柳 伞

第一章

1

黄金印告状,秦吉了撂挑子;一个不下马,一个不接鞍,五黄六月卡脖子旱。村人千口,瞪圆了眼睛,等着瞧柳伞大队这一出二虎相争的好戏,如何收场。

秦吉了躺倒不起炕,黄金印只得二进宫。

夕阳西下,半边天像挂着一盏大红灯笼,仍然热得人心里架着一团火。黄金印从公社回来,一棵铁杜梨树雷砸了顶,五尺六的汉子伛偻着腰,两条鹭鸶长腿像坠上两只青石砘子,走一步蹭不出三寸。走走停停,停停走走,八里路走了两个钟头,回到柳伞村口。

只隔一片蒲苇丛生的池塘,对岸便是他那座青杨翠柳掩映的小院，雪亮的灯光摇曳在树枝上，晚饭的炊烟弥漫在水面上。

但是，他不敢绕过池塘回家去，只怕抬头走进门，看见女人那一双蒙眬泪眼，低头走进门，女人下起淅淅沥沥的牛毛细雨。

黄金印叹了口气，拐了个三环套月的大弯儿，来到柳伞村北二里的运河桥头，一屁股坐在陡峭的河岸上，两眼直瞪瞪，死盯住桥下的满槽流水，活像颐和园那一尊铜牛搬了家；几只大长脚花蚊子，叮在他的脖颈子上，他都一动不动。稀稀落落的过往行人，吓得躲他远远的，只当他要投河寻死，生怕他拉个垫背的。

太阳下了山，倒挂火烧云，映照得河边的苇尖草叶上，跳动火星子。

黄金印心中一阵阵焦躁，坐立不安；他走下桥头，在岸边一行河柳下转开了磨。过往行人更害怕了，只当他想找一棵歪脖儿树，麻绳拴套，钻圈上吊。不过，他的个子高大强壮，没有一条河柳枝杈吊得住他；要是坠断了河柳枝杈落了地，磨盘大夯砸出井口大的坑。

十几年走背字儿，七角八棱的石块子也被流水磨成了鸭蛋圆儿，黄金印却只被坎坷岁月磨得外圆内方。一九五八年，柳伞大队党支部书记秦吉了红极一时。他上过电台，嘴对着大喇叭天花乱坠：头茬小麦亩产十万斤，二茬白薯亩产一百吨，食堂每日四菜一汤，全村走上金桥，正在进天堂。生产队长黄金印是个头撞南墙也不知道拐弯抹角的犟牛脾气，秦吉了在台上云山雾罩，他在台下刮冷风，秦吉了吹得牛皮鼓蓬蓬，他一捅一个窟窿；于是，他被开除出党，密云水库出外工。可是，到了一九六一年，柳伞大队家家烟囱挂纸钱，乱草蓬蒿新坟多；出足了风头的秦吉了却溜了肩膀儿，摘下乌纱帽当球儿踢，红光满面硬说得了浮肿病，撂了挑子趴了炕，塔式老吊车也叼不起来。家有千口，主事一人，柳伞大队一盘散沙，过了谷雨还没有开犁下种，大家抬出了黄金印，公社也锦上添花，恢复了他的党籍。黄金印上任，大改秦吉了的王法，不但包产到户，而且放手让社员开垦十边地，一年光景就吃上了饱饭。谁想，饱饭刚吃上三年，四清工作队开进了柳伞村，当头一棒把黄金印拉下了马，赶上了楼。袖手旁观了三年的秦吉了出了山，掏出一本流水账，黄金印放个屁都记在了账上。大会小会，七斗八斗，黄金印不死也脱了一层皮，掉下半扇子肉。一九六六年天下大乱，四清工作队班师回城，黄金印正想乱中下楼，秦吉了却又当上造反团后台老板，宣布他的十大罪状，戴上"三反分子"的帽子，抄家、游街，关在牛棚里寒鸭凫水……

夫妻本是同林鸟,大难临头各自飞;他那个也被造反团打得皮肉开花的媳妇银瓶,跟他离了婚,带着三岁的儿子长生改了嫁。整党建立支部,他又被开除了党籍,孤身一人睡凉炕。到了一九七九年才不得不给他平了反,选为支部委员。他已经是四十五六岁的人,尝够了酸、甜、苦、辣,满腔子血不凉不热温吞吞了。他当一名田长,承包一块大田,农闲时节还开了个手工作坊,自己两年净剩三千元;新娶了一个也是离过婚的女人叫月桂,扒了土炕睡双人床,过上一天三顿大米白面的日子了。吃饱了肚子伸直了腰,挺起了腰板抬起了头,两只眼睛就要管闲事了。秦吉了本来跟新政策顶牛。后来一见顶不住,便顺风下臭雾,搅浑了水摸鱼。他身不动膀不摇,公社每月补助十五元,大队一年补贴三千分,巧立名目拿奖金,这是明面的收入;暗中又给一伙投机倒把的二道贩子撑腰,分赃吃大股。十间大瓦房平地起,彩电、冰箱、电风扇、洗衣机……前门搭进来,后门抬进去。最近发现,他还给一个地下宝局插杆儿,按月分红。秦吉了大刮不正之风,五六级转七八级;路不平有人铲,黄金印眼里不揉沙子,找到分管柳伞村这一片的公社党委副书记郁士通反映情况。

难打的官司好告的状,郁士通虽然接了状纸,却给了他一块难拌的冻豆腐。

直出直入的黄金印这才发现,他就像一头扑在了葛针堆上,脖领子里又塞进一把麦芒子,双手还捧着个刺猬。

2

郁士通这个人,一篙头插不到底,深浅估不透。

他有个外号叫佐料儿,少了他炒不成菜,也成不了席。铁打的营盘,走马灯的一把手,他却是任凭风浪起,稳坐钓鱼台。一把手换了一个又一个,哪一个都把他当拐棍儿;可是,他跟谁也不掏心窝子,谁也抓不住他的辫子。他巧使顺风船,走路不留脚印儿,顺情说好话,胡同捉驴两头堵。这二三十年,一个运动又一个运动,沟沟坎坎,坑坑洼洼,他却鸭子过河不沾水,一路平安,没有伤着半根汗毛。

黄金印被传唤到公社,郁士通早已等候在公社门外的龙爪槐下,笑脸相迎。他已经五十多岁,肥头大耳,大腹便便,十分富态;只是一双淡眉,两只小眼,笑起来只见一张大白脸,像戴上一副假面具。

"郁书记,您找我有什么吩咐?"黄金印一路脚急,满头大汗,摘下斗笠扇风。

"只不过是一桩三言两语的小事儿。"郁士通轻描淡写,口气却非常亲热,"可是,没有你那把钥匙,开不了这把锁。"

他牵着黄金印的手,走进他那间地处背静角落的单身宿舍。桌上沏得了一壶小叶儿茶,打开了一盒大前门香烟,他又搬过一只藤椅,双手一按黄金印的肩膀,黄金印落了座。

"郁书记,您是不是要审问我跟秦吉了的官司?"黄金印眼巴巴问道。

"党委已经备案,交给纪律检查员办理。"郁士通给黄金印倒上一杯茶,点上一支烟,"一定妥善解决,你放心吧!"

"十万火急把我找来,您就闲言少叙,书归正传吧!"黄金印是个急性子,恨不得一锤砸开闷葫芦。

"唉!"郁士通叹了口气,愁眉苦脸,"秦吉了撂挑子,我磨薄了嘴皮子,他还是粘在炕席上挺尸;柳伞大队不能一日没有主事人,你替我劝一劝他。"

"我?"黄金印从藤椅上跳起来,"我们是二十年的对头冤家,您这不是叫我火上浇油吗?"

郁士通又笑眯眯起来,问道:"你反对他的不正之风,难道是为了报私仇?"

"天地良心!"黄金印一把扯开汗衫,袒露出扇子面的胸膛,"我是不忍看他给柳伞大队党支部抹黑。"

"金印,我知道你的肚子里能跑两台拖拉机!"郁士通插科打诨,嘻嘻哈哈,"你就更应该塔尖上亮相,众人面前表现高姿态。"

"秦吉了早就不配当支部书记!"

"那也要等查清他的问题,今冬明春改选。"

"我怎么劝他?"

"人受一句话,佛受一炷香嘛!"

"难道叫我给他三跪九叩,四起八拜?"

"过头了,过头了。"

"那么是要我向他低声下气?"

"和颜悦色,和颜悦色。"

"我是桑木扁担的脊梁骨,弯不下这个腰去!"黄金印粗脖子红脸大叫,"秦吉了下台,柳伞大队那块地球照样儿转,我们还有二把手。"

郁士通哈哈大笑,陡地收住笑声,把脸一沉,说:"鲍老为革命呕心沥血一辈子,晚年还乡享一享清福,你们怎么能忍心把千斤担子压在他老人家肩上?"

柳伞大队党支部副书记鲍春知,是一位离休回原籍的老干部,已经年近古稀了。

"三把手顶缺!"

"冷青霜？我的天！"郁士通像被猫儿抓过一爪子，"她那个极左的病根儿，只不过刚割一茬韭菜。"

柳伞大队党支部委员共有五人，郁士通给他们排座次，三把手是一个三十挂零儿还没有出嫁的大姑娘，姓冷名青霜，当年是一位舍得一身剐，敢把皇帝拉下马的造反小将。

"那就……四把手担当。"黄金印不大情愿，也只得硬着头皮，打出他的患难兄弟柳景庄这张牌。

四把手柳景庄，是个画匠，眼下四出画影壁，买卖兴隆，每日上交大队一块五毛钱，每月收入仍然上百元。

"他……"郁士通眯起眼睛想了想，忽然满脸笑开花，"柳景庄不上阵，只有你出马。"

"我不当！"黄金印像烫了舌头，连吸了两口冷气。

"那你就从炕上把秦吉了搋起来！"郁士通的脸色阴了天，"柳伞大队党支部的大梁不能塌了架。"

黄金印骑虎难下了。

他并不是一条扶不直的井绳，也并不怕树叶掉下来砸破了头，只是难过月桂这一关。他心乱如麻，等候柳景庄卖画回来，两人拿主意。

第二章

1

金桥大学肄业生柳景庄,是柳伞村的文状元,土圣人,智多星。

翻遍国务院教育部和北京市大学部的档案,也找不到有关金桥大学的一个字儿的记录。但是,这绝不是写小说的人吃柳条拉鸡笼,肚子里编出来的故事。当年,运河滩上,确确凿凿有过一所金桥大学,只不过昙花一现,没有来得及写入史册。

一九五八年,上边号召每个县要办起一所大学,河北省的徐水县闻风而动,一马当先,成立了徐水大学。当时徐水大学的声势,真使北京大学和清华大学都黯然失色。运河滩上有几位敢想、敢说、敢干的人物,十二分不服气,连夜开了个会,天刚亮就宣告社立金桥大学正式成立。那时候,村村队队的大墙上,都书写着十年超过老英国的标语;金桥大学更另有发明,院墙写下一行斗大的字:九年超过老剑桥。剑桥是英国的名牌高等学府,但是小小运河滩的社办大学却要在不久的将来高出它一头;相形之下,徐水大学只敢跟北大和清华比个高低,未免小家子气了。

金桥大学坐落在运河边上的一片柳棵子地里,临时搭起几排泥棚茅舍,便开学大吉。不过,校门口的大影壁上,描画了金桥大学的远景图,要比剑桥大学的校园宏伟而壮观得多。这幅远景图的作者,便是柳景庄。

柳景庄的上三代,都是画匠,他也有一双家传的巧手。当时他只有十七岁,在县城的中学里念高中二年级,打算毕业之后投考中央美术学院。秋收时节,学生停了课,下乡深翻地。深翻一尺,增产万斤,柳伞大队要亩产十万斤小麦,也就要深翻一丈以上。劳力不足,柳景庄被秦吉了叫回村来;然而,秦吉了并不要他扛起铁锹,参加田野上的大兵团作战,而是手执画笔,日夜突击,将柳伞村装扮得诗画满墙。柳景庄作画,十岁的小学生冷青霜白天给他端茶送水,夜晚给他高挑灯笼。原来,每个小学生也要深翻三分地,冷青霜是少先队的中队长,更得起带头作用;不想被芝麻茬子扎穿了脚心,只得退下阵来,一瘸一拐地给柳景庄打下手。

柳景庄笔底开花,家家墙上大放异彩,只见高粱秆子像参天大树,四条汉子伸开双臂,也不能环抱高粱秆子的腰围;玉米棒子像喀秋莎大炮的炮弹,一马三骡的大车,每趟只能拉走四个;花生壳子像大船,几个膀阔腰圆的小伙子站在花生壳子上,下河撒网捕鱼;猪比象大,羊羔撞倒了牤牛,鸡蛋赛过碌碡,麦秸垛比山高,一颗鸡蛋从麦秸垛上滚下来,落地便孵出一只孔雀大的鸡雏儿……柳景庄画呀画,越画越起劲,冷青霜咯咯笑弯了腰,拍红了两只小巴掌;柳景庄一高兴,顺手把她画在了猪背上,好像猪背上落下一只花翎小鸟儿。

柳景庄画完一百幅画,大地也冰冻三尺了,不但深翻不了一丈,就连一层地皮也揭不下来,只落得千顷良田大坑小洞,百孔千疮,大兵团鸣金收兵。柳景庄应该回校上课了,却又被秦吉了扣下来,吸收入党,保送金桥大学。

当了一年大学生,柳景庄没有进过一天教室,每日背着一只大画箱子,到全公社的每个村庄,画满比象大的猪和比船大的花生壳儿。一直画到一九五九年的数九隆冬,猪死光了,花生绝迹,食堂关了张,金桥大学散摊子。他还想回县城中学念书,可是已经失掉学籍;又想投考大学,公社却不肯给他开一张同等学力的证明书。福无双至,祸不单行,一年之间父丧母亡,空屋子冷炕,柳景庄孤身一人了。

黄金印接过秦吉了撂下的挑子,提拔他当党支部副书记;黄金印挨整,他也就跟着黄金印陪绑。十几年来,黄金印受了多少罪,他也吃了多少苦,只不过在处理上比黄金印罪减一等,黄金印是开除出党,他是劝退出党。

一九七九年春,柳景庄也平了反,也被选为党支部委员。

实行包产以后,节省下不少劳动力,允许真有一技之长的社员外出做工,柳景庄便当起了画匠。这两年,农民富起来,村村户户盖新房,青堂瓦舍的大宅院像雨后的春笋,每座大宅院进门一座大影壁,他就干起画影壁的生意。柳景庄的画,调和五味,男女老少都喜爱,生意越做越兴旺,一支画笔变成了摇钱树。

眼下是一九八一年,一九五八年十七岁的柳景庄,已经四十整了;然而,仍旧是孤家寡人,也就落了个外号,叫老孩子。

自从他每月收入上百元,说媒拉纤的人就像飞来飞去的采花蜂,成群搭伙找上门来;可是,他就像心如古井的僧人,一个也不点头。

此中难言之隐,整个柳伞村,只有黄金印一人知道。

2

西半边天的红灯笼落下去,一盏白灯笼又挂在了东半边天,凉爽的夜风将一轮明月吹送到运河上,也吹散了河上的暑气,星光月影下的大河,像下了霜。

但是,从桥头到岸边,从岸边到桥头,走过来转回去,热锅螃蟹似的黄金印,仍然大汗淋漓,胳肢窝上起了痱子。

忽然,大桥那边,柳荫夹道的乡间公路上,一支牧歌小曲从月光中飘来。黄金印一听那口音,便知道是柳景庄自编自唱,通身的白毛汗一下子回去了,大步流星跑过桥。

柳景庄骑一辆吱吱咯咯响的破自行车,上身的汗衫和下身的裤子沾满了五颜六色,皱皱巴巴,窝窝囊囊,一点也不懂得人配衣裳马配鞍。人们纳闷儿,他每月百元到手,钱跑哪儿去了?

"在银行里进行人工繁殖。"柳景庄一本正经地逗笑,"存上一万元,每月拿四五十元的利息,好比生了个孝顺儿子。"

他这句话,已经是柳伞村的名言,不少上年纪的人把钱存入银行,只有冷青霜咬牙切齿地骂他:"嚼舌根子,长舌疗!"

黄金印跑上前来,柳景庄跳下了车,嬉笑道:"大哥,又给月桂嫂子扫地出门啦?"

"别跟我打牙逗嘴儿,我的心里就像油煎汤煮!"黄金印哭丧着脸,"郁士通给我出了个难题儿,咱俩不接过秦吉了撂下的挑子,我就得给他服软儿,从炕上把他搀起来。"

"那你就走马上任。"

"你一人一口,无牵无挂,还是你当。"

"饶了小弟吧!"柳景庄喊叫一声,又压低嗓子,"大哥,你猜我今天为什么回来得晚?"

黄金印摇摇头,说:"你别跟我绕脖子。"

"县文化馆找我谈话,要给我开个影壁画展。"柳景庄掩饰不住激动的心情,"我的出头之日来到了。"

黄金印愣头愣脑,问道:"是不是要给你一只铁饭碗,请你到县城吃商品粮?"

"铁饭碗能有多大油水,商品粮哪儿有咱们新上场的五谷香?"柳景庄满脸喜色,"这两年,我画了一百零八座影壁,有位八十八岁的老画师下乡走马看花,连看我十几幅影壁画,连叫十几声好,还要写一篇文章,替我刷个广告,文化馆这才打算给我举办影壁画展览会。"

"柳伞大队这个小水洼子,养不下你这条跳龙门的大鲤鱼啦!"黄金印一声悲叹,"我一个人单丝捻不成线,挑不起秦吉了撂下的挑子,还是厚着脸皮给人家赔情认错,免得吃二遍苦,受二茬罪。"

"月桂嫂的蜜罐子,把你沤成了软骨病!"柳景庄发起火来,"跟不正之风斗争,还没有见过两三个回合,你怎么就甘心当个败将?"

"我单枪匹马呀!"黄金印叫屈。

柳景庄眼珠一转,想出个主意,说:"咱俩找鲍春知大伯去,请老将出马。"

黄金印却没有多大兴致,皱着眉头,说:"我看这个老头儿还乡几个月,只愿修桥补路,积德行善,不想多管闲事得罪人。"

"那是真人不露相!"柳景庄又放声笑起来,"这几个月我早出晚归,也到春知大伯家串过几趟门,一入正题,老人家就为党风问题忧心。"

黄金印哼了一声,说:"我只看见他跟秦吉了亲亲热热!"

"秦吉了常到他家走动,问寒问暖。"柳景庄冷笑道,"你也是乡亲子侄,看望过老人几回?"

黄金印张口结舌,好半天才吭吭哧哧地说:"我吃过晚饭,就……关门看电视,看完电视就……上床睡觉……"

"月桂嫂子那两条雪白的胳臂,把你搂得太紧啦!"

柳景庄挖苦地说。

"灶王爷打筋斗,又离板了!"黄金印脸上发烧,"我先回家扒几口饭,撂下碗筷就去拜望老人家。"

"只怕月桂嫂子藤缠树,又要绊住你。"柳景庄搡他一个转身,"跟我走,我设晚宴招待你。"

"你这是抓我的官差!"黄金印呵呵笑道,"我知道你多么懒得做饭。"

两人踏着月色,肩并肩回村。

柳景庄家住柳伞村北,独门孤院,前后左右都没有街坊邻居。荆条篱笆,篱笆外又长满刺槐,黄鼠狼也钻不进去;正面是绿漆铁栅栏门,每道铁栏也长着刺儿,铁将军把门,生人免进。

打开铁锁,走进门去,镜子面似的小院落,只有一架葡萄,两片花畦。开门进屋,拉亮了日光灯,堂屋迎面一只酒柜,酒柜上安放着一台十二吋黑白电视机;还有一只报架子,一只装满书籍画册的书橱,一套土造沙发。东屋,一张单人床,架着绿纱蚊帐,靠墙一只大立柜,临窗一张书桌,两把椅子。西屋,一只煤气罐,使用的是新式炊具。

黄金印是新婚之后头一趟到柳景庄家来,一见这与众不同的风光,打着响舌儿,啧啧赞叹:"景庄,看这满堂摆设，你真不愧是金桥大学高才生！"

柳景庄半躺半坐在沙发上，挥手笑道："吃人家的嘴短，你少说废话，做饭！"

黄金印只得出卖劳动力。可是，走进西屋一看，却只见箥帘上早已抻得了游丝面，打得了黄瓜、蘑菇、西红柿、鸡蛋肉丝卤，不禁惊叫起来："万事俱备，只欠东风，是不是她……？"

"她又是谁？"柳景庄明知故问。

"那个一只手提着帽子，一只手抡着棍子，柳伞村的江水英？"

"吓死了我！"

"别跟我装模作样，你们打算哪一天拆了墙是一家子？"

"我宁要处理品，也不娶造反牌。"

"那你为什么不娶别的女人，还把财权交给了她？"

"我怕她跟我滚车道沟子。"

"你跟她抻到哪一天才算了结？"

"持久战。"

"我看她比你沉得住气。"

"骑驴看唱本儿，走着瞧，到了算。"

他们大笑着吃面，吃完面双双到鲍春知家去。

第三章

1

少小离家老大回,乡音无改鬓毛衰。六十五岁的鲍春知,一九八一年正月新春离休,回到阔别多年的故乡柳伞村。

四十四年前,他在青纱帐下入党,长工棚里进行地下活动,拉起一帮小伙子当了八路。一九四九年大军南下,他过家门而不入;先在南方的一个省里当县委书记,后来又当地委农村工作部长。五五年被打成"小脚女人",五七年划了右,他的花岗岩脑壳,一直不低头;被流放到农村监督劳动,直到七八年春天才摘掉帽子。七九年改正了他五七年的问题,安排他当副专员,一年之后,他觉得应该提拔年轻的同志到领导岗位,自愿改当顾问,后来又痛感领导班子人浮于事,便自动办理了离休手续。他的老伴早在他戴上帽子以后就死去了,几个儿女都在南方长大,男婚女嫁,各有工作,他也不愿意携带儿女给首都增加人口,正是八九雁来时节,他伴随着北返的雁阵,回到故乡,已经是九九艳阳天了。

按照离休规定，他用国家给他的安置费和自己的积蓄盖了一百平方米的住房。青砖花墙小院，坐落在柳伞村南的荷花鱼塘岸上，四处绿草如茵，垂柳依依，莺啼燕啭，蝉鸣雀噪，阵阵清风徐来，荡漾着新鲜的荷香和清凉的水气，沁人心脾。院里，老人并不养花栽草，而是开出一块菜园，也种两三垄瓜。他订阅了二十几种报刊，在三间西厢房办起一个阅览室；还拿出存款，买了一台彩电，每晚对外开放。北房五间，他自己只占一间卧室，一间书房，另外三间，一间厨房，两间供养一位八十岁的老太太。

鲍春知是个孤儿。他在莲房村的地主家扛长工的时候，莲房村外一座寒窑里，住着一位寡妇蔡大婶和她的女儿小娥，小娥比鲍春知小三岁。蔡家母女心疼鲍春知孤苦伶仃，常常给他缝缝补补，洗洗涮涮。一来二去，小娥有情，鲍春知有意，歇晌时候到青纱帐中，半夜三更在柳棵子地里，偷偷相会。蔡大婶正有心收鲍春知当倒插门女婿，便打算在寒窑旁搭一间柳枝糊泥巴的窝棚，挑个黄道吉日给他们办喜事。不想，有一天下大雾，小娥到河边洗衣裳，被几个人贩子蒙头、堵嘴、捆住手脚，掳上鸡笼闷罐小船。生不见人，死不见尸，鲍春知正沿河寻找小娥的去向，却接到地下党交通员的紧急通知，命令他带领他的那一支年轻弟兄，到山里参加八路军去。秘密行动，不能走漏消息,他只得跟蔡大婶不辞而别。战乱年代,坎坷岁月,他早已想不起蔡家母女;可是,四十几年后,双脚刚一踏上家乡的土地,往事便又恍如昨日,急忙打听蔡家母女的下落。这才知道,小娥被人贩子拐卖到天津卫的妓院里,解放后跳出火坑,在棉纺厂当女工,一直没有嫁人,七六年大地震被砸死了。蔡大婶还活着。已经八十岁了,是大队的五保户;于是,鲍春知把蔡大婶接到柳伞村来,尽自己的一份孝心。

鲍春知一别家乡四十几年,不明柳伞的情况,遇事不想插嘴。但是,秦吉了为了给自己脸上贴金,硬要把他选进党支部,公社党委副书记郁士通又踢破门槛子,他的党性很强,便答应下来。当上党支部副书记,他分管共青团和计划生育工作,又受聘为柳伞小学的名誉校长,其他的大事小情,很少过问。

他每日鸡鸣即起,披星戴月到河堤上跑步,往返十几里,回到家中,太阳刚露头儿,在蛋青色的东山尖上,镀上一抹玫瑰红,柳枝草叶上闪烁着亮晶晶的露珠。吃过早饭,他抓紧时间看两个钟头的书,有的书写眉批,有的书写札记;然后,便到小菜园,剪枝、打杈、采摘、薅草、松土、施肥、浇水、拿虫子,干得出透了大汗才痛快。但是,他的生活秩序常被纷至沓来的访客打乱。他一生刚正不阿，知交故旧很多，有几位老战友的官儿不小，常坐着小卧车从北京下乡来看他，却都把小卧车停在运河大桥的柳荫下，步行进村，免得惹他不高兴。鲍春知的文化水平不高，更觉得自己这一生并没有惊天动地的事迹，不想写回忆录。但是，他听说有一位乡土文学作家，想写当年运河的历史风貌，不禁喜出望外，亲自登门拜访，愿结忘年之交，迎到家中待如上宾，一住就是十天半个月，谈古论今，通宵达旦。

鲍春知吃过中午饭，绕门外的荷花鱼塘千步走；然后小睡片刻，外出活动。

树老焦梢，人老猫腰；当年叱咤风云的老战士鲍春知，身上伤痕累累，瘦骨嶙峋了。柳伞村的晚辈儿郎，看见的只是一位慈眉善目的小老头儿，头戴一顶锅盖似的南方竹篾大斗笠，上身穿一件老农民的夏布汗褟儿，下身穿一条肥大的捞虾短裤，脚下是一双厚软的泡沫塑料凉鞋，夹着一只帆布马扎，走出青砖花墙小院。他先到柳伞小学，悄悄站在教室后窗下听课，脸上漾出恬静陶醉的微笑，心满意足才踮着脚尖离去。然后，他走东家，串西家，从村口的一家走出来，又到田野上遛弯儿；这块地站一站，那块地转一转，一路走一路留下开心的笑声。

2

柳景庄和黄金印,一前一后,走进鲍春知的青砖花墙小院。

窗前搭着藤萝凉棚的西厢房,彩电正在放映,连打开的窗口上都坐满了人。鲍春知看完新闻节目,就退了出来,坐在书房门外,套着绿纱罩的院灯下,面前一张小饭桌,扇着芭蕉叶扇子喝茶。

"春知大伯!"柳景庄进门笑着喊道。

黄金印拘拘束束叫了声:"鲍大叔。"

"原来是景庄和金印呀!"鲍春知一见是这二位稀客来串门,分外高兴,站起身找板凳儿。

柳景庄连忙跑过去,拦住老人,说:"坐着窝风,站着凉快。"

鲍春知也不肯坐下来,说:"分期付款,我买了一只电冰箱;景庄,你从冰箱里抱出一个西瓜来尝尝。"

"一个西瓜,够谁吃的?"柳景庄在鲍春知面前,随随便便,熟不拘礼。

"净重十三斤二两一钱!"鲍春知满面得意神色,"这座小园的产品,我的手艺。"

柳景庄扑哧一笑,说:"我今天在鱼菱村画影壁,东家请我尝了一个十八斤重的大西瓜,瞧着您的十三斤二两一钱不眼馋了。"

"我们应该……给您送几个西瓜……"黄金印不知如何开口,结结巴巴,满头大汗。

"走后门儿!"柳景庄还是开玩笑的口气,"春知大伯,金印哥钻进了拴贼扣儿,蹚上了绊马索,掉进了坛子坑,想拿几个西瓜送礼,求您搭救他。"

"世上无难事,没有过不去的火焰山。"鲍春知轻松地笑道,"竹筒倒豆子,说!"

柳景庄心眼子多,低声说:"草上说话路人听,还是到书房里向您汇报吧!"

他们走进书房,书房里挤满书橱,三个人转不开身,柳景庄蹲到书桌上坐。

"大叔,我告了秦吉了一状,您听说了吗?"黄金印定住了神儿,口齿也清楚了。

鲍春知微微点了点头,说:"青霜告诉我了。"

"冷青霜!"黄金印又慌了,"大叔,您可别信她的小报告。"

鲍春知不动声色,反问道:"为什么?"

"她……她的嘴……"黄金印闷声闷气,"向左歪!"

"是吗?"鲍春知故作大吃一惊,"景庄,青霜的口形,你比我们了解,说说看。"

柳景庄满面通红,不好意思地笑了笑,说:"金印哥怕她那一条左嗓子,唱出来跑调儿。"

"你们俩都是老花眼,看人只见朦朦胧胧云遮月!"鲍春知的脸沉下来,"青霜冷眼旁观,倒把你俩看得真切。"

柳景庄神色紧张,惊慌问道:"她是怎么丑化我?"

"只愿天马行空,独往独来。"鲍春知扫了他一眼,"忘了自己是党支部委员,忘了柳伞村还有上千口人。"

"她是个常有理,惹不起!"柳景庄虽然嘴硬,可是心中有愧,低下了头。

黄金印憋着一肚子气,圆瞪着眼睛问道:"她那伶牙俐齿,怎么嚼我?"

鲍春知嗽了一下嗓子,模仿着青霜的口气:"想斗不正之风,又不挑千斤担子,假革命。"

"花腔女高音!"柳景庄嘴尖舌巧,"字字句句带着大批判的气味儿。"

黄金印恼羞成怒,粗脖子红脸地喊道:"双桥好走,独木难行,我一个人唱不了八仙过海!"

"我不想逼你们当场签字画押,三天之内听你们的回音。"鲍春知长叹一声,"小日子富起来,你们膘肥腿壮,反倒不拉套了。好吧!我这匹卧槽老马,还敢拼出一身骨架,收拾残局。"

黄金印三分羞愧,七分窝火,争吵着问道:"难道秦吉了下了台,就算刹住了不正之风,万事大吉?"

"秦吉了赖不了账,他错翻了皇历!"鲍春知面色愠怒,太阳穴上青筋迸起,"可是,咱们三个人,难道都行得端,做得正?"

柳景庄挺直了身子,说:"您别藏头露尾,我知过必改。"

"我要先挑金印的毛病。"鲍春知的目光又柔和下来,"青霜告诉我,你还想要个孩子,找她这个妇联主任大吵大闹?"

黄金印面红耳赤,说:"那是月桂的主意。"

"她不是有个女儿吗?"

"法院没有判给她。"

"你不是也有个儿子吗?"

"银瓶带走了。"

"可是,这一儿一女,都有你俩的份儿。"鲍春知脸色阴暗,声音低沉,"这几天,我到沿河各村走了走,在鱼菱村渡口的伞柳下,遇见一个一边啼哭一边念书的高中生,名叫长生……"

"我的儿子!"黄金印大叫。

"啊,原来你还记得自己的儿子!"老人的眼眶潮湿了,"他今年考大学,可是他那个赌红了眼的后爹,把家里的一千多块钱存款输了个一干二净,他娘急火攻心,得了一场大病,吃了十几服药还下不来炕,他又不想参加高考了。"

"我给他掏钱!"黄金印哭声喊道。

"那你就把钱送到他家去。"

"我不想见那个无情无义的狠心娘儿们!"

"那个狠心娘儿们把你的长生拉扯大,十几年没花过你一分钱,没吃过你一粒粮。"

"大叔,我……听您的话。"

"我又到莲房村,听说月桂的前夫贾文德,又想做新郎,把女儿恨得像眼中钉,肉中刺,折磨得死去活来……"鲍春知说不下去了。

"我把月桂的女儿接过来!"黄金印心里又一嘀咕,"法院能答应吗?"

鲍春知的心情平静下来,说:"你叫月桂出面,到县城找法律顾问处,替她向法院提出申诉。"

"大叔,谢谢您老人家!"黄金印淌下了热泪,"您敲开了我脖腔子上这颗榆木脑壳。"

鲍春知摆了摆手,说:"你到院里吹吹凉风,我要办理柳景庄的晚婚案。"

柳景庄从书桌上跳下来,笑嘻嘻地说:"您给我扣不上不正之风的帽子。"

"住嘴!"鲍春知突然大吼一声,"你要让人家青霜等到何年何月?"

"我跟她没有一点瓜葛!"柳景庄急赤白脸,"她明天结婚,我陪送一份嫁妆。"

"好,好,好!"鲍春知气得发喘,"痴情女子薄情郎,她临行之前要跟你见个面,你马上去见她。"

柳景庄身子一震,大惊失色,问道:"她要嫁给谁?"

"你给我出去!"鲍春知火气冲天,怒下逐客令。

走出青砖花墙小院,黄金印和柳景庄站在荷花鱼塘岸上。

"咱们的一动一静,都瞒不过鲍大叔的眼睛。"

"我看他早摸清了秦吉了的底细。"

"怎见得?"

"等着瞧,不到火候不揭锅。"

"看来青霜熬不住了,持久战你打胜了。"

"她也是个狠心的……娘儿们!"

月下,他们分手,各奔东西。

第四章

1

柳伞村的姑娘眼眶子高,也就出嫁晚。挑三拣四,挑肥拣瘦,不找到一位如意郎君,不拿到一笔丰厚彩礼,便不出柳伞村。但是,不管多么挑挑拣拣,三十岁是一大关;二十八九就慌了神儿,有人说媒,只要不是秃瞎聋哑,五官不正,四肢不全,就匆匆忙忙了结了终身大事。

只有冷青霜,三十三岁了,还沤在家里。

她长得十分俊俏,却是一张冷脸子,一年三百六十五天,难得见她笑几回;谁惹恼了她,清水脸儿挂下来,寒气逼人。小伙子大热天睡不着觉,在炕上胡思乱想烙烧饼;可是一想到冷青霜身上,就像怀里抱了冰,心里打寒噤儿,全身都凉了。

六六年冷青霜正在县城念高中,当上红卫兵的头儿,给女老师剪过阴阳头,在男老师的脖子上挂过黑牌子;还走上社会,砸名胜古迹,挨门串户抄家。然后,大串联北到白山黑水,南到海南岛的天涯海角;天安门前看台上观礼,人民大会堂正厅里聆听样板戏,风头十足。但是,好景不长,六九年便不吃香了;鸡毛上天又落地,冷青霜手拿一纸毕业文凭回家转,仍然是柳伞村的一名柴禾妞子。

村里正在清队,支左代表重用造反小将,封她为核心小组第一副组长。

黄金印和柳景庄都是清查对象,两个人又都是态度恶劣。召开斗争大会,黄金印哇哇怪叫,柳景庄嘻嘻哈哈,冷青霜怒不可遏,打了黄金印一个耳光,踢了柳景庄一脚,下令把他们关押在隔离室。

凄风苦雨三更天,冷青霜提审这两名冻饿了一夜的"三反"分子;支左代表并不公开出场,隔窗偷看罪犯的神色,在供词中鸡蛋里挑骨头。

刑讯室门口,两名打手荷枪持刀,冷青霜坐堂问案,身后两名打手凶眉恶眼,手提皮鞭子,脚站丁字步。黄金印皮烂嘴不软,死不认罪,被毒打一顿,离地三尺吊在了房柁上。

"带柳景庄!"冷青霜一声令下。

"带柳景庄!"室内的两名打手吆喝。

门外的两名打手更扯长了脖子,大呼小叫:"带柳景庄!"

柳景庄被拧着胳臂,掐着脖子,押解进来,在冷青霜面前三步,弯腰低头。

念完了语录,冷青霜铁青着脸,猛地一拍桌子,尖声刺耳地喝道:"柳景庄,坦白从宽,抗拒从严,顽抗到底,死路一条,你要老实交代你的三反罪行!"

"说!"两名打手像深巷犬吠。

"我有罪,有罪!"柳景庄不想硬碰硬,免受皮肉之苦,"请给我纸和笔,我愿把我的全部罪行写出来,连囤底儿都打扫干净。"

"给你!"冷青霜从桌上抛下十张白纸,一支圆珠笔。

柳景庄深深鞠了个大躬,把纸笔捡起来,说:"报告第一副组长,我的罪行累累,三天才能交卷。"

"严肃一点儿!"冷青霜那张清水脸儿,冷得像结了冰,"可以给你三天时间。"

柳景庄回到隔离室,将这些白纸裁订成册,三天工夫画出一本小人书,双手捧送冷青霜。

"我那点文化,这些年都拌饭吃了。"柳景庄苦着脸儿,一副哭相,"一怕写不明白,有罪说不清,二怕错字连篇,歪曲了事实真相,就画了几张画做补充。"

冷青霜拿到手里，掀开一看，耳根子便红烧起来。

画面上，天边一弯月牙儿，地上一片青纱帐，茂密的柳棵子地里，燃起一堆青柴篝火，一个喜眉笑眼的小伙子正在烧烤剥了皮的玉米；几个小孩子，瞪着乌溜溜的小圆眼睛，舌头舐着嘴唇，其中一个十二三岁的小丫头，梳两只翘尾巴的小辫子，更是垂涎三尺，满脸馋相儿。

这幅画的题目是：《以柳景庄为首的一伙小偷儿》。

冷青霜的冷脸子，越来越红，红得像一朵鸡冠子花；原来，那个梳两只翘尾巴小辫子的小丫头儿，正是她。

这是六一年的故事。柳伞大队家家闹饥荒，已经是少先队大队长的冷青霜，上半天喝一碗红薯叶子稀粥，下半天吃一个榆叶糠皮菜团子，到夜晚饿得肠子搓成了稻草绳；便带着几个中队长和小队长，趁月色朦胧，到青纱帐里偷玉米烧着吃，不小心被看青的柳景庄抓住。柳景庄不但没有将他们押送队部，而且亲自动手，挑选八成熟的大个儿玉米掰下来，架火烧烤，大宴这些祖国的花朵。

冷青霜慌忙翻过这一页，目光落在另一幅画上，脸又煞白了。

青杨翠柳掩映的泥棚茅舍，门窗大开，窗前明月光，月摇花影动；窗内一盏灯，临窗一张八仙桌，面对面一男一女。男的是柳景庄，手指着桌上的一本书，正给一个身穿碎花衬衫的姑娘解答难题;那位姑娘歪着头,侧着脸,牙咬着辫梢儿,凝神沉思。

冷青霜一见这幅画,一阵悲凉上心头。那是六五年的仲夏时节,她为了报考县城的高中,每晚到柳景庄家补习功课;常常是直到窗下一声鸡啼,才恍然大悟,天色不早了,赶忙收拾纸笔书册,踏着洒满露水的青草小路回家,躺在炕上,衣不解带,便疲乏地睡着了。

啊,往事不堪回首!当年,她正做一个如花似锦的好梦,考上高中,将来还要升大学。柳伞村的贫下中农翻身十几年,还没有出来一个文化人。聪明绝顶的柳景庄头一个打出柳伞村,却又半路途中走背字儿,只开出一朵谎花,脚差一步落了空。一人走过一条线,两人走出一条路。她这个柳伞村的柴禾妞子,沿着柳景庄的脚印走,偏要为柳伞村贫下中农争口气。谁想,心比天高,好梦难圆;中学砸烂了,大学解散了,到头来脚踩着柳景庄的足迹转个圈儿,落花流水回柳伞,难道自己也是命中注定走背字儿。

"你……你……"冷青霜三把两把撕碎小人书,双手捂脸大哭着跑走了。

清队运动一阵风过去,冷青霜入了党,而且没有预备期;填了表就当党支部副书记,主管政工。

2

秦吉了紧追小靳庄，柳伞村又要诗画满墙，比五八年还得红火。

冷青霜能写，可是不会画，不得不礼下于人，走进柳景庄那长满蓬蒿的小院。

"柳景庄！"冷青霜虽然直呼其名，却是和风细雨的口气。

"冷副书记！"柳景庄迎出门来，躬身施礼。

冷青霜站住了脚，不愿走近柳景庄，眼睛也不看他的脸，说："支部决定，你给革命诗歌配画，不要下地了。"

"不敢！"柳景庄装出诚惶诚恐的神气，"我是个人民内部矛盾按敌我矛盾处理的等外品，不配革命。"

"胡说八道！"冷青霜柳眉倒竖。

"是冷副书记！"柳景庄没有断句。

"你画不画？"

"支左代表叫我夹着尾巴做人，我干脆把尾巴剁了下来。"

冷青霜被饧了出去。

过了一年，城里的工厂到乡下招工，摊到柳伞村一个名额，便是冷青霜。这一天，冷青霜身穿洗得褪色的男军装，骑一辆飞鸽牌自行车，到公社卫生院检查身体；车出村口，正遇见在路旁渠边打青柴的柳景庄。

"恭喜，恭喜！"柳景庄连连拱手。

冷青霜心里高兴，破例下了车，说："你先别给我念喜歌，也许我身上有癌症。"

柳景庄倒退两步，又上前一步，细细致致打量了冷青霜一遍，只见她脸蛋绯红，胸脯丰满，腰肢苗条柔细，点头咂嘴地说："我这两只眼睛气死X光，你的身体一定是甲字儿。"

"借你的吉言！"冷青霜的冷脸子，居然出现三分笑模样儿。

"不过，不怕一万，就怕万一……"

"给我提个醒儿！"

"你赶快买一盒什锦糕点，两瓶红粱大曲，割半扇子肉，给贾文德烧香上供。"

贾文德跟柳景庄是金桥大学的同学，后来在公社配种站拉大驴；造反起家，一步登天，当上公社党委主管政工的副书记。

"屁话！"冷青霜怒骂一声，飞车而去。

但是，柳景庄就像未卜先知，冷青霜果然空欢喜一场。

又过了一年，北京大学选拔工农兵学员，冷青霜又是候选人；吃一堑，长一智，她一狠心掏出两口肥猪的钱，买了一块上海牌全钢十九钻手表，月黑天偷偷给贾文德送去。

心神不安的柳景庄，坐在柴门外乘凉，看见冷青霜推着自行车从公社回来，忙跑过去问道："有钱能使鬼推磨，大功告成了吧？"

"他……他是禽兽！"冷青霜哭着啐了一口。

"怎么啦，怎么啦？"柳景庄吓了一跳。

"他……他要……"

"还要什么？"

"……我的……身子。"冷青霜声音虚弱，有气无力。

"你……你给了他？"柳景庄一声尖叫。

冷青霜吃力地摇摇头："我还没有那么下贱。"

"青霜，你有骨气！"柳景庄鼻子一酸，眼泪扑簌簌淌下来。

冷青霜守身如玉，落选了。

寒来暑往又一年，清华大学到运河两岸招生，柳伞村的候选人还是冷青霜；柳景庄算定她仍旧是竹篮打水，也就不放在心上。

夜晚,柳景庄刚刚入睡,窗外有人嘤嘤啜泣,他被惊醒了。

"谁?"

"景庄哥……"是冷青霜。

柳景庄跳下炕,开了门,问道:"出了什么事儿?"

冷青霜一头栽在他怀里,呜咽着说:"我……给贾文德……送去了。"

"你!……"柳景庄紧紧抓住她的胳臂。

"他正在办公室大吃大喝,把钥匙给了我,叫我……到他的宿舍……"冷青霜的脸像白菜叶子,目光像两潭死水。

"哎呀!"柳景庄的指甲深深嵌进冷青霜的肉里。

"他的宿舍,是个独门独院……"冷青霜痴呆呆说下去,"我走到门口,门口坐着一个女人,是他的老婆……月桂找他来了;月桂扑通跪在我的面前,吓得我……逃了回来。"

"你这个贱货!"柳景庄咬碎了牙齿。

冷青霜晕死过去,柳景庄急忙把她抱进屋,放在炕上;青幽幽的月光从窗外照进来,照见她那苍白的脸儿,像一具刚从水中打捞上来的女尸,一只手却死死抓住柳景庄的胳臂不放。

……黎明,大雾弥漫,冷青霜踉踉跄跄回了家。

一连三天发高烧,冷青霜昏迷不醒;柳景庄卖了八仙桌子,买了大包小包的点心,大瓶小瓶的罐头,悄悄送去。

冷青霜清醒过来,塌坑的眼窝子,目光黑沉沉,看见柳景庄走进屋,忽然尖叫一声:"你……你也是……贾文德!"

柳景庄把点心放在条案上,又把一瓶罐头放在冷青霜的枕边,低低地说:"咱俩……木已成舟,等你病好了,就到公社登记。"

冷青霜又一声惊叫,抓起枕边的玻璃瓶罐头,砸在柳景庄的头上。柳景庄满头血水橘子汁,气恨而去。

从此两人见面一扭脸,几年像仇人。

柳景庄平了反,当上了支委,画影壁出了名,来来往往的媒人都没有打动他的心。只有一回,跟贾文德离了婚的月桂,找黄金印牵线,想嫁给他;他可怜那个苦命的女人,又看重黄金印的情面,没有摇头。

半夜三更,冷青霜破门而入。

"你想娶月桂?"冷青霜两眼直勾勾,目光像两把锥子。

柳景庄避开她的目光,说:"你是来给我贺喜吗?"

"我嫁给谁?"冷青霜突然大喊道。

原来,这几年也有人给她介绍对象,她都没有点头,意冷心灰了。

柳景庄恶狠狠地答道:"假大空,高大全,卫东彪,柳下跐,谁知道你看中哪一个?"

"柳景庄,你且慢得意!"冷青霜发了狂,"我手持打狗棒,站在屋门口,看谁敢来入洞房?"

也许月桂听到了风声,吓破了胆,反正是不嫁柳景庄,改嫁黄金印了。

柳景庄不恨月桂流水无情,只恨冷青霜棒打鸳鸯。

一天傍晚,暮色苍茫,冷青霜从柳景庄的柴门外路过,柳景庄见路断行人,前后没有人影,便跳出篱笆,拦住冷青霜的脚步。

"刀搁脖子上我也不娶你,你趁着还没有老掉牙,赶快嫁人吧!"柳景庄满头冒火星子,"阳关道,独木桥,咱们各走各的路;何必一条线拴两只蚂蚱,你飞不了,我也蹦不了?"

冷青霜不急,不恼,不伤心,冷脸子上看不出喜、怒、哀、乐,说:"你给够了我的压箱子钱,我嫁出十万八千里;一辈子不回柳伞村,至死不见你的面。"

于是,柳景庄每月把他的一大半收入,交给冷青霜,冷青霜每天晚上给柳景庄做得饭；东边日出西边雨，两人心照不宣。

柳景庄万万想不到，冷青霜跟他绷紧了绳子，忽然撒了手，把他摔了个蒙头转向，三十六招走为上计了。

他从鲍春知的青砖花墙小院走出来，在荷花鱼塘岸上跟黄金印分了手，便急如星火直奔冷青霜家。

冷青霜家一片黑灯瞎火。

第五章

1

柳景庄回家推门一看，冷青霜却端坐在他的土造沙发上。

这两年，柳伞村的大姑娘小媳妇，不少人烫了头，穿起筒裤和紧身衫，脸上还搽着面友和珍珠霜。只有冷青霜甘当柴禾妞子，不想城市化，赶时髦儿。齐颈的剪发，齐眉的刘海儿，清水瓜子脸，吊梢眉，豆荚眼，高颧骨，通鼻梁儿，薄嘴片儿；身穿素花的确良的斜大襟褂子，墨绿的涤纶裤子，脚上是家常的布鞋，比起过去喜欢穿一身洗得褪色的男军装，还是颇有几分桃红柳绿了。

一见冷青霜,柳景庄就想打嘴架,故意惊惊乍乍地叫起来:"冷大姑奶奶进宅,凶多吉少!"

"我来给你报喜,也来劝你悬崖勒马。"冷青霜不屑于跟他耍嘴皮子,一副冷冰冰的神气,"县文化局拨款,选定咱们公社,建立一个农村文化中心,点名要你筹办美工室……"

"你听谁说?"柳景庄不敢相信自己的耳朵。

"刚才郁士通来了,找我跟秦吉了商量,放不放你走?"冷青霜好像是话到嘴边留半句,节骨眼儿上打住了。

"你们怎么决定的?"柳景庄急不可耐地问道。

"郁士通说,黄金印保举你接替秦吉了,当支部书记;放不放你,他还拿不定主意。"

"金印这个人!他开了火,拿我当枪垛子。"

"郁士通舍不得秦吉了,心里并不愿意你当一把手。"

"秦吉了是什么态度?"

"他咬定牙关不当支部书记了,你接班他最放心。"

"这是抓一把蒺藜狗子,塞进我嘴里。"

"景庄,你多少长一点心眼儿了。"冷青霜的口气像老大姐,"秦吉了和黄金印,都坑过你;再也不能人家偷驴，你拔橛儿，炒豆大家吃，炸锅算你的。"

"你同意我离开柳伞村？"柳景庄直盯着冷青霜的眼睛。

"我亏待过你，想补一补过。"冷青霜的眼神，一阵悲戚，"可是你能不能称心如意，还要看你会不会烧香上供。"

"拜的是哪座庙里的神？"

"只要你从炕上把秦吉了搡起来，一钱不花就买到了郁士通的欢心。"

"我从哪儿下手，才能把秦吉了搡起来呢？"

"你站在他那一边，泼灭了黄金印想点起的一把火，秦吉了就会成全你。"

"我还不想挖出良心喂狗！"柳景庄暴跳起来，"柳伞村一出好戏刚开场，我唱不了主角跑龙套，不走啦！"

冷青霜从怀里掏出一捆钞票，扔在酒柜上，说："这是你给我的压箱子钱，一五一十还给你，留你翻盖新房，娶个花枝似的媳妇。咱俩各走各的路，你不想飞，我可想蹦了。"

"你蹦到哪儿去？"柳景庄一时蒙怔了。

冷青霜凄然一笑，说："过了三十望四十，人嫌狗不爱；趁着还没有老掉牙，赶快嫁人呀！"

"嫁给谁?"柳景庄头嗡耳鸣,厉声问道。

"你走你的阳关道,我走我的独木桥!"冷青霜从土造沙发上站起身来,"我嫁鸡嫁狗,你管不着。"

哐啷一声,柳景庄插上了门,眼睛冒火,逼问道:"嫁给谁?"

"我喊啦!"冷青霜以眼还眼,"喊来满村人,叫你没脸活在柳伞村。"

"我不怕!"柳景庄横眉立目,"喊来满村人,咱俩当众举行婚礼。"

"好吧,告诉你!"冷青霜又坐下来。

"说!"柳景庄吆喝道。

"贾文德。"

"谁?谁?"

"贾文德!"冷青霜一字一板,"郁士通是男方的媒人,秦吉了是我的媒人,多么有脸面。"

"贱货!"柳景庄抡起拳头,停在半空没有落下来。

冷青霜也不示弱,顺手抄起一只茶壶,啐道:"你敢再骂一句?"

"不许你嫁给那个下流坯子!"

"你想叫我嫁给谁?"

"我!"

冷青霜扑到他身上，捣蒜一般捶他，哭成个泪人儿，像春光融化了房檐上垂挂的冰凌子。

窗外，有人咳嗽一声。

"谁？"冷青霜从柳景庄身上跳开，慌乱地擦抹满脸的泪水。

"我！"一阵憨笑，是黄金印，"你们的生米焖熟了饭，我来揭锅当媒人。"

2

冷青霜跟黄金印的扣子拴得死，面和心不和；柳景庄开了门，放黄金印进来，冷青霜又整起脸子，抢上一步要走。

"金印哥，堵住门口！"柳景庄大叫一声，拦住去路，两人像两堵墙。"金印哥一肩挑双担，扮全了三媒六证；咱俩当着大红媒的面，订下合灶的日子。"

"我自有媒人！"冷青霜扛着脸儿。

"你怎么认定了秦吉了？"柳景庄皱起眉头。

"我的媒人是春知大伯！"冷青霜眼圈儿一红，"只有他老人家不嫌弃我，像疼爱亲生儿女一样关心我；不像你们小肚鸡肠，只想着跟我算陈年老账。"

"青霜,你跟景庄成了亲,就是我的弟妹,咱们是一家人了。"黄金印脸上挂笑,真心诚意,"往日那股子怨气,一阵八级风,满天云雾散了。"

"我要的是同志一条心,不是一个鼻孔出气!"冷青霜满脸傲慢。

黄金印碰了个不软不硬的钉子,也红了脸,问道:"我告秦吉了的状,你跟我同心不同心?"

"你是一头牤牛!"冷青霜吃吃笑,"莽撞。"

"舌头上长葛针,说话就带刺儿!"黄金印老大不高兴,"难道我不该告他?"

"你不该不找春知大伯商量。"

"我有眼无珠。"

"你出马一条枪,只看一步棋。"

"我没料到秦吉了撂挑子。"

"你更料不到有人主使秦吉了撂挑子。"

"这个人是谁?"

"秦吉了是郁士通的心腹人,郁士通的不少私弊拿在秦吉了手里,他们串通一气。"

"郁士通逼着我把秦吉了拽起来呀!"

"那是为了出你的丑。"

"原来戏中有戏。"

"他们看出你跟景庄一心奔富,断定你们不愿接挑子,才敢假戏真唱。"

"我敢斗不正之风,就敢挑千斤重担!"黄金印怒气冲冲,"看谁不够尺寸,看谁是假革命?"

一唱一和,柳景庄也敲边鼓帮腔,说:"路遥知马力,看谁忘了自己是个支部委员,忘了柳伞村还有上千口人。"

冷青霜听出他们话中有话,微笑了一下,说:"春知大伯真能点石成金呀!"

"还会矫正左视眼,扳正左嗓子。"针尖对麦芒儿,柳景庄反唇相讥。

冷青霜的豆荚眼一阵发亮,说:"多谢他帮助我抓计划生育工作,今年上半年才没有超过指标。"

"青霜,响鼓不用重捶,窗户纸一捅就破。"黄金印呵呵笑道,"我说服了你月桂嫂子,不跟你要指标了。"

"你就不该打发她向我伸手!"冷青霜笑着说,"我领来的都是头胎指标,只分配给新婚夫妻;月桂嫂子虽然也是一位新人,可是早生过头胎了。"

"你帮她从贾文德手里争回女儿,她甘愿做绝育手术。"黄金印虎起脸,装出粗声大气,"不然,我们就抢你跟景庄的指标。"

柳景庄忙说:"青霜,你明天陪同月桂嫂子到县城打官司,只许打胜,不许打败。"

这时,鸡叫了。

冷青霜抬起手腕看表,叫了一声哎呀,说:"一点了!我得回家了。"

"等一等!"柳景庄抓起酒柜上那一捆钞票,递给她,"把彩礼带走。"

"你想买我,这几个钱不够!"冷青霜想拨开他,夺路而走。

柳景庄拦住她,说:"男人是筢子,女人是匣子,还是交给你收存起来。"

冷青霜撇了撇嘴,说:"你这个人顺口溜,日后不知道要胡编多少故事,我跳到黄河里也洗不清。"

"牛不喝水,咱也别强按头。"柳景庄把这一捆钞票在手心上掂了几掂,"我这个人,十个手指头儿,没有一个斗,存不住财;到结婚那天花个分文不剩,你可别骂我是败家子儿。"

"还是我带走吧!"冷青霜抢过来就跑。

柳景庄向黄金印挤了挤眼,自以为冷青霜中了他的计,十分得意。

黄金印却把他搡出门去,说:"追呀!"

柳景庄站立不动,说:"我可不想学电影上女跑男追的轻模贱样儿。"

"送一送人家,也是你的一片心意呀!"黄金印粗中有细。

于是,柳景庄走出柴门,东张西望,只当冷青霜早已跑得无影无踪,却不防冷青霜从柳荫月影中跳出来,她在等他。

从今天起,冷青霜找回了遗失多年的春色,不再是一张寒气逼人的冷脸子了。

第六章

1

早晨,鲍春知从河堤上跑步归来,看见黄金印急匆匆走出柳伞村口。

银瓶带着长生改嫁,嫁到鱼菱村;鱼菱村和柳伞村之间,走乡间公路四五里,抄近穿青纱帐小路,只有二三里。但是,人活一口气,树活一层皮,黄金印是一条宁折不弯的硬汉子;十几年来,他不但没有到过鱼菱村,而且没有望过鱼菱村一眼,也就没有见过银瓶和长生母子的面。但是,昨天晚上,他从鲍春知嘴里,听到长生陷入困境,打动了儿女情肠,心如刀割。天刚亮,他便下床,洗了把脸,不想吃早饭,拿上一千元存折,急着给儿子送去。

走出柳伞村,便是三岔路口;一条是乡间公路,一条是青纱帐小路,还有一条是沿着河堤到鱼菱村渡口。

三岔路口像鬼打墙,黄金印转来转去兜圈子,迈不开脚步朝前走了。

想见的是儿子,算不得英雄气短,免不了见到银瓶,打掉牙也能肚子里咽;但是想到还要跟银瓶那个赌鬼男人打照面,黄金印的胸膛里燃起了屈辱的妒火。于是,他又恼恨银瓶水性杨花,犯起桑木扁担的脾气。

黄金印收住脚,定了定神儿,一个车转身,奔向运河鱼菱村渡口伞柳下,等候长生到来,父子相见。

柳伞村到鱼菱村渡口,河堤三四里。鱼菱村渡口过去是北运河的一个大码头,摆渡大船往返两岸,一天到晚人欢马叫;两岸河坡上都有鸡毛小店,车马客栈,饭铺、茶棚、瓜果摊儿、说书场。白天洒在河上满天星的叶叶渔舟,天黑聚拢停泊在渡口河柳下,吊起铁锅烧青柴,熬鱼、烹虾、贴饼子,炊烟像下雾。自从在鱼菱村渡口以南一里多,柳伞村北整二里,搭起一座大桥,这座渡口便一年年冷落下来,砸满柳桩子的码头坍进大河里。

渡口到了,那棵遮天蔽日的大伞柳,屹立在一道绵延起伏的白沙岗上;远远望去,一团浓云。

黄金印走到伞柳下,便看见几只大脚印;他叉开手指,弯腰量了量,脚印竟有一拃半长,儿子长成大汉子了。还记得十几年前,儿子离开他的时候,光着两只小肥脚丫儿,背在银瓶身上,呜哇呜哇吹柳笛,生离死别不知愁,只当是住姥姥家;想起一刀两断亲父子,黄金印泪水模糊了眼睛。

泪眼蒙眬中,他仿佛听见快步走来的脚步声,揉揉眼睛四下看,原来是风吹草低沙沙响。

太阳升起一竿子高,还不见长生的影子,黄金印只得厚起脸皮到鱼菱村去。

不敢穿街过巷,大摇大摆村里走,便想找个夹缝溜进村,黄金印在鱼菱村外团团转。

村西北角,一片片零碎地块,有的夹起篱笆种菜,有的搭起窝棚种瓜,有的平畦打埂种的是五谷杂粮。

一块麦茬玉米地里,有个小青年耪二遍;他头戴破草帽,身穿蜘蛛网背心和一条运动裤衩,光着两只脚,吃力地拽大锄。他不懂板眼,手忙脚乱,一锄一锄只给青草剃了头,松不了土,封不了埯,糊弄地皮走过场。

玉米秧子过了肚脐眼儿，收不收，丢不丢，耪二遍是一道关口。黄金印忍不住走上前去，喊道："小伙子，你耪完这一遍，一亩地白扔一百斤粮食！"

小青年直起腰，抬起头，眉清目秀，满面书生气，白净的脸儿红了红，不好意思地笑了笑，说："我是初学乍练，还一窍不通。"

"来，我替你耪几垄，你站在一边仔细看！"说着，他走进地里，抢过小青年的大锄，不松不紧握住锄杠，拉开四平八稳的架势；大锄一扔一拽，斩草除根，松过的土像细箩筛出的面，封上的埯子像一条龙脊。

"谢谢大伯！"小青年喜笑颜开。

黄金印耪完这块亩八分的自留地，面不改色，气不涌出，蹲下身子，拾起一块瓦碴儿，蹭得锄面雪亮，笑呵呵地说："等秋后多打了粮食，别忘了送我两瓶红粮大曲。"

"大伯贵姓，哪个村的？"

"柳伞村，黄金印。"

"啊！？"小伙子张大了嘴，眼里噙满了泪花。

"你……？"黄金印眉尖颤动眼皮跳。

"我是……长生。"

"儿子！"

"爸爸!"

"儿呀!"亲爹搂紧亲儿子,淌下的眼泪像铜钱大的雨点,"你……怎么不到渡口伞柳下念书?"

"我……不考了……"长生泣不成声。

"爸爸给你……送钱来了。"黄金印一只手搂儿子,一只手掏那一千元存折。

"不考了,不考了!"长生摇着头。

"没出息的东西!"黄金印骂起来,"我只有你这个儿子,也不再要孩子了,你上大学,花多少钱,我都供得起。"

"我娘……弟弟……妹妹……还要吃饭呀!"

"你不是还有个……赌鬼……?"

"他给公安局抓走了。"

"犯了什么案,哪一天?"

"他输光了一千多块钱存款,还欠贾文德几百块钱的赌账;昨天晚上,贾文德把他找到莲房村逼债,两人动了刀子,都受了重伤,公安局派来一辆救护车,把他们押送到县城去了。"

"善有善报,恶有恶报呀!"黄金印发出一声慨叹,把一千元存折交给长生,"回去告诉你妈,你考上大学以后,我包下他们娘儿仨的口粮钱;空口无凭,我立下文书。"

长生却不肯接那个存折，扑通跪倒在黄金印膝下，哭道："爸爸，您亲手交给我妈吧！她哭得死去活来，后悔……后悔……她没有忘了您，不肯给我改姓呀！"

黄金印抱起儿子来，哽咽着说："她把你拉扯大了，我欠她的情……不恨她了！"

长生飞跑着回家报信儿。

2

黄金印走进鱼菱村，只觉得抬不起头，心里酸、甜、苦、辣，七上八下。

一会儿，就不得不跟银瓶见面了。他是个刀砍斧剁不喊疼的人，早在心上挖一口大坑，把这个女人下葬了；一路低头行走，回想银瓶的眉眼口齿，只有一片模糊。

但是，月桂的面影，却像青天一片云，映入他的眼帘。

月桂是莲房村的姑娘，她爹跟黄金印的老爹是把兄弟，过去在一个财主家扛长工，在一条大船上当纤夫。父一辈死了，子一辈仍然两姓像一家，黄金印管月桂叫大妹子，亲如一奶同胞。

月桂生得秀气，细皮嫩肉不像乡下人；她胆子小，脸皮薄，一见生人就脸红，羞答答的不抬眼皮儿，难得开一开口，轻声细语，笑不露齿。可是，她在针线女红上是一把巧手，做饭炒菜是一把能手，拔苗薅草是一把快手，居家过日子是一把好手。银瓶坐月子，脾气娇贵，又是风火性儿，整整一个月身不下炕，脚不沾地；月桂前来服侍她，她就像呼奴唤婢，还嫌人家手脚迟慢饭量大。月桂一声不吭，都忍受下去。那时候，柳景庄正给黄金印当副将，常到黄金印家走动，月桂便偷偷爱上了他。然而，柳景庄心气很高，只想有朝一日远走高飞，出人头地，看不上这个不声不响的姑娘。天下大乱，配种站拉大驴的贾文德扯旗造反，莲房村天昏地暗。月桂只有一个双眼瞎的老娘，干哥哥黄金印遭了罪，无依无靠，无人做主，贾文德光天化日闯进门，先奸后娶霸占了她。小人得志，贾文德步步高升，倚权仗势，寻花问柳；月桂不是挨打就是挨骂，忍气吞声，只因为撇不下吃奶的女儿，才没有投河溺井，悬梁自尽。邪不压正，云散天晴，贾文德从公社党委副书记的座椅上栽下来，降到供销社，当了个莲房村中心门市部的经理，月桂才敢提出离婚，女儿却被扣下来。双眼瞎的老娘早已被气死，她的亲人只剩下黄金印；想到柳景庄冷冷清清一个人，就找干哥哥给她保媒，谁想惹恼了冷青霜。她不愿意招来满村风雨，便跟一根藤上的苦瓜黄金印，相依为命了。

两人都吃尽了苦，受够了罪，眼看一年比一年富，月桂只想跟黄金印亲亲爱爱，甜甜蜜蜜，过几年好日子。枕边吹风，门上挂锁，月桂不许黄金印再出头露面，自找苦吃。想不到，黄金印却不肯知足常乐偏要自寻烦恼。昨天夜晚，黄金印从鲍春知家回来，月桂一听他要把秦吉了撂下的挑子担在肩上，便哭了起来。黄金印被她哭得心烦意乱，逃到柳景庄家避"雨"；巧遇冷青霜，尽释前嫌，三人齐心合力。黄金印高高兴兴回家，却只见月桂抱着门框正等他；不等他软言柔语相劝，先扑到他怀里，哽哽咽咽哭道："我……依了你，你……别冷落我！"

多么通情达理的一个贤妻，银瓶怎么能比得上月桂？

从月桂想到银瓶，银瓶的影子忽然从他眼前一闪而过，只是恍恍惚惚雾里花，若隐若现，看不真切。

……鼻洼上洒着雀斑的俏脸儿，两颗黑白分明滴溜溜转的眼仁儿，嘴角上一颗黑豆粒大的美人痣，吵起架来一张刀子嘴，舌尖子能蜇人……入洞房那天夜晚，就想把丈夫搓扁了，揉圆了，擒下马来……爱吃零食儿，好占小便宜，丈夫当一把手，她喜欢垂帘听政，当不当正不正乱插杠子，能不够而又常有理的脾气……过门六七年，打过上百场，她却像煮熟的鸭子，肉烂嘴不烂……一旦大难临头遭遇不测，也就不能同心共命，造反团替她扯来一张离婚证，她背上儿子就回了娘家。

银瓶改嫁到鱼菱村，方圆几里没有面生的人，黄金印跟她的那个男人是半熟脸儿。那是个走正道的小伙子，怎么会变成一名赌鬼，动刀行凶？

黄金印瞄着长生的影子走，一眨眼长生却不见了。他呆呆地站在路边的一棵老虎眼枣树下，前面一座扒倒门楼张大嘴的黄泥墙院落，看得见正面五间新房刚垒起墙脚，还没有立起四梁八柱，便半途而废停了工；一大堆麦芋泥，长出密密麻麻的绿芽子。院里还有三间泥棚茅舍西厢房，死气沉沉，无声无息。

长生从西厢房走出来，脸上两串泪珠儿。黄金印三步两步奔过去，爷儿俩一个门里，一个门外。

"我妈不想见您……"长生低着头，"她叫您把我领回柳伞村。"

"那我就隔着窗户跟她说几句话。"黄金印闯进院里，站到西厢房窗根下，"银瓶，你以后的日子怎么过？"

"我带着一儿一女，等他们的爸爸回来。"屋里，银瓶一字一句像板上钉钉。

"当年你怎么就不等一等我呢?"黄金印胸中升起一股怨气。

"当年跟眼下大不同!"银瓶也尖起了嗓子,又像当年马勺碰锅沿,"眼下的政策是一人有罪一人当,不连累妻儿老小。"

"是呀!当年……怪不得你。"

"陈年旧账一笔勾销了吧!"

两人都心平气和了。

黄金印搬过一个蒲团坐下来,打火点着了烟,深深吸了一口,问道:"你那两个孩子的爸爸,原是个守本分的人,怎么也学得不走正路,下坡子溜?"

"是我害了他呀!"银瓶哭泣起来,"我想马不吃夜草不肥,人不得外财不富,就打发他到贾文德的宝局子玩扑克、掷骰子,推牌九,一连几天都赢回钱来;贪心不足蛇吞象,舍不得孩子套不了狼,我又逼着他下大注……这才输光了一千多块钱的存款,五间新房的柁木檩架也折合了赌账……"

"这个贾文德!"黄金印咬牙切齿,"公安局把他抓走了,给咱们这一方除了一大害。"

"这一镐还没有刨到祸根上。"银瓶挨近了窗台,压低声音,"秦吉了跟他做的是合伙生意,他们背后还有一位真人不露相的老东家。"

"谁?"黄金印站起身,两人只隔一层窗帘。

"想一想呀!"银瓶冷笑道,"贾文德的宝局子开张一年多,每一回抓赌都扑个空,一定是有人早得到消息,抢先一步给他们通风报信。"

黄金印点了点头,沉吟半晌,说:"银瓶,我把长生领走了,给你们娘儿仨留下一千元的存折。长生白吃了你们十几年的饭,多少也要还一还这个债。"

"你带回去吧!我饿死也不向你手背朝下。"银瓶又冷酷无情了,"我的男人不在家,以后不许你再登我的门。"

"银瓶,这是我的一片心意。"

"出去!"

"好吧!"黄金印叹了口气,"银瓶,你掀开窗帘,我看你一眼。"

"满脸横七竖八的褶子,你还是别看吧!"银瓶的声音里充满哀怨,"我那青春年少的模样儿,留在你家了,你能还给我吗?"

黄金印只得赶快离开窗根下,长生站立在门口。

"长生,跟我回家吧!"

长生的下巴颏儿顶住胸口,说:"我考上大学,才有脸回柳伞村去。"

"有志气!"黄金印又把那一千元存折交给他。

长生把双手背在身后,说:"等我考上大学,才接这笔钱。"

"好儿子!"黄金印热泪夺眶而出,"别忘了天天到渡口伞柳下念书。"

长生送爸爸,黄金印高抬着头,走出鱼菱村。

第七章

1

台上一言堂,唱的是霸王戏,台下指手画脚,也是他一锤定音;秦吉了的外号,叫一方天子。

想在台上唱,就在台上唱,想在台下看,就在台下看,随机应变,随心所欲,柳伞村是秦吉了的铁桶江山。

十间青堂瓦舍,高墙花门楼,二亩大的院落,院内花木葱茏,院外绿树浓荫;左邻右舍失色,高出全村一头。村里人管这座深宅大院叫金銮殿。

前后院,两座门。前院红大门高台阶,黄铜门环光闪闪,常年插着门闩,顶住门杠,只有首长和贵客光临,才大开前门迎送；后院一道绿漆栅栏角门，平民百姓出入。

鲍春知吃过晚饭，到金銮殿来找秦吉了；他不懂得秦家的礼宾规格，只觉得走角门方便，便直奔后院。

"吉了！"老头儿站在栅栏门外，喊了一声。

猛然，呜汪一声犬吠，从后院的墙根阴影下蹿出一条白鼻子大花狗，吓得鲍春知一连倒退三步。

公社派出所和卫生院，三令五申，禁止养狗，并且成立一支打狗队，见狗格杀勿论。秦吉了一向雷厉风行，柳伞村家家户户的狗都被斩尽杀绝，只有他家这条狗特殊化，享受豁免权。于是，秦家的狗也有了外号儿，叫大少爷。秦吉了的女人偏要强词夺理，给这条狗起了个猫的名，叫花花儿。

犬吠灯亮，一个女人厉声喝道："哪个小兔崽子吃饱了撑的，闲着没事儿捅狗牙！"

这个女人白胖胖的像一团凉粉儿，绾着个蓬蓬松松的美人髻，鬓角挂一串玉兰瓣儿，额头上贴着几片艾蒿叶儿；大热的天光膀子，两嘟大奶像挂露水的葫芦，下身一条黑绸短裤，一双软底拖鞋，摇着芭蕉扇从前院走来。

她是秦吉了的填房，比秦吉了小十二岁，公私两方面，都当秦吉了大半个家。柳景庄给她上个尊称叫秦办主任，村里人嫌叫着绕嘴，简称秦办。

"侄媳妇，是我！"鲍春知挨了骂，哑巴吃黄连，还得上前自报家门。

"哟！原来是大叔呀，我该掌嘴！"秦办热辣辣惊叫，芭蕉扇掩住胸脯，"我给您老人家开前门，您从前门进。"

"哪座门不能出来进去呀？"鲍春知打着手势，"你先把狗锁上，快开门吧！"

"走角门，那多么有失您的身份，也显得我们晚辈人不讲礼貌！"说罢，秦办一溜小跑，到前院开门。

鲍春知哭笑不得，只得深一脚浅一脚，摸着黑拐弯抹角，到秦府前门进见。

秦办抽门闩，搬门杠，红门大开。

前院，大得像个足球场，天棚、鱼缸、石榴树，就像把北京城里一座大宅门搬到柳伞村来。院中央，秦吉了半躺半坐在一张南方竹床上，面前八仙桌上放映彩电，身旁的小茶几上摆着西瓜；他一边吃瓜一边看节目，神仙过的日子。

"喂，大叔看望你来啦！"秦办像一只喳喳叫的花喜鹊。

"哎哟，这怎么敢当？"秦吉了假装惊慌地要下竹床，"折杀了我！"

他是个水蛇腰削肩膀的大个子，已经秃了顶，瓦刀脸，长下巴，碎麻子，两只深眼窝，目光凌厉；早年，车、船、店、脚、牙出身，铁嘴钢牙三寸不烂之舌，没有文化有口才。在柳伞村掌了二三十年印把子，不管是大江大河，阴沟水汊子，一帆风顺没有翻过船；过五关，斩六将，眼看要走麦城却又逢凶化吉，没遇见一个能跟他斗上几个回合的对手。他不把柳伞村的男女老少放在眼里；树林子大，什么鸟儿都有，会场上七嘴八舌，鸡吵鹅斗，只要他一出场，轻轻一声咳嗽，便像一鸟入林，百鸟压音。他在公社的那些芝麻官儿面前，也是大模大样，傲慢无礼，并不点头哈腰，打躬作揖。他那一双冷眼，入木三分，看透那些芝麻官儿腹内空空，论心机、才干、手段、魄力，都只配给他牵马坠镫，算不过他，惹不起他，离不开他。因此，秦吉了欺上压下，架子十足，盛气凌人。

秦吉了也是光着上身，只穿一条大肥裤衩子，胸前背后几贴伤湿祛痛膏，就像打着几块补丁。

鲍春知走上前去，搭一把手，扶起秦吉了，坐在竹床上，笑道："吉了，你又不是坐月子，三伏天粘在炕席上，不怕得褥疮？"

"喂！给大叔搬躺椅，从冰箱里抱个状元红西瓜。"秦吉了一边吆喝女人，一边愁眉锁眼，"大叔，黄金印喷了我一身狗血,我没脸见人。"

"脚正不怕鞋歪,身正不怕影儿斜呀!"鲍春知和颜悦色,软中有硬,"真有问题,纸里包不住火,千层篱笆也得透风;并无其事,浮云掩不住明月,连阴百日也得放晴。"

秦吉了又一堵墙似的躺下来,说:"我只等公社内查外调,给我做结论了。"

"郁士通只怕忙不过来吧?"鲍春知弦外有音,"贾文德犯了案,他主管财贸,又是个大乱子。"

"我不怕贼咬一口……"秦吉了溜了嘴,舌头急忙拐弯,"黄金印给我头上扣屎盆子,他得给我舔干净。"

"咱们开个支委会,你跟黄金印当面掰扯个一清二白。"

"我主动停职,接受审查,不想开会。"

"你还是支委呀!"

"也撂了!"

"党员牌子,你还不想摘下来吧?"

"黄金印挟私枉告,就是妄想摘我的牌子!"

"只有自己摘自己的牌子,别人摘不下来。"鲍春知正色地说,"黄金印的牌子被摘过,不是又戴上了吗?"

"鲍大叔,我劝您别不知深浅就插一脚!"秦吉了霍地又从竹床上坐起来,脸色铁青。

"我从工作岗位上退休,可是并没有从共产党内退出!不想闭目养神,眼不见为净。"鲍春知字字句句掷地金石声,"实不相瞒,我作为柳伞大队党支部副书记,这些日子也在调查核实你的问题。"

"拿出真赃实据来!"

"你面前的彩电,屋里的冰箱,这一座金銮殿大院,都能作证。"

"我双手挣来的!"

"你一年挣多少工分?得多少奖金?共有多少收入?"

"哈哈,这是想一棍子把我打死呀!"秦吉了撕破面皮,满脸凶相,"老鸹落在猪身上,谁家的锅底没有黑?"

鲍春知微然一笑,说:"有话请讲当面。"

"从莲房村接来蔡奶奶,白得一个不花钱的老妈子,还跟……"秦吉了咬住了舌头,把血口喷人的几句话,一口唾沫咽回去。

秦办一向夫唱妇随,偏要多嘴:"跟冷青霜乱搞不正之风!"

鲍春知大笑连声,目光凛若寒星,说:"今晚的支委会上,审查我的问题。吉了,你一定得到会!"

说罢,他转身就走。

秦办早抢先跑到前门,插门闩,顶门杠,手指后院,啐道:"从角门出去!"

鲍春被赶出金銮殿,在白鼻子大花狗的狂吠声中,听见秦吉了跳着脚大叫:"卸了任的官,上了架的烟;强龙难压地头蛇,我跟老右鱼死网破!"

2

鲍春知走在静悄悄的村外小路上。

月儿弯弯,星儿闪闪,夜风摇曳着柳枝轻拂他的脸,稻田一片蛙鸣,青纱帐的豆棵下蝈蝈叫得清脆,茂草丛中飞出点点流萤;柳伞村白天风景如画,令人赏心悦目,夜景像画中梦境,令人沉静幽思。

一别家乡四十几年,家乡改天换地,这两三年更繁荣富裕起来。四十几年前的柳伞村,一去不复返了;也许在那位乡土文学作家的小说中,依稀保存一点往昔的风光景色。旧日的柳伞村,是他苦水里长大的生身之地,今日的柳伞村,是他欢度晚年的安居之所;柳伞村是他的母亲,是他的家。然而,对母亲他未尽一份孝心,对这个家他寸功未立;鲍春知感到深深的惭愧,老泪不知不觉淌下来。

夕阳无限好,只是近黄昏;年逾花甲,将近古稀了,他得将有限的余生,数着日子过,给柳伞村多做一点事,多效一点力啊!

突然,两道强光射来,照花了他的眼,他站住了脚。

"大伯,您叫人家找得跑断了腿!"冷青霜娇嗔地喊道。

"大伯,您哭了?"柳景庄慌了手脚,"是不是秦吉了胡搅蛮缠,气得您伤心?"

鲍春知慌忙掏出手帕擦脸,手帕湿漉漉,自己也吃了一惊,说:"人老了,想过去,看今天,百感交集。我告老还乡,乡亲们为我筑起了安乐窝,深感无功受禄,于心不安,眼泪不由自主跑出来。"

"大伯,您为革命立过汗马功劳!"冷青霜眼泪汪汪地说。

鲍春知摇摇头,沉重地长叹一声,说:"我参加革命四十几年,有功也有过,还不敢说能将功补过。但是,回到柳伞村,比起你们来,我毫无贡献而享受最多;我要向县委和公社党委请求,担任柳伞大队党支部书记,不然每月领取这二百块钱工资,我伸不出手。"

"大伯,您说出这样的话,叫我们晚辈人无地自容了!"柳景庄感动得哭了,"这二年,我画影壁,发了小财,只顾个人,忘了全村,共产党员的观念淡薄了;只要同志们信得过,我毛遂自荐,当支部书记,您给我把场当顾问。"

"搞宣传,做政治思想工作,你还行。"鲍春知沉吟着,"可是,抓生产,你并不精通。"

"我当大队长!"黄金印就像从天上掉下来,地上冒出来。

他回到青砖花墙小院,听说柳景庄和冷青霜四处寻找鲍春知,也拿起手电筒,跑遍村里村外,不想在这儿窄路相逢。

"好!"鲍春知点点头,"不要像秦吉了身兼二任,大权独揽,也不要终身制;大权独揽加上终身制就会变成土皇上。"

这时,冷青霜从身上掏出一封信,说:"大伯,县委书记叫我马上交给您。"

原来,冷青霜陪同月桂到县城去,鲍春知要她顺便把一份调查报告送交县委书记;县委书记看过之后,立即给鲍春知回了信。

鲍春知接过信来,却先问道:"法律顾问处答应不答应替月桂申诉?"

"月桂嫂子把女儿都领回来啦!"冷青霜咯咯笑道,

"贾文德被抓起来,法院允许月桂嫂子先把女儿带在身边,以后再审理判决。"

"好呀,好呀!"鲍春知欢喜得又要落泪,"金印!长生认父,现又得一个女儿,双喜临门;一儿一女一枝花,谁比得了你这个大全福人?"

柳景庄装出垂头丧气的样子,说:"我这辈子算是甘拜下风了!"

"怎么呢?"

"我得领取独生子女证呀!"

黄金印憨笑道:"也许青霜生个双胞胎。"

"你该死!"冷青霜在黄金印身上擂鼓。

"别闹了!"柳景庄不愿离题千里,"快请大伯看信。"

三支手电筒聚光,亮如白昼,鲍春知撕开信封,掏出信纸,但是老头儿没有随身带着花镜,只得推开远看;于是,柳景庄、黄金印和冷青霜,也就有目共睹了。

"我早就断定,根子就在佐料儿身上!"三个人异口同声。

"一个很不老实的人!"鲍春知气愤愤地拍得信纸哗哗响,"人前一面,好好先生,生活朴素;人后一面,藏污纳垢,贪得无厌。"

"我到过他的家，三间旧房，破桌子烂板凳。"柳景庄鼻孔里哼了一声，"可是看他那五男二女，一个个都是'八机'俱全。钱从哪儿来？还不是跟贾文德和秦吉了大秤分银，小秤分金，他吃头份儿。"

一行人走出这条小路，便是鲍春知家门外的荷花鱼塘；却只见青砖花墙小院门口，郁士通和秦吉了左右两厢侍立。

"鲍老！"郁士通满面谄笑奔过来，"我狠狠地剋了秦吉了一顿，他出透了一身大汗，已经打通思想，前来参加支委会，并且给您赔礼。"

"支委会开过了，也不必向我道歉。"鲍春知那威严锐利的目光，怒视郁士通和秦吉了，"贾文德已经在病床上招供，我奉劝你们二位事不宜迟，连夜向公安局投案自首！"

郁士通和秦吉了面无人色。

一九八二年一月至二月
原载一九八二年第四期《十月》

黄花闺女池塘

1

京剧舞台上,坤伶扮女人,反倒演不过男旦。男旦以假乱真,竟比本身就是女人的坤伶更能表现女性特色。

何以如此?一是用心,二是用功。

男人本是雄性,即便是个细皮嫩肉的小白脸儿,各方面跟真正的女性差异也很大。然而,他在舞台上演女人,首先要像女人,要经得住台下男观众和女观众从不同角度的观察、挑剔和认可。因而,光是形似一个或某几个女人是不够的,还必须集众家之长于一身。这就需要用心观摩和用功模仿最富有女性特征的形态与神态,在丰采和魅力上比女人更女人,遂使真正的女人相形见绌,黯然失色。

文坛上,也有类似现象:当今以京味小说鸣世的几位作家,都不是北京人。而我这个北京伏地娃娃竟成了"老外",正宗本工反倒像个唱票的。

我在北京出生、上学、工作、划右、劳改、复出、病倒……五十多年没有动过窝儿,可算是"真正老王麻子"牌的北京人。这五十多年时光,我一半时间住在乡下——京门脸子,一半时间住在市内——城圈里头。头一趟从乡下进入市内,是四十七年前我七岁的时候,那一年北京正吃混合面。

一九四二年秋季,八路军来到我的家乡北运河东岸。开头,白天是日伪军的地盘,黑夜是八路军的天下。到一九四三年春,日伪军便全部撤退到北运河西岸,在京津公路上构筑炮楼,与八路军隔河而治。但是,日寇不甘心失败而垂死挣扎,每个月都兵分几路,从北运河西岸到北运河东岸烧杀抢掠。我是家里的娇哥儿,念书的小学又散了摊子,便被送到在北京城内做生意的父亲身边。

当时我父亲是个经营布匹的领东掌柜,只做内局生意。也就是不挂招牌,没有门面,只批发而不零售。这个内局设在前门外玄女庙胡同的一座民宅内。玄女庙胡同小而且弯,弯而且窄,很不起眼儿,但占地利。它南临珠市口,北靠鲜鱼口,出胡同过马路,对面便是大栅栏,正是商业中心的寸金之地。而且,闹中取静,别有洞天。

这是个小四合院,北房三间,南房三间,东西厢房各两间。我父亲领东的内局,租赁了南北六间房。房东住东厢房,是个未老先衰的女人,一天到晚黏在床上吸鸦片烟。首如飞蓬,面如灰土,声音喑哑,满嘴黑牙,衣衫不整却是红袄绿裤,三分像人七分像鬼。我最怕她龇牙一乐,令人浑身起鸡皮疙瘩,根根汗毛倒竖。

她原是一位南方富商的外室。

那位南方富商,每年都到北京做两回买卖,每一趟要在北京住上一两个月。住旅馆饭馆花钱多,嫖妓宿娼得不到真情实感;不如找个贫寒人家女子,省钱而又能享受家庭温暖。包占的女子一身不二,不会染上花柳梅毒。

外室的身份比姨太太还低下,见不得人,上不了台面。

女房东的爹是个破落户,嗜赌如命输得精光,把女儿押了注。骰子掷亮了点儿,南方富商没有破费分文,把他的女儿赢到了手。南方富商还算怜香惜玉,给这个外室买下这座小四合院。女房东也曾插金戴银,穿绸裹缎,鸡鸭鱼肉,呼奴唤婢,享乐了几年。不料卢沟桥一声炮响,南北交通阻隔,那位富商一去不回,女房东只得靠出租房屋吃瓦片子(房租)活命。

悒郁寡欢,苦闷无聊,便以吸食鸦片烟解闷儿。几年工夫,花容月貌萎靡凋残,三十出头便早衰得像五十多岁；一口糯米白牙被烟熏黑，好似油漆墨染，丰腴的体态也一变而骨瘦如柴。

每天吃过早饭，我父亲和跑外的伙计便分头外出，招揽生意。柜上只留下账房先生和打杂跑腿的小徒弟，我跟他们无话可说，自己又无事可做，感到非常冷清寂寞，常常坐在台阶上手托着腮，呆望着女房东窗外的花草发愣。

女房东拉开窗帘，点手叫我到她屋里去玩。我不爱看她的黑牙，更怕闻她屋里的鸦片烟味。但是，她三请四叫，我只得硬着头皮捏着鼻子而入其门。

其实，我到女房东屋里去，也并不是完全被动。这个烟鬼女人的幽室，古怪离奇，对我自有一股莫名其妙的吸引力。

两间房隔成里外间，紫檀的雕花隔扇，挂着湘绣门帘，里间有花梨木的合欢床，红木的梳妆台。我只进过里间一两回，觉得很像《西游记》里蜘蛛精的盘丝洞。她的外间虽然也气味难闻，但是养着花、鸟、虫、鱼，使我能忍耐逗留。花是一盆文竹，一盆吊兰，鸟是铜丝笼里的一对鹦鹉，虫是竹篾笼里的蝈蝈儿，鱼是蓝花瓷缸里的几条金身凤尾。这些花、鸟、虫、鱼引起我的乡思，想念家乡那些天上飞的，地上蹦的，水里凫的，豆棵里叫的，撒欢野味的花儿、鸟儿、虫儿、鱼儿。

最令人纳闷的是女房东的这些心爱玩意儿，也有烟瘾。

只有女房东抱起烟枪，烧着了烟泡儿，喷云吐雾，弥漫全屋时，花草才挺直了腰，昂起了头，鹦鹉才欢啼跳跃，蝈蝈儿才清脆地叫个不停，鱼儿才上下左右游动。这股烟劲儿一过去，花草打了蔫，鹦鹉睡了觉，蝈蝈儿变成了哑巴，鱼儿半死不活，连墙上的苍蝇也懒得飞起来。

女房东最爱向我炫耀她扮演四大美人的古装照片和模仿四大名旦的戏装照片。四大美人是西施、王昭君、貂蝉、杨贵妃。她身穿古装，那位南方富商却是长袍马褂或西装革履；两人勾肩搭臂合影，奇形怪状，不伦不类。戏装照片她模仿的是梅兰芳的《洛神》、程砚秋的《哭冢》、荀慧生的《红娘》和尚小云的《出塞》，眉眼发呆，表情造作，没有一点神采和灵气儿。

我最欣赏她那张小家碧玉处女照，神态娇嗔，喜眉笑眼，梳一条大辫子，穿一件印花布褂子，像一枝带着朝露的鲜花，清香四溢，沁人心脾。我把照片上的少女跟眼前这个女烟鬼两相对照，远瞧近看也找不到一星半点儿共同之处。

我一片童真，不会心口不一，便小胡同赶猪直来直去，说："照片这个姑娘，倒像您那个使唤丫头。"

"她也配!"女房东啐了一口,却又一声哀叹,"人无十年少,花无百日红,我人老珠黄不中看了。"

这个时候,我心里又有点可怜她。然而,虽有恻隐之心但是眼里不揉沙子;我还是爱看那个使唤丫头,而且目不转睛,不愿在这个烟鬼女人身上停留我的目光。

2

女房东虽已穷愁潦倒,却是瘦驴不倒架子,还雇着一个从早到晚服侍她的使唤丫头。这个使唤丫头姓金,小名褥子,住在小四合院的对门。

金褥子的娘生她是难产,折腾了三天三夜,人困马乏在热炕头上睡着了。梦见一个光屁股的婴儿,躺在麦秸垫子上,好像是三伏天却天降大雪;一惊之下醒来,女儿呱呱坠地。身下的麦秸垫子是铺金,身上的白雪是盖银,便给女儿起名金褥子。金褥子的爹,街面上人称打鼓儿的老金。每天短衣襟小打扮,肩头却搭着一件油渍麻花的打补丁长衫,敲打小鼓儿走街串巷收买破烂。打鼓儿的虽发不了财,但是有眼力而又走时运,碰上几宗巧货,也能赚不少钱,养家糊口不犯愁。打鼓儿的老金本是行家里手,财路挺宽;怎奈他又是个馋痨酒篓,挣多少都酒肉穿肠过了。十八岁的金褥子为了挣出自己的一口饭,不得不到女房东家当使唤丫头。

她一大早就蹲在小四合院门外,等候内局扫院子的小徒弟打开街门。她刺溜闪身而入,便在女房东窗外站班。

"褥子来了吗?"女房东早已醒来,不出被窝先抽一个烟泡儿;伸个懒腰沙哑着嗓子,在床上问道。

"早就侍候着哪!"金褥子儿答应得清脆悦耳,像春三月白云中的鸽哨。

于是,金褥子走进屋去,把女房东从被窝里轻轻抱起,靠在自己胸前,然后一件一件给她穿罗衫、绸裤、丝袜、绣鞋,又侍候她漱口洗脸,梳妆打扮。金褥子手脚不停闲,直到大晚老黑,给女房东擦净身子洗了脚,上床捶腰砸腿哄得酣睡,才能回家。一日三餐,吃的都是女房东的残汤剩饭。我一想到金褥子要吃女房东那黑牙咬过的饽饽,就忍不住一阵阵翻胃,心里难受而又愤愤不平。

我只盼快到礼拜六晚上,谷秸大哥来到小四合院,金褥子那整天喝苦水的嘴,才有人喂一口枣花蜜。

谷秸是我的本村乡亲,在北京市立男二中念书。

鱼菱村南,有一口池塘,远看圆中有方,近看方中有圆,很像一个砚台。北岸有一座雕花青砖砌成的小庙,供奉的是北运河河神爷的黄花妃子,所以又叫黄花妃子庙。

年月一多叫走了嘴，黄花妃子庙便成了黄花闺女庙。相传，北运河的河神爷每年春、夏、秋三季出巡，给他管辖的二百八十里水域送雨。这位河神爷的老爹，便是战国时代的西门豹曾与之对抗的河伯。有其父必有其子，北运河的这位河神爷也好色成性。出巡每到一处，都要游龙戏凤打野食，拈个花惹个草儿。河神爷一日路过这口池塘，看见一个身穿杏黄衫子的少女，正在水边洗绣花兜肚，不禁为之心动。河神爷眼毒，一眼就识破这个少女的原身是一条黄花雌鱼，便一爪把她抓在手中，揽在怀里，沉入水下入了洞房。从此，河神爷每年驾临这口池塘一趟，跟黄花妃子欢度一夜。黄花妃子一年三百五十九天守空房，患上了弗洛伊德学说中的性压抑症，便在鱼菱村人身上发泄出气。每年立夏以后，鱼菱村的大小伙子们到池塘凫水，至少也要淹死仨俩的，四五天才漂上尸首。原来是充当黄花妃子的面首，缓解了黄花妃子的性饥渴，才被放回。村人大惧，求神问卜，又重金礼聘能工巧匠，精雕细刻青砖，在北岸砌成一座高二尺、宽尺半的小庙。正中彩画黄花妃子神像，两厢站立四名虾兵蟹将；名为护卫，实为看守，防止她不守妇道，给河神爷戴绿帽子而又祸害村人。

这口池塘三个姓，我家、谷家和高家。东西三十丈，南北十丈多，占地五六亩。我家住南岸，谷家住西岸，高家住东岸，有如魏、蜀、吴三分天下。

谷家世代单传，都是念书人。谷秸的父亲是个小学教员，丧妻之后便把儿子带在身边上学。谷秸念完了小学升中学，考上了北京市立男二中。他父亲望子成龙，不惜血本，把几亩地卖给了高家，卖地的钱在我父亲领东的内局入了股，红利可供儿子念书的花销。

谷秸原名保邻，是他父亲给起的名字。民谚："好汉保三村，好狗护三邻。"古人有云："不能为良相，但得为良医。"谷秸的父亲希望自己的儿子当不了好汉也要当一条好狗。谷保邻又字吉和，拆大改小拼成个"秸"字，进京上学因以为名。

北京市立男二中只有男学生，也没有女教员，校规森严，像座古刹。住宿生每周放假一天，礼拜六下午就可离校。谷秸不坐叮当车，全靠两条腿，从东四牌楼走到前门外，在我父亲领东的内局住一夜。他每周准时正点到来，有三个目的。一个是吃两顿好饭，见一见荤腥儿。一个是这座小四合院有个住户，在鲜鱼口内的华乐戏院卖票，每天都带回几张后排角落的戏票送人。谷秸是个戏迷，跟此人交上了朋友，此人每个礼拜六都给谷秸留一张。礼拜六夜场都是好角儿登台，贴出的戏码也硬；谷秸虽然坐在后排角落看不清晰，却也大饱了耳福。一个是跟金褥子亲热亲热。谷秸的生活圈子很小,眼界也就很窄,看了才子佳人戏,不能不产生"关关雎鸠,在河之洲"的联想。才子是自己,佳人是哪位?马上跳进脑海映入眼帘的便是金禳子。

金禳子粗手大脚,目不识丁,跟窈窕淑女沾不上边。但是她宽肩、蜂腰、肥臀,胸脯子高而衫子瘦,不能不令人瞩目。她弯眉吊眼角,高颧骨薄嘴唇,本是一副穷相;然而人面桃花,口如咧嘴石榴,又秀色可餐,风韵迷人,谷秸和金禳子眉目传情了一些日子,便渐渐动手动脚起来。有一回,两人正在影壁后面的灯影里亲嘴儿,被我看个正着。我大惊小怪叫道:"谷大哥,你怎么咬人?"金禳子慌忙从谷秸的怀抱中挣脱出来,仓皇逃窜。

谷秸望着金禳子的背影怅然若失,舌舐嘴唇很不满足。

"你这个井底之蛙,少见多怪!"谷秸怒形于色,"一犬吠影,惊飞彩蝶。"

我听他咬文嚼字,只觉得很像戏台上的小生念白,便嬉笑道:"你是不是教金禳子唱《拾玉镯》?"

"然也。"谷秸转怒为喜。

我怕他是逢场作戏,急忙点醒他:"傅朋后来娶孙玉姣当媳妇了。"

谷秸满脸正色,说:"我也要把金褥子娶回鱼菱村。"

"可不能接演《豆汁记》呀!"我还不大放心。

"兄弟,大哥不是薄情郎。"谷秸见天色不早,跟我挥手而别,急回学校报到。

3

日本鬼子的武运并不长久,从硬逼着北京人吃混合面那天起,就头朝下走了背字儿。眼看着气数一年不如一年,一月不如一月,一天不如一天,一会儿不如一会儿,一阵儿不如一阵儿。鬼子临死还要拉北京人垫背,大大减少了混合面的配给,却又瞬息万变地涨价。街有饿殍,路有倒卧;打鼓儿的老金空了三天肚子,灌下两瓶烧酒,醉倒饿死在便宜坊烤鸭店门前。巡警拿块席头一卷,埋在了城南陶然亭的乱葬岗子;坟坑太浅,黄土都遮不住脸。

女房东也讲不起排场把金褥子解雇。穷途末路,身陷绝境,只有依靠谷秸搭救她了。

谁都愿意花常好月常圆,千里共婵娟;可惜,此事古难全。

一个星期日的清晨大早,金褥子在小四合院门外站立多时；小徒弟刚拉开街门的门闩，她就破门而入，抢步跨进来。

"谷先生醒了吗？"金矬子顾不得口羞，心急气喘地问道。

小徒弟左瞧瞧右看看，才掩上街门，压低嗓子，说："谷先生……犯了案，逃回……老家了。"

北京市立男二中有个日本教官，野蛮粗暴，专横霸道；学生有一半以上挨过他的打，老师有二分之一挨过他的骂。这一天的日语课上，他不但大骂谷秸"巴格牙鲁"，而且抬掌直劈谷秸脖颈，叫嚷"死啦死啦的！"谷秸忍无可忍，从课桌里拿出裁纸的折刀，直刺日本教官的胸窝。他见日本教官杀猪般在血泊中滚叫，便一刻也不敢停留，跳窗逃回老家。

金矬子叫了声天，说："活要见人，死要见尸，我找他去！"

这时，我父亲也起了床，走出屋来，说："金姑娘，今儿初一，高留住要给我送粮，你就搭坐他的骡驮子，到鱼菱村去找谷秸。"

这个小四合院家家吃混合面，只有我父亲和他领东的内局吃的是净米纯粮。

北运河东岸建立了民主政府，实行二五减租，年年谷秀双穗，穗如凤尾，地里插根筷子都能开花结果。鱼菱村是个米粮仓，我父亲和他领东的内局也就饿不了肚子受不着罪。

每月赶着骡驮子送粮来的人，是住在黄花闺女池塘东岸的高留住。

高留住喜欢穿一身紫花布裤褂，戴一顶麦编尖顶草帽子，走路不声不响，坐下不抬眼皮，却是哑巴吃饺子心里有数。他半夜从鱼菱村起身，一副驮子两只筐，每只筐里装一石小米，到我父亲领东的内局正赶吃早饭。吃过饭睡个大觉，醒来又填一回肚子，就赶在关城门前出去。他往返都走夜路，为的是避免在路上碰见日伪军的哨卡和巡逻队。

金褥子坐在高留住的骡背上，心情有如孟姜女千里寻夫。高留住却是一张冷脸子，从面皮上看不出喜怒哀乐，金褥子心中暗骂他比石头人多一口气。出了城天就大黑，高留住把骡子赶进青纱帐，不走大路走小道。晚风吹得高粱叶子沙沙响，金褥子抬头只见星星鬼眨眼，月牙弯弯像悬在头上的一把刀。她一阵阵心惊肉跳，冷汗从脊梁上淌下来，湿透了裤腰，顺腿而下。

"大哥，快到了吗？"她哆里哆嗦问道。

"闭嘴！"高留住粗声恶气，一脸凶相，"鬼子地面,不许出声。"

金褥子只得把眼泪咽进肚子里,牙咬紧嘴唇。是福不是祸,是祸躲不过,死活听天由命了。

一路上,深夜犬吠,吠音如豹;炮楼洞眼,常打冷枪,枪声震耳,划破夜空。金褥子吓得趴在骡背上捂住耳朵,欲哭无泪,追悔莫及。

水声哗哗,河风阵阵,昏昏迷迷中好像坐上小船。忽然,小船打了个旋转,她失足落水,一声惊叫睁开双眼,只见满河闪烁月影星光,骡子漂行水中,水齐了她的胸。

"救……命!"她两手乱抓着叫起来。

"坐稳!没有过不了的鬼门关。"身后,高留住揪着骡子尾巴,哈哈大笑。

"轻声!"她反倒百倍小心了。

"已经到了八路地面,你该笑就笑,想哭就哭吧!"高留住解下盘在头上的鞭子,抽了个声传十里的响鞭。

骡子上了岸,金褥子像一只落汤鸡,凉风一吹连打寒噤,上牙磕得下牙咯咯响。

"大哥,哪儿是谷秸家?"金褥子恨不能一步扑进谷秸怀里。

"前边就是鱼菱村。"高留住的口气又不冷不热起来,"只是你想见的那个人,见不着了。"

"谷秸他……"

"找他爹去了。"

"他爹在哪儿?"

"在山里的八路小学教书。"

"你怎不早说?"

"说破你就不出城了。"

"你拐骗良家妇女!"

"难道你想在城里等着饿死?"

两人拌着嘴,从河边上了河堤。

"谷秸不在家,我睁眼一团黑,到鱼菱村投奔谁?"金褥子在骡背上抹起眼泪。

"这二年我家的日子好过,饭桌上不怕多双筷子。"高留住嘿嘿笑道,"棒子楂粥管你够,豆馅团子你敞口吃。"

"黄鼠狼给鸡拜年!"黑夜中,金褥子脸色惨白。

"狗咬吕洞宾!"高留住鼻孔里喷出的热气,烫金褥子的后背。

骡子走到池塘西岸,月光下只见有一座柳条篱笆小院,满院子半人高的苍耳秧子和蒺藜狗子,三间泥棚寒舍坍倒了两面山墙,窗口像两个黑咕隆咚大窟窿。

"下来吧!"高留住抓住骡子的笼头,骡子四脚立定。

"这是……哪儿?"

"你的婆家!"

突然,一只夜宿荒宅的野兔受到惊吓,钻出柳篱裂缝,夺路而逃。金褥子惊叫哎呀,滚下骡背;高留住抢上一步,张开双手把她抱住。

"到你家……歇歇脚吧!"金褥子哼哼唧唧,有气无力。

"不是一家人,不进一家门。"高留住心中欢喜口气冷,"你迈进我家门槛就拔不出腿,跳到大河也洗不清了。"

金褥子已经山穷水尽没有退路可走,高家又不是火坑,跳下去或许死里逃生,也就半推半就了。

连吃了三天饱饭,金褥子便开了脸,剪下辫子梳圆髻,地地道道是个小媳妇了。

4

市井女子并不比柴禾妞子娇贵多少,金褥子嫁给高留住没有几个月,就入乡随俗;入木三分的明眼人也分不出她是进口货,还是土产品。

婚后,金褥子跟着送粮的高留住回过一趟玄女庙胡同。她走东家串西家,好比一个活广告:嫁到乡下吃饱饭。十多个玄女庙胡同的市井女子,被金褥子带回鱼菱村。几年后,北运河东岸土改,金褥子又回过玄女庙胡同一趟,又到过去的左邻右舍转了转。嫁到乡下去,每人三亩地,一阵风吹进玄女庙胡同的穷门小户。"地心引力"的作用更大,玄女庙胡同市井女子嫁到鱼菱村的又有十多人。

二三十个市井女子改变不了鱼菱村的村风民俗,却也带给鱼菱村两大文明习惯:一是爱干净,二是好打扮。

爱干净表现在清早起来刷牙上。鱼菱村男女老少千百年来不刷牙,艳如桃李的大姑娘小媳妇,明眸而不皓齿,张嘴满堂黄牙板子,大煞风景,美中不足。金褥子来到鱼菱村,随身携带牙粉口袋牙刷子,清早开门头件事,就是把牙刷得满嘴吐白泡。高留住讥讽她是掏茅厕,她也不争不吵,只是嫌高留住嘴臭,不许高留住跟她亲嘴呕舌。高留住很想跟金褥子做个吕字,也就掏起了茅厕。好打扮反映在衫子、裙子、小袄的腰褪上。鱼菱村女人穿衣裳,千百年来都是上下一般粗,不掐腰,不抱身。金褥子和那些市井女子,件件衣裳都有腰褪,穿起来胸高腰细,像个挂秧葫芦,十分惹眼好看。

金褥子两年一胎,三胎正赶上北平和平解放那一年。这个女人生一回孩子便俊俏一倍,桃花脸鲜艳夺目,石榴嘴湿润红嫩,腰不见粗而胸脯子更高。这一年我已在北京市立男二中上学,学生的暑假正是农家的挂锄时节,我回到鱼菱村。刚到黄花闺女池塘,就见金褥子在水边洗衣裳。我喊她留住嫂子,她不愿意,偏要我叫她褥子大姐;我也就随风转舵,赶忙改口。

我下午到家,上炕歇息,一觉睡到太阳压山。

傍晚的鱼菱村,家家户户的烟囱好像一声令下齐步走,眨眼之间咕嘟咕嘟冒炊烟;争先恐后,直上直下,像在天地间倒挂一匹匹白布单子。但是,炊烟一过树梢,便四外飘散开来,笼罩了长堤,弥漫了大河,合围了田野,串进了地垄。炊烟被豆丛草棵撕扯成一缕缕一片片,运河滩被包围在香甜的饭香和辛辣的烟味里。

我走出柴门,只见西山落日红又圆,东南月上柳梢像小船。我在画中,画在我眼,黄花闺女池塘令人心醉神迷。

东岸,金褥子向我连连招手,笑嘻嘻喊道:"接风的饺子送行的面,今晚上我管你饭。"

好吃不如饺子,恭敬不如从命,我招之即来。

天已大黑,金褥子还舍不得点灯;满灶膛的柴禾点着了火,火光照得半屋子明半屋子暗。金褥子叫我坐在门槛上,跟她贫嘴。

"真的有秧不愁长。"她直勾勾地盯着我不转眼珠儿,"兄弟,你个子高了。"

我躲闪她那火辣辣的目光,嘿嘿一乐,说:"豆芽儿菜,细长。"

"你这个模样儿,叫我想起一个人。"金褥子掀开锅盖,把饺子一个个下到开水锅里。火光、热气、身影,声音迷离徜徉。

"你想起谁?"我一时摸不着头脑。

"他……"金褥子还是不捅破这层窗户纸。

"他是谁?"我仍然猜不出这个哑谜。

金褥子又给灶膛填上一把柴禾,盖上锅盖,背过脸去,说:"你的个子快赶上当年的谷秸,行动坐卧也越来越像当年的谷秸,看见葫芦想起了瓢。"

"我跟谷秸大哥是一个师父传授。眼下我念书的学校,当年谷大哥也在那里坐科。"

"你知道他的下落吗?"

"他在军管会工作,天天带着几个人遛大街,整顿市容。"

"多大的官?"

"遛大街的头儿,够不上品。"

金褥子双手抱着膝头,沉吟了半晌,说:"兄弟,你哪天回北京,我跟你搭伴,进城看看。"

这个有夫之妇,竟想扮演潘氏姐妹(金莲、巧云),我忍不住大叫起来:"你是有主儿的人啦!"

"我进城是为了寻找我娘!"金褥子急赤白脸,"前年土改,我顶着雷进城,本想接她到鱼菱村吃口饱饭,谁想她不知搬到哪儿去了,这两年我老是放心不下。"

"顺便也可以找一找谷秸大哥。"我又心软了,"他一走六年多,理当衣锦还乡回村看看,挂锄时节正该歇伏。"

金褥子从鼻孔里哼了一声,站起身揭锅捞饺子,跟我不过话了。

我装满一肚子饺子回家,爬上炕倒头便睡;鼾声响如旱天雷,整夜回响在黄花闺女池塘上。我哪里知道金褥子这一夜的煎熬难过,睡不着觉在炕上翻饼,鸡一叫就离家出走,不知去向。

睡到傍晌我才起炕,跳下炕跑出柴门,到黄花闺女池塘凫水。三圈两转我凫到东岸下,只见高留住正在冷灶上烧火。青柴没有干透,光冒烟不起火苗子;高留住撅着屁股趴在灶膛口,呼哧呼哧大口吹气,呛得一阵阵咳嗽。

"留住大哥,当上大脚老妈儿啦?"我踩着水问道。

高留住转过熏黑的脸,瓮声丧气地骂金褥子:"那娘儿们不是鬼迷心窍就是中了邪,头遍鸡叫穿衣下炕出了门,我只当是到院外倒她肚子里的泔水,谁知她一走就像肉包子打狗,到这个时候还不照面。"

我似有所悟,满脸三年早知道的神气,说:"十有八九,八九不离十,她是进城寻她娘去了。"

"我那个丈母娘,早就找到啦!"高留住哼道,"前年土改,她下乡嫁到京北;四十八还结个晚瓜,给我养了个小舅子。"

"那就是……"我没敢说出"找谷秸去了",便急忙扎了个猛子,水遁而去。

溜溜一天,高留住当爹又当娘,没有摘奶的小三哭得声嘶力竭要断气,急得他全身起满痱毒,生出一嘴玉米珠子大小的口疮。

我的起急,也不在高留住以下。入夜,高留住在东岸转磨,我在南岸绕影壁;活像两头蒙住眼罩的噘嘴骡子,拉着碾子轧麦场。

三更时分,金褥子回来了。我跟高留住都没想到,她带回了那个烟鬼女房东。

5

金褥子出城下嫁鱼菱村,不多不少三年整。我父亲领东的内局关了张,到东城的一家纽扣商行帮账(助理会计),我也就斗转星移来到东城上学。等到我考上北京市立男二中时,搬出玄女庙胡同的小四合院已经两年三个月了。

我虽年幼,却很念旧。虽然我念书的学校跟玄女庙胡同相距甚远,我还是坐上叮当车来到前门外重游旧地。

然而,我敲开小四合院的两扇街门,看见的却是一张生脸儿。开门的女人浓妆艳抹,花枝招展,妖冶风骚;我向她打听女房东,她勃然变色,砰的一声将街门紧闭,叫我碰了一鼻子灰。

我从这条胡同的一位老住户那里知道,两年前那个南方富商又来北京做买卖,出现在玄女庙胡同。这座小四合院的房契上,产权人的名字写的是富商自己。富商见女房东色相已衰,便收回房产赶走了她,另找了个外室,仍然藏娇于此。这个新收的外室便是刚才飨我以闭门羹的女人。

我父亲给人家帮账,收入上比当领东掌柜大为减少,我念书全靠勤工俭学。经人介绍作保,交了押金,我投在报把头门下,当上一名报童。数九隆冬刀子风,我凌晨三点趸了报,便九城奔走叫卖。穿大街过小巷,每遇到路边躺着冻饿而死的倒卧,我都要走过去看一看,看看是不是女房东的尸首。

想不到她竟活下来,而且被金褥子带回鱼菱村。

原来,她流落街头,白天沿街行乞,夜晚在鸡毛小店栖身;命中该有救星,活到了解放后。被谷秸整容队送进游民收容所,戒了毒,治了病,身子胖起来,脸蛋也有了血色。像一只上锈的铜壶又被擦得锃亮。她才三十九岁,过去的娇媚依稀可见;每天拼命刷牙,牙齿一白更为增色。收容所常开政治报告会,有一回她认出做报告的是谷秸,从此更加严格律己,为身为顶头首长的老相识争光。谷秸大悦,也千方百计树立她当典型。收容所的游民受训完毕,就要被动员到京郊的荒地开垦稻田。女房东虽然说不上"士为知己者用",但是谷秸的动员报告话音刚落,她就高举双手,当场头一个报了名。报名之后领取一笔生活补助,到街上买些女人的日用品,巧遇在街上拦人打听谷秸的金褥子。她花光这笔生活补助费,请金褥子吃了两盘子锅贴,便不辞而别,跟着金褥子私奔了。金褥子拐走了谷秸的典型,哪里还敢跟谷秸见面?

女房东心甘情愿跟随金褥子到鱼菱村来,是因为金褥子应许给她找个称心如意的男人。

这个男人便是鱼菱村旱船班子领作的,一个年过四十还没有娶妻,整天在娘儿们堆里出来进去的家伙。他家的祖产,不够个地主也够富农;传到他手里,几年花个寸草不剩,"土改"竟被划为贫农,可算是歪打正着。他分得两间房四亩地,自己却不耕种,租给了高留住,秋后对半分粮。平时,他挑着货郎担,摇着拨浪鼓,专卖女人的脂粉、针线、花袜、洋胰子,也是赔本赚吆喝。他最上心的是跑旱船,出风头。走起会来,他像狂蜂浪蝶满场飞,不少轻浮娘儿们为了看他,眼珠瞪出眼眶子,不住手揉眼睛才没掉下来。

旱船班子十几名演员,有男无女;领作的男扮女装,演的是驾船摇橹的船娘。我是领作亲传弟子,扮演拉船的纤女——纤女共有四人,我是其中之一。有人考证,旱船虽是地上行舟,却是扮演隋炀帝乘龙舟、下运河、游扬州的故事。

鱼菱村跑旱船,全年两起。一回是正月新春到关帝庙进香,一回是挂锄时节到河边祭河神。

领作的跟女房东相见恨晚。"孤王酒醉桃花宫……"领作的沉溺酒色,忘了安排旱船班子准时登场。

我趁机篡位，挂头牌挑班。男的演男的，女的演女的；我的这项改良虽然算不上出奇制胜，却也在运河滩引起轰动。

金褥子起带头作用，抛头露面扮演船娘；我从京剧雉尾小生身上偷艺，扮演调戏船娘的花花公子。

胭脂红粉上了脸，簪钗珠翠上了头，彩衣彩裤上了身，金褥子摇身一变换了个人，鱼菱村男女老少都说她像黄花妃子投胎转世。不但我目瞪口呆，连高留住都直了眼。

锣鼓一响上了场，金褥子就像跳大神的被黄鼠狼附了体，手舞足蹈，眉飞眼动，虽没有领作的真功夫，满身的花活儿却逗弄得观众一声接一声喊好，黄口小儿都喊哑了嗓子。我跟她配戏，也不甘示弱，一会儿使出三姓家奴吕布的身段，一会儿是顾曲周郎的儒雅，一会儿又是马前先锋罗成的雄姿勃勃，跟金褥子争个高低，分个上下。气得站在人前背后偷看的高留住，脸色一阵紫一阵青，身上出汗散发着腌酸菜气味。

忽然，金褥子好像中了暑，又像被寒霜打蔫；慌手忙脚，目光散乱，三魂出窍走了神儿。我急忙一挥手中泥金扇，命令文武场停锣煞鼓。金褥子扔下旱船，没有卸妆就奔家跑。

我收拾了残局,才离开旱船班子。

出村走在到黄花闺女池塘的小路上,冷不防从路边的柳丛中跳出了高留住,吓得我一连倒退几步。

"兄弟,救我!……"他哭眉泪眼,满面愁容。

我只当他看金褥子跑旱船走红,打翻了醋缸,便铁青起脸,怒喝道:"你想扯褥子大姐的后腿吗?"

"本主儿来了,本主儿来啦!"高留住双手抱头蹲在地上,"谷秸……找我报夺妻之仇,我不敢见他,有家难回。"

我扔下高留住,跑到黄花闺女池塘,只见身穿军管会粗布制服的谷秸,在他家的废墟四外转来转去。

"大哥!"我一步三跳扑过去。

"兄弟!"谷秸张开双臂迎上来,"我就是为了跟你见个面,才磨蹭着没走。"

"那就多住几天。"

"我回村是因公出差找个人,不是休假。"

"找谁?金褥子……"

"女房东。"

"你反倒挂念这个烟鬼?"

"她是我管辖的游民收容所学员,我应该亲眼看到她有个好下场,才放心。"

"你怎么知道她嫁到鱼菱村?"

"昨天我收到她托人写的一封信。"

"见着金褥子了吗?"

"我刚才一直看她跑旱船,鱼菱村的水土把她养得比过去更好看了。"

"怪不得她忽然慌神走板哩!原来是看见了你,跟你对了眼。"

"城里见!"谷秸转身推车,"明天上午还有个会。"

我抓住车把,说:"你得见一见金褥子,叙一叙旧,才不枉久别重逢一场。"

"对了眼还不算见过吗?何必多此一举。"他凄然一笑,"不要惹得金褥子心酸,更不要搅得高留住心烦。"

我听他说得占理,相约等我过完暑假,到北京再见,便撒手放行。

他骑上车走出不远,突然,紧急刹车,翻身落地。我追过去一看,才知道是女房东横躺路面,挡住了自行车的前轱辘。

6

过多少年我都忘不了金褥子家那顿酒饭。

金褥子杀了一只鸡,炸了一锅油豆腐,从篱笆上摘下一篮豆角,从小菜园又摘来顶花的黄瓜。手艺高明的女房东上灶掌勺,炒了一桌子菜;饭桌摆放在炕面,当中一锡壶酒。

"刘大公子,咱们走吧!"女房东朝我挤眉弄眼努嘴儿,见我一点不识相,便动手扯我的胳臂。

"他不能走!"谷秸慌忙抓住我的膀子。

谷秸前来赴宴就有言在先,叫我陪王伴驾不离左右。

金褥子也只得留下女房东,说:"没有您陪客,不咸不淡没滋味儿。"

女房东嘴馋而又好酒贪杯,金褥子开口挽留她,她正得就坡下驴。金褥子给她满上一盅又一盅,她嗞一口酒吧一口菜,半锡壶酒入肚便溜了桌。金褥子把她像一袋麦子扛走。

金褥子扛着女房东出去,谷秸忙咬我的耳朵,说:"看见了吧?你可要少饮。"

我恍然大悟,说:"她是想把碍眼的人都灌醉,淘干了水塘捉的是你。"

金褥子去而复返。在金褥子死说活劝下,我虽然步步设防,也被迫喝了三盅。三分酒醉七分做戏,我歪倒在墙角落;虽然睁不开眼皮,耳朵却没有失聪。

"谷秸,你有家眷了吧?"金褥子给谷秸的碗里夹了一条鸡大腿,颤声问道。

"匈奴未灭,何以家为?"谷秸当了几年八路,仍然书生气十足,"现在国家百废待举,还顾不上个人小事。"

金褥子哭了,说:"你等着我,我没等着你,骂我水性杨花吧!"

"男大当婚,女大当嫁,我不怪你。"谷秸心平气和,"民主政府有规定,已婚夫妻三年音讯皆无,也可以男婚女嫁悉听尊便。"

"我忘不了你过去待我的情意。"

"那是才子佳人旧思想,不必看重。"

"我跟高留住睡在一条炕上,心里想着的是你。"

"多谢!今后可不要一心二用了。"

"好个酒色不沾的大侄子!"窗外,女房东的新郎,旱船班子领作的,高声叫好,"正牌八路,十分成色,一点不缺斤短两。"

他推门走进来,身后跟随着高留住;两人在窗根下偷听多时了。

吃过酒饭,谷秸看了一下手表,已经深夜十二点;他要连夜赶回城里,明天早八点的大会才不会迟到。

女房东已被领作的背走,谷秸叮咛金褥子道:"新社会将鬼变成人,女房东就是一例,有劳你替我在她身上操心了。"

金褥子含泪点着头,说:"有我吃的,她就饿不着,你把心放进肚子里!"

当着高留住的面,谷秸又说:"你们两口子,要举案齐眉,相敬如宾。"

"走你的吧!你就甭牵挂我了。"金褥子强忍着泪水,把谷秸推出门外,"难得有谁活上三万六千天,合眼就是一辈子。"

我送谷秸到桥头,他推着自行车一步一回头,恋恋不舍。我早已犯困,催他上路,他猛跺一脚,飞身上车,头也不回而去。

一去三十几年没有重返鱼菱村,其中二十二年是因为划了右,无颜见鱼菱村父老,更没脸再见金褥子。金褥子后来又连生三子,生一胎脸上多几道皱纹;日子又过得锅里缺米灶下少柴,三十老得像四十,四十老得像半百,进城怕被人当成叫花子,想到城圈儿里看看就犯怵。这几年过上好日子,承包了黄花闺女池塘,又忙得分不开身。做梦也只是旧景重现,而且一年比一年少。一个走不出城圈儿,一个离不开京门脸子,竟三十几年难相见。

谷秸已是花甲之年，打报告离休，当即照准。离休干部有的学书画，但是他的字写得能将颜、柳、欧、苏化为一体，作画能将花猫放大变成虎，一只葫芦破成两个瓢；上不上下不下，老年大学不收他。离休干部也有的练气功，他偏跟气功格格不入，像榆木疙瘩不导电。想跟我学写乡土小说，这两年进口货和仿洋牌吃香，土特产行情大跌，他又不愿做无效劳动。

恰巧，有人送我一套上等渔具，我便借花献佛转赠给他。

京郊有很多养鱼池，不少养鱼池被辟为官钓塘，专供有权势的高官假日垂钓。于是，以鱼为诱饵，换来紧俏物资供应的批件；所以，官钓塘又名钓官塘。谷秸没有权势，也不够级别，官钓塘哪有他的席位？只能扛着鱼竿寻寻觅觅，找个窑坑水洼子坐下来，钓几条草生儿，聊胜于无，自我安慰而已。

高不成低不就，谷秸想起了黄花闺女池塘；可不知道黄花闺女池塘已被金褥子承包，养鱼种藕放鸭子。他骑着那辆三十年一贯制的自行车，吱咯乱响，星夜动身，到北运河边，太阳还没有拱嘴儿。

肚子饿了。大桥头公路边，有个小饭铺亮着灯。

叫开了门，开饭铺的是老两口子；男的跑堂，女的掌灶。

一碗绿豆稀饭,两个细箩白面馒头,一盘凉拌黄瓜,一盘热炒鸡蛋,一碟卤煮花生,一碟香油臭豆腐。吃完一算账,没零没整儿二十元!谷秸出门,身上从不带着十元以上现金,以免被扒手偷走而感到肉疼。但是,不交足饭钱脱不了身,他只得把手表押给掌柜的。

一传一递之间,他认出了老头儿是旱船班子领作的,老太太正是女房东。他没有点破,走出饭铺不免一阵凄凉。处处向钱看,难道乡情也变得薄如纸?

谷秸跟金褥子在黄花闺女池塘的见面,他一直守口如瓶,详情细节我都不得而知。不过,从此他每个星期跑一趟鱼菱村,每趟都满载而归,带回一网兜子草鱼、青鱼、鲇鱼、白鲢子,打电话叫我到他家吃全鱼席。有时他一不留神走了嘴,三言两语藏头露尾;我虽不敏,也猜出这些美味来自何处了。

这一天我又到他家吃鱼,穿堂过室如入无人之境。来到桌旁坐定,挽起袖口刚要动箸,谷秸劈手把我的筷子抢走,黑沉着脸子欲言又止,一副心烦意乱景象。

"插足了,是不是?"我低声嬉笑着问道。

"本人早已不惑知命,没有这个雅兴了。"谷秸鬼鬼祟祟,颇像做贼心虚,"兄弟,你台面大,眼皮子杂,能帮我买三千米平价铁蒺藜网吗?"

"想当官倒呀?"

"为了投桃报李。"

"此话怎讲?"

"我不能白拿金褥子的鱼!"谷秸一拍桌子,紫了脸红了眼,大嚷大叫,"你也不能白吃我的鱼!"

金褥子想买铁蒺藜网,是要把黄花闺女池塘圈起来,成为铁打江山自家天下。

谷秸拿人家手软,我吃人家嘴短,敢不俯首帖耳,供人驱使?

金褥子,真有你的!你不但放长线钓大鱼,而且一箭双雕,一石二鸟,一条线拴俩蚂蚱。

一九九〇年四月至五月蝈笼斋
原载一九九〇年七月八月合刊《人民文学》

出版说明

为了尊重并保持刘绍棠作品文字的原貌和风格,只要不是明显的错漏,本书一律不作改动,特此说明。

编 者

图书在版编目(CIP)数据

蒲柳人家：刘绍棠小说精选 / 刘绍棠著. — 北京：北京十月文艺出版社，2021.5
ISBN 978-7-5302-2096-2

Ⅰ.①蒲… Ⅱ.①刘… Ⅲ.①中篇小说—小说集—中国—当代 ②短篇小说—小说集—中国—当代 Ⅳ.①I247.7

中国版本图书馆CIP数据核字(2020)第224464号

蒲柳人家
刘绍棠小说精选
PULIU RENJIA
刘绍棠 著

出　　版	北京出版集团	
	北京十月文艺出版社	
地　　址	北京北三环中路6号	
邮　　编	100120	
网　　址	www.bph.com.cn	
发　　行	新经典发行有限公司	
	电话（010）68423599	
经　　销	新华书店	
印　　刷	北京盛通印刷股份有限公司	
版　　次	2021年5月第1版	
印　　次	2024年2月第3次印刷	
开　　本	787毫米×1092毫米 1/32	
印　　张	13.25	
字　　数	300千字	
书　　号	ISBN 978-7-5302-2096-2	
定　　价	65.00元	

质量监督电话 010-58572393
如有印装质量问题，由本社负责调换。

版权所有，未经书面许可，不得转载、复制、翻印，违者必究。